내가네
남편
이다!!

내가 네 남편이다!! 1

feelof1004 N세대 연애 소설

초판 1쇄 찍은 날 § 2004년 5월 11일
초판 1쇄 펴낸 날 § 2004년 5월 21일

지은이 § feelof1004
펴낸이 § 서경석

편집장 § 문혜영
편집 및 디자인 § 이종민 · 신혜미
마케팅 § 정필 · 강양원 · 이선구 · 김규진 · 홍현경

펴낸곳 § 도서출판 청어람
등록번호 § 제1081-1-89호
등록일자 § 1999. 5. 31
어람번호 § 제4-0042호

주소 § 경기도 부천시 원미구 심곡1동 350-1 남성B/D 3F (우) 420-011
전화 § 032-656-4452 팩스 § 032-656-4453
http://www.chungeoram.com
E-mail § eoram99@chollian.net

ⓒ feelof1004. 2004

ISBN 89-5831-111-8 (SET)
ISBN 89-5831-112-6 04810

eelof1004 N세대 연애 소설
내가 네 남편 이다!!
1
도서출판
청어람

　안녕하세요. feelof1004입니다. 제가 '작가의 말'을 쓴다는 게 조금은 어색하네요. 소설을 쓰는 도중에 출판이 확정되어 완결을 내는 것에 급급해 책으로 나온다는 실감을 못했었는데 이제는 내 소설이 책으로 나온다는 게 정말 느껴지는군요.

　어느 날 문득 글이 쓰고 싶다는 생각만으로 소설을 쓰기 시작한 게 작년 초였는데, 뜻밖에도 너무 많은 분들이 사랑해 주신 덕분에 처음 쓰는 소설임에도 불구하고 이렇게 책으로까지 나오게 되었네요. 처음이라서 많이 부족하고 솔직히 조금 부끄럽기도 하지만, 일 년이 넘는 시간 동안 고생해서 나온 결과물인만큼 많이 사랑해 주셨으면 좋겠어요.

　그리고 부족한 저를 일 년 넘도록 성원해 주시고 뜨문뜨문 올리는 소설도 꾹 참고 기다려 주신 팬카페 회원님들과 가까이에서 많이 격려해 준 친구들과 가족들도 너무 감사해요! 앞으로 보다 나은 모습으로 기대해 주신 모든 분들을 실망시키지 않는 feelof1004가 되겠습니다.

　　　　　　　　—feelof1004 드림.

제1장 산골 소녀, 유부녀 되다

산골 소녀, 유부녀 되다

"악—!! 윽—!! 음—!!"

"좀 더!! 히~임 줘—!!"

남들은 산모의 이런 상황을 하늘이 노랗게 변하고, 저승과 이승을 넘나들며 뼈마디가 벌어지는 고통을 이겨야 하고, 그녀의 남편 역시 머리를 쥐어뜯기는 고통을 인내하며 7옥타브를 넘나드는 괴성을 질러대며 온몸을 엄습해 오는 두려움을 참아내야 하는 고통의 시간이라고 한다. 하지만 이 산모는 뼈마디를 가르는 고통을 참으면서, 어디에 붙어 있는지도 모를 외계 나라의 언어를 남발하며, 아이가 어디까지 나왔는지 용케도 묻는다.

"음! 으드끄지 나아뜨음!!"

산모에 뒤질세라 이를 악물고 질러대는 외계어에 용케도 대답하는 산파.

"어깨까지 나왔네!! 좀 만 더!! 힘—!!"

"아—악!!"

"응애! 응애! 응애!"

본격적인 작업(?)에 들어선 지 사 분 만에 드디어 기다리던 아기가 태어났다.

"따, 딸내미네."

"저, 정말이죠? 꼬추 빼고 다 있는 거 확실히 맞죠??"

"걱정 말게. 분명히 건강한 딸.내.미.니까!"

산모는 아이가 정상적인 딸.내.미.임을 확인하고는 회심의 미소를 지으며 그대로 잠들어 버린다.

한편, 방 밖에선 초조하게 사 분째 아이의 소식을 기다리는 사나이. 아이의 울음소리가 들리자 긴장된 눈빛으로 작업 중이던 방을 쳐다보며 장승같이 서 있다.

"아들이에요, 딸이에요??"

방에서 나오는 산파에게 사나이는 겨우 입만 벌려서 다급히 묻는다.

"딸일세."

"드디어… 드디어… 딸이다…….."

사나이는 그 자리에서 털썩 주저앉는다. 그리고 몇 초간 말없이 웃다, 울다를 몇 번 반복하더니 다시 벌떡 일어나 동네를 뛰기 시작했다.

“동네 사람들, 드디어 딸이랍니다!! 사 분 만에 딸이랍니다! 하하하하─!!”

사나이가 미친 듯이 논두렁과 밭두렁을 뛰자 신이 난 동네 누렁이들이 같이 뛰어준다. 처음 보는 사람이야 이 사나이를 안쓰러운 눈빛으로 한번 훑어주고, 혀도 몇 번 쯧쯧 차주겠지만, 사정을 잘 아는 동네 사람들은 흡족한 눈빛으로 바라보며 축하해 준다.

“여씨, 이제야 소원 성취하는구만! 축하하네!”

“그래, 그래! 여씨, 축하해!!”

“감사합니다! 하하하하─!!”

나는 이렇게 동네를 뒤흔드는 아버지의 기쁜 웃음소리와 누렁이들의 뜀박질과 온 동네의 축복을 받으며 강원도의 산골짝(얼쑤~)!! 산 좋고, 물 맑고, 공기 좋은(헛)!! 한 마을에서 태어났다(쿵!! 딱!! =)북소리. ─_─;;). 내 이름은 여민주. 현재 나이 열아홉 살. 사 분 만에 태어나서 애칭은 ‘사분이’다. 이 대목에서 난 어머니의 ‘power’에 감사드린다. 조금만 과했거나 모자랐다면, 내 애칭은 ‘이분이’나 ‘삼분이’. 여기까지는 괜찮다고 하더라도 ‘칠분이’나 ‘팔분이’가 되었을 것이다. 내가 태어났던 곳은 ‘사분이’라는 이름이 써~억!! 잘 어울리는 산골짝의 농사짓는 마을이었다.

내가 학교에 들어갈 때가 되자 어머니와 단둘이 수돗물도 나오고, 전기도 들어오는 도시로 이사를 나왔다. 어머니의 교육방침은 매우 엄하셨다. 공부를 안 하면…… 때리셨다. 조금 늦게 귀가해도…… 때리셨다. 혹여 아주 가끔 눈 나쁜 남학생이 따라오기라도 하는 날에는 그

학생 앞에서 복날에 강아지 패 만지듯 때리셨다. 맞는 나도 괴롭지만, 잠시라도 동경하던 여자가 '살려주세요!' 라고 외치며 이리저리 도망치는 모습을 본 남학생 역시 정신적인 충격은 컸을 것이다. 그래서 난 고향 마을에서 농사짓는 오빠들과 아빠를 항상 그리워했다. 내게는 오빠가 세 명이 있다. 오빠들은 모두 아빠와 함께 고향 마을에서 농사일을 했다. 난 오빠들과 아빠가 돈을 많이 벌어 가족이 다같이 사는 게 꿈이다. 하지만 내게는 그 꿈보다 더 큰 꿈이 있다. 그것은 독립!! 지난 십이 년간의 피나는 노력으로—흐윽, 또 눈물이 나네. ㅠ.ㅠ —공부해서 마침내!! 서울에 있는 대학교에 합격했다. +_+ 내가 서울로 출발하는 날, 오빠들과 아빠는 고향 마을에서 나와 어머니와 함께 터미널까지 나를 배웅 나왔다.

"사분아, 짐은 다 챙겼어?"

"응, 큰오빠, 다 챙겼어."

"그래, 우리 딸. 공부 열심히 하고."

"응, 아빠."

"사분아, 건강해야 해!! 방학 때 꼭 와!!"

"걱정 마. 전화할게, 오빠들……."

오빠들과 아빠에게 눈물겨운 작별 인사를 하고 어머니께도 인사를 했다.

"어머니, 저 이만 차를 타겠습니다."

"그래, 조신하게 잘 지내거라. 그리고 서울에 도착하면 이리로 연락드려라."

어머니는 나에게 작은 종이 한 장을 건네셨다. 거기에는 전화번호 하나가 적혀 있다.

"여, 여기가 어딘가요?"

"그리로 전화 걸어보면 알 게다."

"그래도 어딘지는……."

어머니의 째림에 계속되려는 질문을 멈추고 입을 틀어막는 나.

"그래, 잘하고 있어라. 어미가 지켜보고 있다!!"

울먹이는 네 명의 남자를 뒤로하고 '어미의 저주'를 뒤통수에 꽂으며 드디어 나는 상경 버스에 올랐다.

수십 대의 버스가 엉켜 있는 터미널을 비집고 들어가 출발한 지 네 시간 만에 멈춰 선다. 운전사 아저씨의 묘기 같은 운전 덕분에 울렁거리는 속을 어르고, 달래고, 삼키며… -_-;; 버스에서 공중전화로 향했다. 그리곤 어머니가 시키신 대로 쪽지에 적힌 번호로 전화를 걸었다. 전화기에서는 따르릉 소리 대신 어떤 남자의 노랫소리가 들린다. 말로만 듣던 커, 컬러링!! +_+

[왜 불러~ 왜 불러~ 떠나가는… 네, 여보세요.]

갑자기 노래가 끊기며 한 아저씨의 목소리가 들린다.

"아, 안녕하세요? 저는 여민주라고 하는데요."

[아, 민주 양!]

나를 잘 아는 듯한 아저씨의 말투에 '나를 아세요?'라고 묻고 싶지만, 바로 이어지는 아저씨의 말에 당황한다.

[지금 어디 계세요?]

"지금, 서, 서울인데요……."

다짜고짜 어디 있냐는 말에 당황했지만 현명하게 대처했다. 그러나 이어지는 이상한 요구…….

[그럼 오른손을 들어보세요.]

"네??"

당황했지만 손에 들려 있던 가방을 살며시 내려놓고 오른손을 번쩍 들었다. 그리고 보너스로 살짝 흔들어도 보았다. 그 순간 누군가가 내 어깨에 손을 올린다. 깜짝 놀라 돌아보니 검은 양복을 입은 아저씨가 중후한 외모에 어울리지 않게 씨~익 웃고 있다.

"안녕하십니까! 여민주 양이시죠? 저는 한 비서입니다. 짐은 제가 들죠."

"아, 예."

한 비서 아저씨는 온화한 모습으로 내 짐을 받아 들고 따라오라는 듯이 고개를 까딱인다.

아저씨를 따라 도착한 곳에는 아주 큰 검은색의 차가 서 있다. 왠지 좋아 보이는 차. 그때 차 문이 열리며 멋쟁이 청년 하나가 내린다. 모델처럼 큰 키에 늘씬한 몸매, 남자 같지 않게 흰 피부에 붉은 입술, 그리고 내가 좋아하는 밝은 갈색의 머리카락…….

"쓰읍~ -p-;;"

나도 모르게 흘러나오는 침을 닦으며 청년의 모습을 넋을 잃고 바라보았다. 하지만 거칠게 차 문 닫히는 소리가 들리며 시작된 청년의 말…….

"아, 씹! 한 비서, 나 바빠! 가야 된다고 했잖아!!"

차마 '씨발'이라고 까지는 못하고 '발'을 뭉개서 말하는 청년. 예의를 안다고 해야 하는 걸까? -_-;;

"안 됩니다. 오늘만큼은 회장님께서 특별히……."

새파랗게 젊은 청년에게 존대를 하는 한 비서 아저씨도 이상하지만, 아버지뻘 되는 아저씨에게 거친 욕을 하는 막돼먹은…… 잘생긴 청년.

"아, 씨발, 짜증나. 저런 촌티나를… 야, 촌티나!!"

두리번. 두리번.

"뭘 두리번거려!! 너 말이야, 너!!"

가만히 있던 나를 '촌티나'라고 거침없이 부르는 청년. 그리고 계속되는 청년의 예쁜 말들.

"너!! 헛 꿈꾸지 말고, 좋은 말로 할 때 촌구석으로 꺼져!! 알았어?!"

"저, 촌구석 아닌데……. 수돗물도 나오고, 전기도……."

"뭐라는 거야. 짖냐? 여튼 내 눈에 띄지 마라. 또 눈에 띄면… 우두둑!!"

갑자기 내 말에 끼어들어 소리를 버럭 지르더니 긴 손가락을 한꺼번에 꺾어보이며, 날 보고 씨~익 웃는 청년. 그 웃음에 온몸이 부들부들 떨려온다. -_-;; 그러자 내가 겁먹은 것을 확인한 청년은 검은 차에 가려 보이지 않던 잘 빠진 노란 스포츠카를 타고 사라진다.

"음… 어쩔 수 없군요. 마지막 방법밖에는……."

한 비서 아저씨는 혼잣말처럼 중얼거리시더니 나를 차에 태워 어느 아파트로 데려가신다. 도착한 아파트 앞에 써 있는 '1004' 라는 숫자가 나를 행복하게 한다. 아저씨는 문에 달린 이상한 기계의 뚜껑을 열더니 익숙한 솜씨로 번호를 누른다. 그러면서 친절하게 문을 열고 닫는 법을 알려주는 아저씨. 문 여는 모습을 지켜보던 내가 신기해하면서 '와~ 우와~'를 연발하자 처음 보는 기계란 것을 눈치 채신 모양이다. -_-;; 어쨌든 예감이 좋은 아파트 문은 열고 안에 들어서자 세련된 인테리어에 또 한 번 감동하는 나. +_+

"민주 양은 앞으로 이곳에서 지내시면 됩니다."

"여, 여기가 제가 살 곳이라고요(와~ 쥑이네!!)? +_+"

"네. 그리고 이거 받으세요. 1번을 누르시면 저와 바로 연결됩니다."

아저씨는 핸드폰을 내민다! 그거 있잖은가, 쭈~욱 밀어 올리는 거. -_-; 한꺼번에 너무 많은 일이 일어나니 궁금한 게 한두 가지가 아니었다.

"여기서 혼자 사는 건가요?"

"거의 그렇다고 보시면 됩니다."

거의라는 애매한 대답. 하지만 그것보다 더 급박하고 중요한 질문이 떠오르는 나.

"저, 돈 없는데. -_-;;"

"그런 걱정은 마십시오. 모든 부담은 저희 회장님께서……."

"회장님이요? +_+ 그분이 누구시죠?"

"어? 벌써 시간이… 저는 이만……."

내가 회장님에 대해서 묻자 아저씨는 황급히 뛰어나가 버렸다. 아저씨가 나가시고 나는 집을 둘러보았다. 깨끗하고 필요한 모든 것들이 구비되어 있었다. 하지만 나는 여행의 피곤 때문인지 온갖 신기한 것들이 난무하는 그곳에서 어느 것 하나 건드려 보지도 못한 채 방에 놓여 있는 커다란 침대에 피곤한 몸을 눕히고 잠이 들었다.

"일어나. 야, 안 일어나? 야!!"

갑작스런 요란한 소리에 잠이 깼다. 돌같이 무거운 몸이었지만 궁금증을 참지 못하고 눈을 뜨니 외간 남자가 눈에서 레이저를 쏴대고 있는 게 아닌가. 도둑임을 직감한 나는 반사적으로 침대 옆으로 손을 뻗어 손에 잡히는 무언가를 집어 들고는 남자를 향해 던졌다. 순간 퍽 소리와 함께 제대로 맞은 듯 도둑은 침대 아래쪽으로 쓰러진다. 하지만 쓰러졌던 남자는 천천히 몸을 일으켜 내게로 점점 다가온다.

"꺄— 읍!! 드드이얌(꺄악!! 도둑이야)!!"

"병신!! 왜 알아듣지도 못하는 소리를 지르고 지랄이야!! 짖냐?"

비명도 제대로 질러보지도 못하고 욕까지 배불리 먹어가며 도둑에게 딱 걸리고 말았다. 나는 빠져나오려 버둥거려 봤지만, 도둑은 나를 침대에 눌러 꼼짝도 못하게 한다. '남녀칠세부동석' 이거늘, 게다가 여긴 침대가 아닌가. 순간 더욱 거세게 저항했다. 순간 내 얼굴에 떨어지는 물방울.

'헉! 물? 침!! 이, 이거… 벼, 변태 아냐?! o_O'

고등학교 시절, 야간 자율 학습이 끝나고 늦은 시간 집으로 혼자 돌아오던 나는 변태를 만난 적이 있었다. 발목 언저리까지 오는 바바리를 입고 있던 아저씨가 새치름한 표정으로 바바리를 양쪽으로 화악!! 벌렸고, 나는 그때 억울하게 제대로 보지도 못한 채 거품을 물고 기절을 했었다. 다행히 지나가던 이웃집 오빠에 의해 구출(?)되었지만 그때 이후 난 가족 이외의 남자와의 스킨십은 끔찍하게 싫어한다 (특히 아저씨!!). 순간 두려움에 사로잡힌 나는 있는 대로 소리를 질렀다.

"읍!! 느!! 으 븝트 스끄읍(음! 놔!! 이 변태 새끼야)!!"

"야, 시끄러!! 너 때문에 피나잖아!! 제길!!"

한 손으로 여전히 내 입을 막고 다른 한 손으로 옆에 있는 휴지로 손을 뻗어 눈언저리를 닦아내는 변태. 근데 어떻게 휴지가 저기에 있는 걸 아는 걸까? 게다가 아까부터 도둑의 손에서 좋은 향기가 난다.

"아, 짜증나!! 촌티나, 네가 뭔데 소릴 질러!! 엉!!"

순간 서울에 도착해 십 분 만에 들었던 '촌티나' 라는 소리가 다시 들린다. 그 순간 구름이 달을 비켜 나면서 방 안이 달빛에 환해지더니 한쪽 눈두덩에서 피를 질질 흘리는 잘생긴 청년의 얼굴이 보인다.

"야, 놔줄 테니까 소리 지르지 마."

끄떡끄떡.

청년의 손에서 벗어난 나는 청년이 지금 여기에 왜 있는지 궁금해할 여유도 없이 청년의 옷과 얼굴에 낭자한 피에 놀라 소리쳤다.

"괘, 괜찮아요?"

"네 눈엔 괜찮아 보이냐?"

청년은 나에게 소리부터 지른다. 어쨌든 나 때문에 피를 흘리는 것이기에 사과라도 해보려 말을 꺼내는 나. 하지만,

"저… 미……."

"야, 방에 불 좀 켜고 욕실 가서 구급함 좀 가지고 와!"

청년, 내 말을 확실하게 씹어준다. 하지만 잘못한 게 있는 나로서는 청년이 시키는 대로 했다. 그런데……

"스위치가 어딨더라. -_-;;"

"뭐 제대로 하는 게 없냐!"

청년은 소리를 지르며 내가 더듬던 벽보다 20㎝쯤 위를 턱 하고 친다. 감탄하며 뒤를 보자 어느새 욕실에서 구급함을 꺼내 들고 나오는 청년. 순간 온 얼굴과 셔츠에 피를 흩뿌리고 있는 청년이 마치 사랑하는 여자를 위해 몸바쳐 싸운 영화의 주인공처럼 멋지다. +_+ 청년을 보며 나의 눈빛이 발광(미친 거 말고 -_-;;)하고 있을 무렵, 청년은 거만하게 나를 향해 턱을 까딱거리며 침대에 벌러덩 누워버린다.

"지금부터 사 분 준다! 네가 낸 상처, 네가 치료해라! 실시! 일… 이… 삼……."

사 분이란 말에 나도 모르게 친근함을 느낀 나, 배시시 미소가 번진다. 하지만 무작정 숫자를 세기 시작하는 청년에게서 생명의 위협을 느끼고 재빨리 고2 때 배운 응급 처치를 제대로 해내고 있다.

"아얏! 살살 못해?!"

　약간의 감정을 실어 치료해 보려 했지만 청년이 소리치는 바람에 바로 기가 죽어 살살 치료를 했다. 어쨌든 상처 치료를 끝내고 청년을 보니 눈썹 위에 있는 캐릭터 밴드조차 멋지게 보인다. 정말 하는 짓이랑 말투는 뭐 같아도 생긴 것 하나는 끝내준다. +_+

　"다 됐냐?"

　"아, 예."

　"근데 어쩌냐, 사 분 삼십 초 걸렸는데……."

　내 얼굴 바로 앞에서 노려보며 말하는 청년. 손에는 아까 내가 무심코 던졌던 그 물건이 들려 있다. 아까 잠깐 나왔었던 나의 최신형 핸드폰.

　"포, 폭력은 나쁜 거예요… 안 좋은 거라구요……."

　"그래? 근데 어쩌냐, 난 폭력을 무지하게 좋아하는데……."

　순간 핸드폰 끝자락에 살짝 묻어 있는 청년의 피가 나의 간담을 서늘하게 한다. 나는 뒷걸음질치며 청년을 설득해 보려는데 갑자기 청년이 핸드폰을 내 얼굴에 가까이 가져다 댄다.

　"아악!! 잘못했어요!! 용서해 주세요!!"

　청년처럼 핸드폰에 맞아 머리가 깨질지도 모른다는 생각에 소리를 냅다 질렀다. 하지만 아무 일도 일어나지 않았다. 단지 청년이 미친X 보듯이 나를 쳐다보며 말한다.

　"한 비서한테 전화해서 지금 오라구 해. 당장!! -_-;;"

　두려움에 사로잡힌 나는 전화기를 낚아채서 전화를 걸었다. 속으론 '싸가지없는 놈!!'이라는 말을 되뇌이며…….

[네! 민주 양, 무슨······.]

아저씨의 목소리에 안심이 되는 나. 갑자기 눈물이 맺힌다. ㅠ.ㅜ

"아저씨!! 흑흑!! 지, 지금 와주세요!! 흑흑! 싸, 싸가지없는 놈
이······."

[민주 양? 무슨······.]

뚝!

하고 싶은 말은 많았지만, 어느덧 전화기를 빼앗아 폴더를 닫아 버
리는 청년. 그러고는 어이없다는 듯 나를 째려본다.

"뭐? 싸가지없는 놈? 아주 매를 버는구나, 네가."

이어지는 이를 악무는 청년의 목소리와 하필이면 지금 떠오르는
청년이 말했던 '내 눈에 띄지 마!!' 라는 말. 온몸이 오돌오돌 떨려온
다. '싸가지없는 놈' 이라고 말한 내 입을 원망하며 공포에 질려 아저
씨를 기다린 지 정확히 사 분 뒤 아저씨가 도착했다.

"민주 양, 무슨······ 아니, 도련님 여긴 피가!! 또 싸우셨어요?"

눈앞에 펼쳐진 모든 상황에 대한 궁금증을 한꺼번에 쏟아내는 아
저씨. 유난히 내 귀에 거슬리는 말, '또 싸우셨어요?' ······.

"아, 몰라. 촌티나한테 물어봐!"

모든 게 귀찮다는 식으로 모든 걸 내게 떠넘기는 청년. 내가 상황
설명을 마쳤을 무렵, 청년은 자기 집인 양 부엌에서 물을 꺼내 마시
며 거실로 나왔다. 순간 나는 왜 지금 이 청년이 내가 사는 집에 나타
났는지 궁금해졌다. 그때 아저씨가 날 대신해서 질문을 해준다.

"여긴 무슨 일로 오셨나요?"

"내 집이니까 오지. 근데 촌티나가 여기 왜 있지?"

"저, 저 촌티나 아닌데요. 아까도 말했지만 전기랑 수돗물도……."

계속되는 청년의 반말과 아저씨의 존댓말. 그사이에 나를 지칭하는 듯한 말이 오가고…… 나는 그 말을 바로잡기 위해 말을 꺼냈다. 하지만……

"넌 시끄럽고!! 한 비서는 묻는 말에 대답해!!"

"오늘부터 민주 양은 여기서 도련님과 함께 삽니다."

순간 남자는 벽을 퍽! 소리가 나게 치더니 눈을 번뜩이며 괴성을 지른다.

"제길!! 망할 영감탱이!! 대체 어쩌자는 거야!!"

"야, 넌 이 상황에 잠이 오냐?"

청년이 날뛰던 모습을 지켜보던 나는 아저씨와 청년을 거실에 두고 방에 들어와 잠이 들었다. 그런 나를 화풀이용 샌드백인 양 발로 툭툭 차며 어이없는 듯 말을 하는 청년.

"야, 말이 되냐? 응?? 내가, 내가 니… 편이란다."

청년이 무슨 소리를 하는지 못 알아들은 나는 귀를 한 번 후비고,

"저, 누구 편이라고요? 다시 한 번 말씀을……."

"내가 네 남편이라구!!"

순간 청년의 말도 안 되는 소리에 참으려 했던 웃음이 터져 나온다. 하지만 '어미의 저주'보다 더 번뜩이는 눈빛을 쏘는 청년. 순간 죽을지도 모른다는 생각이 들며 자세를 가다듬는다.

“그, 그러니까… … 그쪽이 내 남편이라고요?”

“휴우… 그렇다는군…….”

모든 것을 체념한 채 한숨을 내쉬며 말하는 내 남편. -_-;; 안쓰러운 마음이 들지만 이어지는 청년이 말은 더욱 가관이다.

“두 집안이 유산을 받기 위해선 너랑 내가 결혼을 해야 한다더군.”

“그게 무슨 말인지… 저희 아빠랑 오빠들은 농사짓는데요.”

“헛소리 한 번만 더하면 죽는다!!”

죽는다는 소리에 정신을 바짝 차리고 이야기를 종합해 보는 나,

“아, 그러니까 종합하면, 우리가 부부라는 말이에요?”

“너야 횡재한 거지만, 내 상황은 너무 X같지 않니?”

“네?? X? o_O”

‘X’ 라는 말에 어지럼증을 느끼며 쓰러지고 싶지만 지금 상황은!! 내 남편임을 주장하는 남자와 나란히 침대에 앉아 ‘X’ 에 대해 논하는 상황이 아닌가. o_O 정신을 똑바로 차려야 한다. 난 용기를 내어 크게 외쳤다.

“어쨌든 전 여기서 살아요! 당신이 누구이든 간에 꼭 여기서 살아야 돼요!!”

“이게 굴러온 돌 주제에 집 주인한테 개겨?!”

“지, 집 주, 주인?”

“그래, 집주인!! 내 명의로 된 집이거든, 바로 이 집이!!”

내가 변태로 몰아 약간(?)의 출혈과 통증을 느끼게 하고, 일부러 아프게 상처를 치료했던, 그리고 마지막에 두 눈에 불을 켜고 대들던

이 남자가 무일푼의 내가 살아야 할 1004호의 주인님이셨다. 나는 바로 눈을 깔고 최대한 순종적인 표정을 지어 보였다. 그러자 주인님은 화가 풀리셨는지 말씀을 시작하신다.

"상황이 이렇게 됐으니 우선 같이 살되!! 사생활은 침해하지 말 것!! 모든 물건과 방은 자유롭게 사용하되, 절대 서재엔 들어가지 말 것!! 만약 어길 시에는 바로 여기서 '아웃'이다!! 알겠냐?"

"네! 주……!"

계속 입에서 맴도는 '주인님'을 말할 뻔했다. 하지만 듣지 못한 듯 계속되는 청년의 말.

"어찌 되었든 법적으로 내가 네 남편이니까, 내일 아침부터 맛난 밥상과 깨끗하게 다려진 옷과 먼지 하나 없는 집을 기대해 봐도 되겠지? 그리고 나 내일 여덟 시에는 꼭!! 깨워라! 으흐흐."

청년은 마지막에 살기 가득한 웃음을 한번 날려주더니 베개와 이불 한 장과 함께 나를 거실로 던져 주신다. 그리고는 무엇이 걱정인지 방문을 잠가 버린다. -_-;; 나는 베개와 이불을 주섬주섬 챙겨 들고는 고향에서 쓰던 침대보다 더 푹신한 소파에 누워서 대체 내게 무슨 일이 일어난 건지 생각해 보았다. 하지만 그것보다 내일부터 청년을 뭐라 부를지를 고민했다.

낯선 곳에서 잠을 자서 그런지 아침 일찍 눈이 떠졌다. 재빨리 씻고 아침 준비를 마친 뒤 젖은 머리를 말리려고 보니, 드라이가 청년이 잠들어 있는 방에 있던 게 생각난다. 슬며시 청년의 방문을 밀어

본다. 다행히 어젯밤 잠겨 있던 문이 열린다. 최대한 조심조심 화장대로 향하는 나. 그때 잠든 청년의 머리맡에서 여덟 시를 가리키는 시계가 눈에 들어온다. 순간 어젯밤 협박 비슷하게 여덟 시에 깨우라고 했던 청년의 목소리가 머리 속을 울린다.

"저기요… 일어나요. 깨우라면서요."

청년을 살짝 밀치자 완전 누드인 상체를 이불 밖으로 들어낸다. 그런 청년의 모습에 놀라며 멀리 떨어져 겨우 손가락 끝으로 청년을 찔러보는데…….

"이, 일어나라니까요……."

많이 피곤했는지 정말 깊이 잠든 것 같다. 시체처럼 움직이지 않는 청년을 보니 어젯밤에 고민하던 일을 실천해 보고 싶은 강한 충동을 느낀다.

"여보~세요!! 청년!!"

나의 부름에도 전혀 반응없는 청년의 뒤통수를 보며 나는 좀 더 장난의 강도를 높여 보았다. 비록 장난이긴 하지만 부끄러워 눈을 지그시 감은 나.

"자아기~만 하면 지각해요!!"

퍽!

말이 채 끝나기도 전에 내게로 날아오는 청년의 베개. 새하얀 베개는 내 머리를 감싸고 있던 수건을 툭! 쳐서 흘러내리게 한다. 순간 유난히 길고 검은 내 머리카락들이 휘날린다.

"아침부터 젖은 머리 풀어헤치고 '자아기~'는 무슨 얼어죽을……."

날 보며 한심한 듯 말하는 청년. 그 순간에도 ‘여보’는 듣지 못한 것을 다행이라 생각하는 나. 하지만 기분 나쁘고 자존심도 상했다. 나는 청년을 힘껏 노려봐 주고는 떨어진 수건을 주어 다시 머리에 수건을 둘렀다.

“깨우라고 해서 깨웠는데 안 일어나니까 그랬죠.”

“깨우라고 그랬지, 아침부터 쏠리게 하라고 했어.”

“바, 밥 해놨으니까 먹어요!”

청년의 말도 안 되는 트집에 화가 난 나는 퉁명스럽게 말하고는 화장대로 가서 머리를 말리기 시작했다. 잠시 뒤, 슬쩍 뒤를 돌아보니 청년은 식탁에 앉아서 밥을 먹고 있다. 밥을 먹는 청년에게서 시선을 거두고 계속해서 머리를 말렸다. 점점 물기가 없어지며 늘어지는 긴 머리카락. 유난히 검고 결이 고아서 나의 유일한 자랑이자 매력인 내 머리카락…… ^^ 한참을 머리를 늘어뜨리고 드라이를 한 뒤에 빗질을 하기 위해 시야를 가리고 있던 머리카락을 옆으로 젖혔다. 순간 방 안에 있는 욕실에서 물소리가 들리며 열려 있던 욕실 문을 통해 화장대 거울로 반사되는 영상. 그것은 자~알 빠진 청년의 총천연 살색 뒷모습이 아닌가! 처음 보는 남자의 누드를 넋을 잃고 바라보는 나. 그때 청년이 갑자기 고개를 돌린다. O_O

“야, 씨발, 뭘 봐!! 씨앙!!”

수많은 욕과 함께 문이 쾅 하고 닫혔고, 놀란 나는 부엌으로 도망을 갔다. 놀란 가슴을 진정시키며 붉어진 얼굴이 보일세라 고개를 푹

숙이고 앉아 있었다. 잠시 뒤 내게 다가오는 청년의 강렬한 눈빛이 느껴진다.

"야, 촌티나, 너 변태지? 관음증있지?"

관음증이라 함은 남의 모습을 훔쳐보는 것을 즐기는 일종의 변태적 질병. 순간의 실수로 관음증 변태로 몰려 버린 나. 너무 창피하기도 하고, 제대로도 보지 못하고 변태 취급을 당하자니 너무 억울하다.

"누, 누가 문 열고 샤워하래요?!"

"오~ 그래서 내 잘못이라는 거냐? 집주인인 내가? -_-^"

집주인이라는 말에 아무 말 못하는 나를 보며 승리의 미소를 머금은 청년. 갑자기 목욕 가운의 허리끈을 천천히 풀기 시작한다.

"하긴, 뭐 어떠냐! 어차피 부부 사이인데……."

"뭐, 뭐 하는 짓이에요!!"

"사실 난 남이 내 몸 봐주는 거 너무 좋아해. 자, 맘껏 봐줘~웅."

"꺄악!!"

순간 청년은 입고 있던 가운을 화~악 벗어버리는 게 아닌가. 너무 놀란 나는 비명을 지르며 두 눈을 가리다 제대로 보지 못한 아쉬움에 순간적으로 시야를 가린 손가락들을 쫘~악 펴고야 말았다.

"벼, 변태. 진짜 변태네. -_-;; 조심해야겠군."

가운 속에 반바지를 입은 채, 기분 상한 눈빛으로 풀어진 가운의 앞섶을 여미는 청년. 순간 완전 변태가 되어 망연자실해진 나. 그런 나를 무시하고 나갈 채비를 마친 청년은 나를 부른다.

“야, 변태 촌티나.”

“예, 예?”

“이젠 스스로 인정하네~ 크크크. 청소 잘하고, 내 셔츠 잘 세탁해서 다려놔! 그리고 오늘 저녁은 시금치국이 먹고 싶구나. 그럼.”

스스로 ‘변태 촌티나’임을 인정해 버린 나를 청년은 다시 한 번 비웃어주면서 여러 가지 주문들을 읊조리고는 집을 나선다. 그런 청년의 뒤통수에 메롱 한 방을 날려주고 있을 때 갑자기 뒤를 확!! 돌아보는 청년. 다행히 나의 순발력 때문에 청년에겐 들키지 않았지만 난 나의 소중한 혓바닥을 씹으며 고통의 비명을 속으로 내질러야 했다.

“참, 그리고 앞으론 보고 싶음 보여달라고 해, 훔쳐보지 말고. 크크크.”

뭐가 그리 좋은지 유쾌한 미소를 흩날리며 나가 버리는 청년. 청년의 말에 화가 나 몸이 부들부들 떨려온다. 하지만 내가 할 수 있는 일은 그저 청년이 먹고 나간 그릇을 치우는 일뿐이었다. 설거지를 끝냈을 무렵, 오늘이 개강날인 게 떠오른다. 급하게 준비를 하고 집을 나서는 순간 나는 당황했다. 학교가 어딘지 모른다. -_-;; 어쩔 수 없이 한 비서 아저씨께 도움을 청했고, 아저씨는 차로 학교까지 태워다 주시면서 버스와 지하철 타는 방법을 알려주셨다. 학교 앞에 도착하차 이십 분 정도 걸어가라는 말과 함께 무언가를 내미시는 아저씨.

“앞으로 민주 양의 용돈은 그 카드의 통장으로 지급될 겁니다.”

“아, 저……”

“받아두십시오. 회장님의 배려입니다. 그럼 전 이만……”

아저씨가 주신 카드를 보물인 양 지갑 깊숙이 잘 챙기고, 이어폰을 꽂고 문과대로 향하는 언덕길을 날아갈 듯 가볍게 걸으며 음악에 귀를 기울였다.

끼익!!

귀에 거슬리는 마찰음에 놀라 주위를 살폈다. 한데, 빨간 스포츠카가 바퀴에서 연기를 모락모락 내뿜으며 바로 내 코앞에 서 있는 게 아닌가. 잠시 뒤 차에 타고 있던 남자가 내린다. 일단 비싸 보이는 차와 옷으로 기를 죽이더니, 쓰고 있던 선글라스를 거칠게 벗으며 하늘거리는 머리카락으로 빛나는 눈을 반쯤 덮어주는 남자. 이쯤이면 거의 내 남편과 맞먹는 수준이다. 하지만 내게 점점 가까워지는 남자의 표정은 무시무시하다. 잡아먹을 듯한 눈빛으로 나를 노려보면서 성큼성큼 내 쪽으로 걸어오는 남자. 남자의 기세에 놀라 주위를 살피니 내가 음악에 취해 찻길로 걷다가 차의 진행을 방해한 듯하다. 그래서 차는 급정거를 했을 테고, 그 때문에 차 주인은 차에서 내려 나는 죽일 듯이 노려보며 내게 다가오고 있는 것이다. 상황 파악이 되자 나는 귀에서 이어폰을 빼냈다. 그 순간,

"야, 너 미쳤어?! 그렇게 죽고 싶어!!"

"죄, 죄송……."

사실 좀 미안하기도 했고, 내 잘못이 커서 참아보려고 했다. 그런데 이 남자, 계속해서 동네방네 소문이라도 내려는 듯 바락바락 소리는 지르는 것이 아닌가. −_−^

"씨발, 죽고 싶으면 조용한 데 가서 혼자 죽어!! 아침부터 재수없

게 별 미친 게 다 설치고!! 에이, 씨발!!"

웬만하면 참으려 했다. 내가 잘못했으니 정말 참으려고 했다. 하지만…… 난 차에 타려는 남자를 불러 세웠다.

"잠깐!!"

내 목소리에 막 몸을 돌려세우는 남자에게 달려가 그대로 남자의 배를 차버렸다. 그러자 소리조차 지르지 못하고 주저앉아 황당한 표정으로 나를 보는 남자. 순간 나의 다리는 달리고 있다.

"씨… 느… 이거읍서!!"

알아듣기 힘든 남자의 말을 무시하고 도망치는 데 성공한 나. 어제부터 쌓였던 스트레스가 싹 풀리는 기분이다. 잡히지 않았음에 안도하며 가벼운 발걸음으로 문과대 건물에 들어서니 게시판에 안내문이 붙어 있다.

〈영문과 신입생 환영회 S508호.〉

S? 흐흐흐. 지금까지 눈치 못 챘겠지만—벌써 눈치 챘소?—나는 섹시한 거 무지 좋아한다. 아시다시피 변태를 만난 이후 스킨십을 무지 싫어하게 돼서인지 눈으로 보는 것은 매우 즐겼다. 하지만 관음증은 절대 아니다. 어쨌든 508호를 찾아내기는 했는데 'S'가 아닌 'N'이다. 허탈하기는 하지만 첫날부터 지각할 수는 없기에 재빨리 몸을 돌리는데…….

"지누야… 움~ 음~"

그 순간 여자의 입술 뭉개지는 소리가 들린다. 재빨리 몸을 숨기고 열린 문틈으로 강의실 안을 들여다보았다. 굉장히 큰 키에 뒷모습조차 수려한 남자가 보인다. 잠시 뒤 남자에게 가려서 안 보이던 가녀린 팔이 남자의 목을 감싸 안는다. +_+ 오호~ 나는 좀 더 구경하고 싶었다. 하나, 강의실을 찾아야 함으로 떨어지지 않는 발을 조금씩 움직여 뒷걸음질쳤다. 당당히 뒤돌아 걷고 싶었지만… 눈은 원했다. 순간 복도에 놓여 있던 책상에 걸려 큰 소리를 내며 바닥을 뒹굴고 마는 나. 뒤통수엔 눈이 없으므로 뒷걸음질치던 나는 넘어질 수밖에 없었다.

"누구얏!!"

당장이라도 뛰쳐나올 것 같은 남자의 목소리 놀란 나는 아픔을 느낄 여유도 없이 벌떡 일어나서 발바닥에 땀나게 계단을 뛰어내려 갔다. 다행히 아무도 따라오지는 않았다.

놀란 가슴을 쓸어 내리며 겨우 S508을 찾았다. S508은 이미 사람들로 가득 차 있다. 내가 들어서자 선배들의 환영 인사와 함께 동아리 소개가 이어졌다. 그리고 막 수강 신청 방법에 대해 설명을 시작하려는데, 강의실 앞문이 조용히 열리면서 한 남자가 들어왔다. 순간 나는 수없이 눈을 깜빡여야 했다. 받아들이고 싶지 않은 현실. 배시시 웃으며 강의실로 들어서는 남자는 바로 스포츠카다. 나는 있는 대로 몸을 움츠렸다. 살기 위해 숨어야 했다. 그리고 강의실을 몰래 빠져나가기 위해 조용히 뒷문을 향했다. 그리고는 잽싸게 문을 빠져나가려는 순간 누군가가 내 옷을 잡는다. '이젠 죽었다' 하는 생각에 최대한 불쌍한 표정으로 얼굴을 돌리는데…… 아무도 없다. 살펴보니 문고리에 가방 끈이 걸린 게 아닌가. -_-;; 난 어이없어하며 가방 끈을 빼내 강의실을 탈출하는 데 성공했다.

그 길로 집으로 돌아와 피곤한 몸과 마음을 달래며 한참을 소파에 앉아 있는데, 문득 아침에 남편이 부탁(?)했던 일들이 생각이 난다. 어기적어기적 걸어서 세탁실로 갔다. 붉은 피가 낭자한 남편의 셔츠가 보인다. 왠지 미안한 맘이 든 나는 쭈그려 앉아 남편의 셔츠를 빨았다. 빨래가 끝나고 청소를 시작했다. 꽤나 넓은 집이지만 청소할 건 적었다. 우선 안방을 정리하고 거실에 나와 널려 있는 잡지와 재떨이를 정리했다. 그리고 욕실을 치우니, 남은 건 주방과 서재.

"아차! 서재는 건들지 말라 그랬지."

죽기는 싫었는지 용케도 생각이 났다. 서재에 대한 궁금증으로 괜히 목숨을 거는 일을 미연에 방지하기 위해 몸을 과감하게 돌려 주방으로 향했다. 애교있게 부탁해도 끓여줄까 말까 한데, 시금치국을 끓이라며 반협박의 얄미운 미소를 날리던 남편의 모습을 떠오르자 다시 울화가 치밀어 오른다. 하나, 남편이 집주인이라는 사실을 되뇌며 국거리를 찾았다. 다행히 밀폐 용기에 잘 보관된 시금치가 보인다. 식사 준비를 마치고 시계를 보니 6시. TV를 볼까 했지만 도망치느라 하지 못한 수강 신청이 떠오른다. 난 거실에 마련되어 있는 컴퓨터를 켰다. 잘 빠진 평면 모니터를 보자 아침에 보았던 남편의 벗은 뒷모습이 떠오른다. 잠시 아침의 보기 좋았던 풍경을 떠올리며 학교 홈페이지에서 겨우 수강 신청을 마쳤다. 막 컴퓨터를 끄려는데 메신저의

채팅창이 뜬다.

〈님아, 오랜만!!〉

앗, '영웅 It's me' 다. 두 달 전쯤 채팅으로 알게 된 친구. 나처럼 영웅님의 팬이라고 했다. 같은 영웅님의 팬이라서 그런지 말이 통했다. 잠깐 나의 영웅님에 대해서 설명을 하자면, 이 시대 최고의 가수이자 모델로서 미모와 재능을 겸비한 최고 중에 완전 최고인 남자였다.

〈하이루!! 요즘 잘 안 보이네요.〉
〈네. 사정이 있어서 이사를 좀……. ^^;;〉
〈앗, 맞다! 영웅님 다니시는 대학에 합격했다고 했죠?〉
〈네!! ^＿＿＿^〉
〈부러워요!! 너무 좋겠다!!〉
〈네!! 너무 좋아요. ^^ 뭐, 아직 영웅님 그림자도 못 봤지만…….〉
〈언젠가는 만나게 되겠죠.〉
〈네, 그래야죠!! *^^*〉

오랜만에 채팅으로 잊고 있었던 사실을 알게 됐다. 내가 다니는 학교에 영웅님이 다니신다는 것. +_+ 내일부터는 눈을 부릅뜨고 학교를 다녀야겠다고 다짐하며 결의를 다지는데 아주 요란한 소리가 내 귀를 자극한다.

꾸~루~우~루~욱!!

그랬다! 아직 저녁을 못 먹었다. 시계를 보니 벌써 8시다. 아직 아무 연락도 없는 남편. 이대로 소박맞는 것인가. 나의 경우 아웃!!이라는 게 어울리나. -_-;; 연락을 해보고 싶었지만 전화번호를 모르고, 할 수 없이 홀로 밥을 먹었다. 그리고 나의 침대(소파. -_-;;)에 누워 TV를 보면서 남편이 오기를 기다리다 잠이 들었다.

아침에 일어나 남편의 방을 들여다보니 주인 없이 홀로 긴긴밤을 보낸 침대가 왠지 쓸쓸해 보인다. 그런 것도 남편이라고 신경이 쓰이나 보다. 부주하게 준비를 마치고 강의 시간에 맞춰 집을 나섰다. 그때 때마침 도착한 엘리베이터에서 초췌한 남편이 내린다. 반가운 마음에 말을 걸었다.

"저기, 어제 왜 안 들어왔어요?"

"사생활 간섭하지 말라고 했을 텐데. -_-^"

어딘지 심기가 불편한 듯 날카롭게 대답하는 남편. 나를 째려보는 남편의 눈빛이 너무 무섭다. 한참을 날 노려보면 남편은 이내 문을 벌컥 연다.

"시금치국 끓여놨어요. 드세……."

쾅!!

말하는 도중에 문을 부서져라 닫고 들어가 버리는 남편. 그래도 조금은 걱정했던 나는 남편의 행동에 왠지 모를 서운함을 느끼며 버스

정류장을 향했다. 버스에서 내려 어제처럼 귀에 이어폰을 꽂고 길을 걸었다. 오늘은 조금 작게 음악을 듣고 있다. 그리고 좌우도 살피고 걷고 있다. 그런데 뒤에서 누군가가 나를 따라오는 느낌이 든다. 재빨리 고개를 확 돌려 그 사람을 노려봤다. 하지만 다음 순간 재빨리 몸을 돌려 앞으로 내달려야 했다. 하지만 저승사자처럼 내 옆을 지나 내 앞을 가로막는 것…… 바로 스포츠카다. +_+ 스포츠카에게 딱!! 걸린 나는 어울리지 않는 꽃 미소를 날려주며 정말 미안한 듯 사과도 했다.

"어, 어제는 정말 죄송했어요. 호호호. ^^;;"

하지만 스포츠카는 별로 맘에 들지 않는 듯, 이글거리는 눈빛으로 나를 노려본다. 하지만 이 상황에서도 단추를 전부 채우지 않아 셔츠 사이로 드러나는 스포츠카의 매끈하고 섹시한 목 선에 감동하고 있는 나.

"어제는 잘도 도망쳤겠다."

"네, 매끈하게 잘 빠지셨네요. -p-"

"뭐라는 거야!! 지금 나랑 장난해!!"

버럭 소리치는 스포츠카의 목소리에 정신이 번쩍 든다. 그랬다. 난 어제 사고쳤던 스포츠카에게 딱 걸려 이승과 저승을 넘나드는 상황이었다. 살고 싶은 욕망이 들끓기 시작한 나는 최대한 여성스럽고 가녀린 목소리로…….

"정말 죄송했어요. 너~무 경황이 없어놔서. 호호호."

"오호~ 경황이 없어서 남의 가문의 대를 끊으려고 그랬냐!!"

“네? 왜 가문의 대가……? 그게 무슨…….”

이해할 수 없는 스포츠카의 말에 어제 발길질을 했던 곳을 보았다. 그런데 유난히 긴 스포츠카의 다리 때문에 분명 배라고 생각한 그 곳에는……

“네가 어제 내 XX 차고 도망갔잖아!!”

‘XX… 헉!! +_+’

얼마 전 남편이 말했던 ‘X’ 보다 한 글자 늘어난, 비슷한 민망함을 지닌 단어… XX!! 스포츠카가 리얼하게 외친 ‘XX’ 에 지나가던 사람들의 시선이 우리 쪽을 향했다. 나는 얼른 고개를 숙이고 얼굴을 가리고 자리를 피하려고 했지만, 스포츠카에게 뒷덜미를 잡혀 버렸다. 이미 그 주변의 모든 사람들은 움직임없이 숨죽이고 우리만 바라보고 있다.

“어딜 도망가!! 책임을 져야지!!”

“제, 제가… 뭐, 뭘 어떻게 책임을…….”

“남의 XX를 차놓고 피해 보상도 안 할 생각이었어?! 내 XX을 찰 때는 아무 생각 없었겠지만, 내 X……. 윽!!”

“알았어요, 알았다고요. 제발 소리 좀 치지 마요.”

나는 다시 한 번 XX를 외치려는 스포츠카의 입을 틀어막았다. 순간 스포츠카가 ‘윽’ 소리와 함께 코를 잡고 앞으로 고꾸라진다. 그리고 내 검지를 타고 흐르는 축축한 느낌과 함께 또 사고를 쳤다는 암담함이 전달된다. 상황을 살피니 내 손끝에는 피가 묻어 있고, 스포츠카는 코피를 흘리며 코를 잡고 쭈그려 앉아 있다. 순간 이번 사태는 수습이 안 될 것 같은 불길한 예감이 들며 어떻게든 도망치려고 했으나, 그 길로 스포츠카에게 끌려 인적이 드물다는 곳으로 끌려갔다. 이곳은 강의실을 잘못 찾아왔던 문과대 건물이었다. 순간 상황 파악 못하고 어제 보았던 보기 좋았던(?) 영상이 떠오른다. 하나, 나를 한쪽 구석에 몰아놓고는 휴지를 꺼내 피가 흐르는 콧구멍을 틀어막으며 나를 잡아먹을 듯이 노려보는 스포츠카가 보이자 죽을지도 모른다는 생각에 정신을 차리고 다시 사과를 해본다.

"죄, 죄송……."

"시끄러!!"

잡아먹을 듯 소리를 지르는 스포츠카. 이제 난 죽었다. ㅠ_ㅜ 순간 가족들의 얼굴이 하나하나 떠오른다. 가슴속으로 뜨거운 눈물을 흘리며 하나하나 작별 인사를 하고 있을 때, 좀 전까지 'XX'를 책임지라며 빽빽거리던 스포츠카의 뜬금없는 목소리가 들린다.

"……할래?"

순간 얼굴이 벌게지며 아직 첫키스의 경험도 없던 나는 윗옷 앞섶을 부여잡으며 신경질적으로 버럭 소리를 질렀다.

"뭐, 뭘 해요!! o_O"

"어떻게 보상할 거냐구~우!!"

내 말에 한층 더 찢어지는 목소리로 소리치는 스포츠카. 스포츠카의 말을 어이없이 착각한 나는 멋쩍게 웃어 보였다.

"웃어? ㅡ_ㅡ^"

점점 얼굴색이 안 좋아지는 스포츠카. 그만큼 나의 생명도 이승과 멀어져 가는 기분이다. 나는 애써 미안한 표정을 지으며 말했다.

"치, 치료비는 얼마나……."

"치료비가 문제야!!"

스포츠카는 갑자기 소리를 치며 옆에 있던 의자를 걷어찼다. 죄없이 나뒹구는 의자의 모습이 어찌나 내 모습과 오버랩이 되는지… 조금 뒤의 내 모습을 보는 것 같아 뒷골이 당긴다.

"……해."

"뭐, 뭘 해요!! o_O"

"씨발, 한 번에 못 알아들어? 내가 시키는 건 뭐든 다 하라고!!"

다시 한 번 앞섶을 매만지며 말하는 나. 그러자 스포츠카는 내 말과 행동에 기분 나쁜 듯 소리친다. 하지만……

"그, 그건… 제, 제가 너무 불리한……."

"그래서? 싫다는 거야? 남의 XX을 차고, 코피까지 흘리게 하구선?!"

스포츠카의 말에 할 말이 없어진 나. 할 수 없이 눈물을 머금고 스포츠카의 '꼬붕'이 되었다. 기한도 없고, 주말도 없다. 캠퍼스의 낭만과 멋진 남자, 친구도 빠빠이다. 을사조약 이후의 최악의 조약을 맺는 내게 스포츠카는 즐거운 목소리로 전화번호를 묻는다.

"011-0000-0000예요."

"이름."

"여, 여민주요."

"여의주?!"

“아니요, 여.민.주.요!”

“그래, 여.의.주. =＿＿=”

한쪽 콧구멍에 휴지를 꽂은 채, 진심으로 재미있는 듯 씨익 웃는 스포츠카. 그의 코피가 쌍코피가 아님을 한탄하며 나도 덩달아 웃어 보았다. 하지만 스포츠카의 째림에 그리 오래 웃을 수는 없었다. 스포츠카는 내 전화기를 뺏어 자기 전화번호와 ‘주인님’이라고 이름을 입력을 한다.

“무슨 주인님은… 애도 아니고…….”

퍽!!

작게… 아주 작게 말했지만, 주인님은 내 뒤통수를 매만져 주신다. ㅠ.ㅜ

“전화하면 즉시 행동하고, 토달았다가는 죽을 줄 알아! 알았어?”

“네, 주인님. +_+”

개강 둘째 날부터 노예가 되어버린 나는 대학의 낭만은커녕 정상적인 학교 생활도 못하고, 오늘도 눈물 젖은 걸레로 세차하고 있다. 저 멀리서 주인님이 말쑥한 차림으로 섹시한 목에 금목걸이를 반짝이며 다가온다. 얼마 전 코피를 흘리며 미소 짓던 그 처절한 모습은 어디에서도 찾아볼 수 없다.

“어이~ 여의주! 다 했냐?”

“네!! +_+”

“그럼 비켜!!”

정말 충성 어린 눈빛으로 대답했다. 하지만 내 충성 어린 눈빛에도 나를 살짝 밀치고는 내가 열심히 닦은 스포츠카를 타고 사라지는 주인 쉐이. 허무하게 그 모습을 바라보며 뿌득뿌득 이를 갈았다.

그렇게 힘든 몸을 이끌고 돌아온 집. 오늘도 아침에야 기어들어 왔던 남편도, 먹을 것도 하나도 남아 있지 않다. 하지만 남편을 원망할 기력도 없던 나는 식사 준비를 하려고 냉장고를 보았다. 그때 냉장고 문에 붙어 있는 노란 종이가 보인다.

"미역국. -_-;;"

검은 펜으로 굵게 적힌 글씨를 읽고 냉장고를 여니, 미역 역시 용기에 담겨 한쪽에 놓여 있다. 난 재료라도 준비해 둔 남편에게 감사를 드리며 미역국을 끓여 저녁을 먹었다.

바스락. 바스락.

선잠이 든 내 귀에 들리는 조심스런 발소리가 들린다. 시계를 보니 새벽 세 시다. 난 새벽 세 시에 들리는 소리에 잠꼬대하듯 말했다.

"누구세요~ -0-"

"어, 깼냐? 계속 자라."

남편이다. 그래도 내가 잔다고 조심스럽게 들어온 모양이다. 술을 마셨는지 말할 때마다 술 냄새가 난다. 나는 남편의 술 냄새에 취한 건지, 잠에 취한 건지…… 다시 잠이 들었다.

아침에 눈을 떴다. 새벽에 남편이 들어왔던 것 같은데… 확인하려는 자리에서 일어서려고 손을 짚었는데 뭔가 물컹하고 따뜻한 것이 만져진다. 깜짝 놀랐지만 왠지 좋은 느낌이 들기에 조금 더 더듬어 보았다.

"어이, 변태, 손 좀 치워줄래? 이젠 보는 걸로는 만족이 안 돼?"

깜짝 놀라 돌아보니 기분 나쁜 남편의 표정과 함께 남편의 가슴팍을 심하게 더듬고 있는 내 손이 보인다.

"악!!"

"아씨~ 왜 네가 소리 지르고 지랄이야!! 질러도 내가 질러야지!! -_-^"

윗옷은 어디다 팔아버렸는지 꼴랑 반바지 하나만 입고, 멋진 가빠를 자랑하면서 내 침대에서 자고 있는 남편. 생각해 보니 방금 전까지 나도 저기서 자고 있었던 것 같다.

"왜, 왜 여기서 자는 거예요!!"

"내가 어디서 자든 뭔 상관이야. -_-^"

"왜 하필 내 침대에서 자는 건데요!!"

"이게 언제부터 네 침대였냐? -_-^"

맞는 말이다. 이건 남편의 소파다. 하지만 영웅님을 위해 십구 년 동안 지켜온 내 순정이었거늘 외간 남자와 동침을 하다니, 순간 눈물이 흐른다.

"흑흑. 아직… 뽀뽀… 못… 흑흑… 어떻게… 흑흑."

하고 싶은 말은 많았지만 이 서럽고, 불행한 사태에 나도 모르게 복받치는 울음과 함께 영웅님의 이름을 목놓아 불렀다.

“흑흑… 영웅님. 흑흑… 영웅님……."
“어이, 야, 아무 일도 없었어. 어이!!"
“으아앙……."
아무 일 없었다는 남편의 말을 무시하며 엉엉 울어버렸다. 그렇게 한참이 지나자 남편도 사태의 심각성을 느꼈는지 부드러운 목소리로 말을 한다.
“네가 말하는 영웅이란 게 연예인을 말하는 거냐?"
“끅끅… 흑흑(끄떡끄떡)."
목놓아 우는 와중에도 영웅이라는 말에 귀가 번쩍 한다. +_+
“참, 그 어리버리한 놈이 뭐가 좋다고 난리냐?"
“우리 영웅님 욕하지 마요. 흑흑흑."
남편이 비록 잘생기긴 했지만, 어찌 우리 영웅님을 욕보인단 말인가. 게다가 욕도 잘하고 싸가지도 없고… 그런데… 난 그런 사람과 동침(?)을…….
“어떻게… 흑흑흑. 영웅님… 흑흑흑. 순정을… 흑흑."
“야, 왜 우는데!! 아침부터 재수없게!!"
남편은 이런 내 모습을 어이없는지 그냥 바라보고 있다가 짜증난 듯 버럭 소리를 지른다. 순간 나도 화가 나서 소리쳤다.
“어떻게… 흑흑… 책임… 흑흑… 져요!!"
“야, 내가 네 남편이거든? 엉?!"
아차차, 잊고 있었군. 이 사람이 내 남편이었지. 그럼 벌써 책임을 진 거네. 그럼 상황 끝인 건가? 근데 왜 이리 억울하지……. ㅜ_ㅡ 할 말을 잃은 나는 넋을 놓고 앉아 계속 눈물만 흘렸다.

"야, 그럼 내가 네 영웅님 만나게 해줄게."

"네?? 영웅님이요?? +_ㅜ"

나를 보던 남편이 조심스럽게 말을 꺼낸다. 귀가 번쩍 뜨이는 제안. 하지만 영웅님이 우리 남편이 오라고 해서 올 수 있는 분이 아니지 않은가.

"뻥치지 마요! 영웅님이 그렇게 한가한 줄 알아요?"

"만나기 싫어? -_-^"

휘익휘익.

"끝까지 들어. 만나게 해줄 테니 오늘 일은 요, 요, 용서해라."

만나기 싫으냐는 남편의 말에 거칠게 머리를 내저었다. 그리고 비록 용서란 말을 심하게 더듬었지만 일단 남편의 사과를 받아주기로 했다. 하지만 이것도 일종의 거래이니 정확한 날짜와 시간이 필요했다. =__=

"어, 언제 만나게 해줄 건데요?"

"언제 만나고 싶으냐?"

"언제든지……. =__="

"-_-^ 그럼 내가 전화할 테니까 기다리고 있어."

"모쪼록 빨리 연락주세요. +_+"

"알았으니까 가서 세수나 해라. 흉하다."

남편의 말에 얼굴을 가리고 욕실로 들어가 퉁퉁 부은 얼굴을 대충 씻고 아침 식탁을 다 차렸을 무렵, 말끔하게 나갈 준비를 하고 나오

는 남편. 지금까지의 정장 스타일과는 다르게 캐주얼한 차림새다. 멋있다. +p+

"야, 잘생긴 놈 첨 봐? 그리고 너 턱에 구멍났냐? 침 닦아."

"쓰읍~ -p-;; 아, 아침 먹고 나가요. 어제 술 먹은 것 같던데……."

남편의 말에 재빠르게 침을 닦고는 북어를 조금 넣어서 끓인 미역국으로 상을 차리며 남편에게 말했다. 잠시 말없이 국을 보던 남편은 자리에 앉아 순식간에 차려진 음식을 모두 먹어치운다.

"촌티나, 국도 시골스럽게 끓이네. 쳇!"

잘 먹고도 툴툴대는 남편. 하지만 배불러 기분이 좋아 보이는 남편이기에 전부터 하려고 생각하던 말을 꺼냈다.

"저 촌티나 아니에요. 민주예요, 여민주!"

"넌 내 이름 아나?"

"말해 준 적 없잖아요."

"너도 말해 준 적 없잖아."

"그래도 전 기분 나쁘게는 안 불렀어요."

"대신 넌 비위 상하게 불렀잖아."

"내가 언제요."

"여보~ 자아기~는 뭔데? -_-^"

며칠 전의 일을 다시 꺼내며 시비조로 말하는 남편. 이제야 안 사실이지만 남편은 그날 '자아기~' 뿐만 아니라 '여보~'라고 한 것도 들은 듯하다.

“이성재야.”

“네??”

“너 귀에 문제있어? 어떻게 항상 한 번에 못 알아들어!”

남편은 다시 한 번 나를 기분 나쁘게 아래위로 훑어보더니,

“내가 국이 먹을 만해서 다시 한 번 말해 준다. 이.성.재.라구!!”

남편은 자기 이름 석 자를 그렇게나 내게 각인시키고 싶었던 건지 내 귀에 밥알을 튀겨가며 소리를 지른다.

“귀 아파요. 이성재 씨!!”

순간 미친 듯이 큭큭 대는 남편. ㅡ_ㅡ;;

“큭큭큭. 촌티나, 그냥 ‘오빠’ 라고 불러. ‘~씨’ 가 모냐? 큭큭큭.”

“아씨!! 촌티나 아니라니까요!! 민주요, 민주!”

내가 내 이름을 다시 한 번 확인시켜 주는데 남편은 언제 자릴 옮긴 건지 거실에 가서 내 전화기를 만지작거리고 있다.

“뭐 해요?”

“엉, 내 번호 저장한다. 잉? 1번에 누가 있네?”

“아, 그거 한 비서 아저씨예요.”

“그래? 그럼 난 0번, 잘생긴 남편. =__=”

나이답지 않은 순수함(?)과 오기를 느낄 수 있는 남편의 행동. 1번보다 빠른 번호인 0번에 번호를 저장하며 뿌듯해한다.

“야, 네 번호 불러봐!”

“나도 0번에 저장해 줘요.”

남편에게 곱게 전화번호를 불러주며 나는 나도 0번에 저장시켜 달

라고 말했다. 그러자 어이없이 나를 바라보는 남편은 짜증스럽게 말을 한다.

"난 0번에 지금 사귀는 여자를 저장하거든?"

"난 법적으로 부부인데다 같이 살잖아요."

왠지 모를 오기가 생긴 나는 남편과 같이 살고 있음을 강조했다. 하지만……

"그러니까 사귀는 여자라는 건 나랑 자는!! 여자란 거야."

"자, 자아는?? +_+"

당황해서 얼굴이 벌게진다. 하지만 오늘 아침의 사건이 머리를 스친다.

"나도 오늘 같이 잤잖아요."

내가 회심의 미소와 함께 눈을 번뜩이며 말하자 당황하는 남편. 하지만 잠시 뒤 배시시 웃는 남편의 모습이 나를 두렵게 한다.

"의미가 잘못 전달됐군. 내가 말한 '잔다' 의 의미는 말이지……."

스멀스멀 다가오며 느끼한 미소를 보내는 남편. 순간 남편의 의도가 바로 파악이 된다. +_+

"아무 데나 저장하시죠!"

재빨리 한마디 하고는 남편을 피해 부엌으로 도망쳤다.

잠시 뒤 남편의 웃는 소리와 함께 문이 열렸다 닫히는 소리가 들린다. 나도 학교에 가야 함으로 남편 뒤를 따라 허겁지겁 뛰어나왔지만 버스를 놓쳐 버렸다. 어찌할지 고민하고 서 있을 때 낯익은 노란 스포츠카가 다가온다. 남편이다.

"촌티나, 버스 놓쳤냐?"

"네!! ^^;"

순간 남편의 차를 타고 등교할 수 있다는 기대에 부풀어 정겹게 대답했다. 남편이 비록 촌티나라고 불렀지만, 지금은 그게 문제가 아니었다.

"어휴~ 어쩌냐! 여기 버스 자주 안 오는데… … 지각하겠네."

"네, 그럴지도 몰라요!! ^^;"

"그래, 지하철 타는 게 빠르겠다. 어여 뛰어!!"

지하철을 타고 가는 게 빠르다는 조언을 남기고 휑~ 하니 사라져 가는 노란 스포츠카. 사라지는 노란 스포츠카를 노려보며 지하철역까지 뛰어서 겨우 지각을 면할 수 있는 열차를 탔다. 순간 시끄럽게 울리는 촌스런 벨소리. 공공 장소에서는 진동 모드로 해야 하는 에티켓조차 모르는 사람이 누군지 너무 궁금해서 주위를 두리번거렸다. 하지만 모두가 날 보고 있는 게 아닌가. 순간 당황한 나. 아직까지 한 번도 울린 적 없었기에 내 전화 벨소리도 모르고 있었다. 주변의 시선을 애써 외면하며 전화를 받았다.

"여, 여보세요."

[야, 너 어디냐!!]

내 목소리보다 더 크게 들려오는 외간 남자의 목소리.

"누, 누구시죠?? 저, 전 지하철 안인데요……."

[주인님 목소리도 못 알아듣냐?? 오늘 수업이 몇 시에 끝나냐?]

"오늘 1교시부터 8교시까지 만땅인데요."

[그래? 그럼 내 차 열한 시까지 세차해 놔라.]

"저기 수업이……."

뚝!!

자기 할 말만 하고 그냥 끊어버리는 주인 쉐이. 화가 나서 씩씩거리고 있을 때, 메시지 수신음이 들린다.

〈문과대 앞에 주차되어 있음.〉

친절하게도 차가 어디에 있는지 알려주는 주인 쉐이. −_−;; 그렇게 난 분을 삭히며 달리고 달려 강의 시간을 삼 분 앞두고 강의실에 도착했다. 첫 수업이라는 부푼 맘을 진정시키며 조용히 강의실 문을 열었다.

끼이이익!!

요란한 소리를 내는 강의실 문을 여니, 세 명의 남자와 빡빡해 보이는 여자 한 명이 앉아 있다. 아무리 살펴보아도 생기라곤 찾아볼 수 없는 칙칙한 분위기. 혹시나 교실을 잘못 찾은 건 아닌지 하는 마음에 시간표를 확인해 보려고 수첩을 꺼냈다.

"학생, 들어올 거면 들어오고, 아니면 문 좀 닫아주겠나?"

순간 미처 발견하지 못했던 할아버지 교수님 한 분이 점잖게 말한다.

"아, 예! 죄송합니다!!"

서양 문화의 이해… 얼핏 들었던 기억이 난다. 수강 신청 설명을 해주던 선배들이 불러줬던 피해야 할 과목 중에 하나. 갑자기 등장한 스포츠카 때문에 다 듣지는 못했지만, 분명히 이 과목이 있었다. 강의는 정말 최고였다. 모두 딴 짓을 하거나 졸았고, 삼십 분쯤 지나자 모두 기절 상태였다. 그때 갑자기 '쾅!' 소리와 함께 강의실 문이 열리며 서광이 비치는 것 같았다.

"늦어서 죄송합니다. 서양 문화의 이해 맞나요?"

"그, 그렇다네. 한지누 군, 다음엔 늦지 말고 오게."

실하게 생긴 남정네 하나가 당당하게 강의실 문을 박차고 들어오는 게 아닌가. 교수님은 꽤 친한 듯 대화를 주고받는 그 남자를 '한지누'라고 했다.

'지누? 어디서 들어봤는데……'

"책 좀 같이 볼래? ^^"

멍하니 생각에 빠져 있는 내게 지누라는 남자가 다가와 말했다. 순간 얼어버린 나는 아무 말 못하고 고개만 끄덕였다.

"고마워. ^^"

남자의 눈웃음에 가슴이 콩닥거린다. 이렇게 멋진 남자가 내 옆에 앉아 같이 책을 보자고 하다니… 이건 영화에서나 가능한 사랑의 시작이 아닌가?

"그럼 오늘 수업은 여기서 마치겠어요."

지누 씨를 넋을 잃고 바라보던 나는 수업을 마치는 말에 정신을 차렸다.

"오늘 신세졌다. 꼭 갚을게."

"신세랄 거 뭐 있나요. ^p^"

책 사지 말고 계속 나랑 보자고 말하고 싶은 충동이 인다. 지누 씨 덕분에 고통뿐인 이 시간을 사랑하게 될 것 같다. 그때 수업이 끝나자마자 시간에 맞춘 듯 핸드폰에 메시지가 뜬다.

〈앞으로 삼십 분 남았다. 세차 잘하고 있겠지?〉

깜짝 놀라 시계를 보니, 이제 겨우 삼십 분이 남았다. 나는 정말 눈썹이 휘날리게 달렸다. 겨우 도착한 주차장에는 주인님의 빨간 스포츠카, 아니, 황토색 스포츠카가 날 기다리고 있었다. -_-;;

"망할 놈의 주인 쉐이!!"

플라스틱 대아에 물을 떠서 손바닥만한 걸레로 열심히 닦은 지 언 이십 분. 내 옷과 얼굴은 흙먼지로 더러웠지만, 주인 쉐이의 차는 깨끗해졌다.

"어~ 여의주, 실력이 느네?"

그때 어디서 나타난 건지 지난번과는 다른 여인네를 데리고 깨끗해진 차를 보며 만족해하는 주인 쉐이.

"수업 시간은 좀 피해주세요!!"

겨우 수업 시간을 피해달라는 말을 하자 주인 쉐이는 나를 무시하는 듯 내 어깨를 툭 치고 차에 탄다. 차에 탄 주인 쉐이는 거칠게 클랙슨을 울리며 후진을 한다. 그때였다. 비록 재빨리 피한 나였지만, 빠르게 후진하는 스포츠카에 미처 옮기지 못한 흙탕물 가득한 대아가 하늘로 치솟더니 그대로 나를 덮쳤다. 그리고 옵션인 듯 깨진 대야가 내 머리로 살포시 떨어진다. 가만히 서 있었다. 무너지는 자존심과 창피함. 불쌍한 듯 쳐다보는 주위의 시선들. 주먹을 불끈 쥐며 참고 참았다. 이번엔 주인 쉐이도 미안했는지 차에서 내리더니 한마디 한다.

"모, 몸이 왜 그렇게 굼뜨냐!! 그것도 못 피하구……."

진심 어린 사과하기를 기대한 것도 아니었다. 그래도 미안하다고 한마디는 할 줄 알았다. 비록 비꼬는 듯한 말투는 아니었지만 모든 게 내 잘못이라는 듯 말하는 주인 쉐이. 참기 힘든 굴욕감에 난 눈물이 나려고 했다.

"어떤 새끼가 쪽팔리게 운전을 그 따위로 해!! 무면허야?"

어디선가 나를 대신해 소리쳐 주는 목소리. 환청이라기엔 너무나도 생생한 남자의 목소리에 뒤를 돌아보았다. 잘 보이지 않아 다시 한 번 눈을 비비고 목소리를 낸 사람을 확인했다.

"지, 지누 씨……."

지누 씨는 말없이 내게 다가오더니 입고 있던 겉옷을 벗어 내 머리에 씌운다. 그 옷은 내 머리부터 엉덩이까지 모두를 가려준다.

"너, 등신이야!! 천치야!! 왜 화를 못 내!!"

나를 욕하는 말인데도 불구하고 다정하게 들리는 지누 씨의 말에 나는 참고 있던 울음을 터뜨리고 말았다.

"흑흑… 엉엉엉."

"미안해. 정말 고의는 아니었다."

그때서야 정식으로 사과를 하는 주인 쉐이. 하지만 나는 그 사과를 받아줄 여유가 없었다. 내 마음을 알아차린 건지 지누 씨는 주인 쉐이의 사과를 무시한 채 구정물에 더러워진 나를 품에 안고는 어딘가로 데려간다.

지누 씨는 나를 차에 태운 뒤 집이 어딘지 묻는다. 한참을 울고 있던 나는 지누 씨의 말에 당황했다. 난 아직 우리 집이 무슨 아파트인지 모른다. -_-;;;

"1004혼데… 끄흑흑… 무슨 아파튼지 몰라요…… 흑흑흑."

"음… 그럼 할 수 없지."

지누 씨는 그대로 십오 분 정도를 달렸다. 그사이 울음소리와 끅끅거리는 숨넘어가는 소리는 조금씩 잦아들었고, 어느 정도 안정되었다.

"내려."

"여기가 어딘데요?"

"우리 집."

작고 예쁜 정원이 있는 아담한 이층 집 앞에 차를 세운 지누 씨는 나를 집 안으로 안내했다. 물에 빠진 생쥐 꼴로 집 안에서 두리번거리는 내게 지누 씨는 자신의 겉옷을 벗기고 내게 수건과 옷을 건네며 욕실을 알려준다.

"우선 씻고 이거 입어라. 꼴이 마, 말이 아니다. 욕실은 저쪽이야."

"네, 고마워요……."

순간 나와 눈이 마주친 지누 씨가 미간을 살짝 찡그렸으나 신경 쓰지 않고 욕실로 향했다. 깨끗한 흰색과 오렌지 색 타일이 깔린 예쁜 욕실이었다. 그때 욕실 거울에 비친 흉한 몰골 하나를 발견했다. 놀란 나는 절대 내가 아닐 거라고 고개를 저었다. 하지만 거울 속의 몰골은 날 비웃기라도 하듯이 나와 똑같이 머리를 흔들어댄다. 이미 물기는 말라 버려 흙과 함께 뒤엉켜 제비집 같은 머리카락과 흙투성이 얼굴. 재빨리 사태를 수습을 해보려고 노력했지만, 유난히 긴 내 머리 때문에 머리를 감는 데만 한 시간이 걸렸다.

두 시간쯤 지난 뒤에야 인간의 형상을 갖춘 나는 지누 씨가 빌려준 반바지와 남방을 입었다. 완전히 살인 힙합이다! 거울을 보며 힙합스러운 포즈를 취해보았지만, 어딘지 거지스러움만 풍겨온다. -_-;; 그런 내 모습을 애써 외면하며 거실로 나왔다.

"저, 다 했어요."

"어, 그래, 잠깐 기다려. 따뜻한 거 한 잔 줄게."

거실에서 TV를 보며 날 기다리던 지누 씨는 쉽사리 나와 눈을 마주치지 못하고 말한다. 아까 본 나의 몰골에 꽤나 충격받은 듯하다. 놀란 지누 씨의 심장에 심심한 사과를 드리며 조용히 소파에 앉아 머리에 물기를 말리던 내게 지누 씨는 예쁜 컵에 담긴 따뜻한 코코아 한 잔을 준다.

"자, 마셔."

"고, 고맙습니다."

나는 다소곳이 컵을 받아 따뜻한 코코아로 몸을 녹였다. 아직은 차가운 날씨에 물세례를 받아서인지 몸이 으슬으슬하다. 게다가 속옷까지 모두 젖어서 젖은 속옷을 입고 있는 어정쩡한 상황이었다.

"아까 그놈 뭐야? 왜 아무 말 못하고 당했어?"

나는 주인 쉐이와 나의 이야기를 해주었다. 내 얘기를 들으며 지누 씨는 가끔 얼굴이 벌게지며 웃음을 참는 표정이 역력했지만, 나를 배려한 것인지 끝까지 소리 내어 웃지는 않았다.

"그, 그랬구나. ^^"

"네, 저도 잘못한 게 있어서 참은 건데 오늘은……."

"됐어. 이제 노예 탈출해라, 오늘 일을 계기로. 좋은 기회잖아! 그놈 찾아가서 '더 이상 못 하겠다. 법대로 해라'라고 하고 그냥 누워버려."

"그, 그래도 될까요?"

"안 될 게 뭐 있어? 그렇게 해. 할 수 있어. 파이팅! +_+"

지금 나는 용기 만빵이다!! +_+ 내일 꼭 주인 쉐이에게서 벗어나리라.

"다 먹었음 나가자. 집에 데려다 줄게. 주변 지하철 역은 알지?"

"네, 지하철 역부터는 길 알아요."

"그래. ^^ 집에 가서 푸~욱 쉬고, 내일은 그놈을 꺾어버려. -_-+"

"넵!! +_+^"

우리는 지누 씨의 차를 타고 의지를 다지며 우리 집으로 향했다.

"여기예요! 여기 3동 1004호요!"

"…여, 여기가 집이야? 3동 1004호??"

"네. 왜요?"

지누 씨는 믿을 수 없다는 듯 다시 한 번 집을 확인한다. 하지만 내가 되묻자 말을 돌려 버린다.

"아, 아냐! 잘 쉬고, 낼 잘해라. 갈게."

"오늘 정말정말 고마웠어요. ^^"

사라지는 지누 씨에게 인사를 했다. 이 삭막한 서울에 나를 생각해 주는 사람이 있다는 사실에 다시 한 번 가슴이 뿌듯해진다. 그렇게 잠시 감상에 젖어 있던 나는 반바지 속을 파고드는 추위에 빠른 발걸음으로 집을 향했다. 집 앞에 도착해 비밀번호를 누르려고 하는 순간……

"오빠야?"

귀여운 톤의 여자 목소리가 들린다. 놀라서 다시 한 번 집을 확인하는 나… 분명히 1004호다. 나는 당당하게 문 앞에 서서 불법 침입을 한 불한당 같은 여자에게 소리칠 준비를 했다. 순간 문이 열린다.

"어! 아니네?"

순간 불한당이라기엔 상당히 예쁜 여자가 실망한 듯 말한다. 그런데 여자의 얼굴이 요즘 CF계에서 제일 잘 나간다는 박세림과 오버랩이 된다. 눈을 깜빡이며 다시 확인했지만 분명 그 박세림이다. 언빌리버블!! +_+

"바, 박세림??"

"어머, 저 아세요? CF 보셨어요?"

"네. 너무 예뻐요, 언니!! +_+"

"고마워요. 나도 이렇게 직접 팬을 만나는 건 첨이에요!!"

“꺄~악!! 언니 정말요??”

“꺄~악!! 네, 진짜예요!!”

마치 이산가족 상봉이라도 되는 양 서로 얼싸안고 기뻐했다.

“근데 언니, 저희 집엔 무슨 일이세요?”

“여, 여기 살아요? 여기 내 남자 친구 집인데…….”

“네??”

순간적으로 머리가 회전한다. 내 남편이긴 하지만 ‘킹카’ 인 남편에게 예쁜 여자가 따르는 건 당연하다. 갑자기 사생활 간섭하지 말하던 남편의 말이 떠오른다. -_-;;

“앗, 이런! 내가 집을 잘.못. 찾아왔군요! 하하하.”

“어머, 그랬구나. 이것도 인연인데 들어와서 차라도 한 잔 해요.”

“아니에요! 집.에. 가봐야죠! 하하하.”

“그래요? 그럼 조심히 가요. 옷도 춥게 입었네. 감기 걸리겠어요. ^^”

“네! 그럼 안.녕.히. 계.세.요!”

국어책 읽듯 어색하게 말한 나. 하지만 잘도 속아 넘어가는 박세림. 내가 왜 이런 짓을 하는지 모르겠지만, 지금 나는 남편의 사생활을 지켜줘야 한다는 일념뿐이다! 하지만 반바지와 남방 차림의 내가 젖은 옷을 들고 갈 곳은… 어디에도 없었다. 한 비서 아저씨께 전화할까 생각했지만, 이런 사소한 일로 폐를 끼치기는 싫었다. 할 수 없이 십층과 십일층 사이의 계단에 쭈그려 앉아 박세림이 가기를 기다렸다.

"성재 오빠, 미안해! 내가 잘못했어!"

"꺼져 버려!! 날 배신한 건 너였잖아!! 꺼지라구!!"

깜박 잠들었던 나는 아래층에서 울려 퍼지는 몹시 화난 남자와 애원하는 여자의 목소리에 눈을 떴다. 난 몰래 아래의 상황을 훔쳐보았다. 그때 벌컥 문이 열리며 박세림이 남편에게 쫓기다시피 밖으로 밀려 나온다.

"난 오빠를 사랑해!! 지금도, 그때도!!"

"헛소리하지 마!!"

쾅!!

순간 둔탁한 소리에 잠시 정적이 흐른다. 화가 난 남편이 현관문에 주먹을 날렸던 것이다. 그리고 이어지는 이를 악무는 남편의 목소리.

"이제 와서 이런다고 달라지는 건 없어, 박세림. 내 인내심을 시험하지 마."

남편은 박세림을 밀치고는 거칠게 문을 닫는다. 문 앞에서 한참을 울며 서 있는 박세림. 끝내는 울면서 엘리베이터를 타고 내려갔다. 박세림이 내려갔음을 확인한 후 추위와 졸음에 대항해서 싸우던 아프고 피곤한 몸을 이끌고 기다시피 1004호 문을 향해 갔다. 비밀번호를 눌러 문을 열려고 했지만, 안에서 잠금 장치를 눌렀는지 문이 열리지 않는다. 초인종을 눌러봤지만, 집이 떠나갈 듯 틀어놓은 음악 소리 때문인지 들리지 않는 듯하다. 문을 차보려 했지만 힘이 없다. 남편에게 전화를 해봤지만, 역시나 음악 소리 때문인지 받지 않는다.

"이럴 줄 알았으면 겉옷도 하나 빌려서 나올 걸……."

나는 혼자 중얼거리며 대문 앞에 쪼그리고 앉아 남편이 음악을 끄기만을 기다려 보았다. 하지만 이상하게 몸이 점점 나른해지고, 숨이 가쁘다. 졸리기도 하고… 다음 순간 그대로 나는 문 앞에 쓰러졌다.

『어미 말을 거역할 셈이냐!!』

갑작스런 어머니의 등장에 당황하는 나. 어머니가 뭔가 심상치 않은 분위기로 눈에 불을 켜고 호통을 치신다. -_-;; 하지만 아무리 생각해도 내가 무슨 잘못을 했는지 도통 떠오르지 않는다. 그렇지만 어머니의 죽일 듯한 기세에 일단 빠르게 뒷걸음질치며 말했다.

『어머니, 고정하세요. 무슨 일 때문인지 모르겠으니 말씀으로…….』

『네, 이년!! 잡히면 어떻게 되는지 알면서도 도망질이냐!! +_+ 이리 와라!!』

『제, 제가 무슨 잘못을… 아악!!』

평소보다도 더 힘이 넘치시는 어머니. ㅠ_— 예전에는 마을 대표로 황소도 때려잡았다는(?) 그 무시무시한 손으로 나의 몸을 빈틈없이 매만져 주신다. 그러나 이상하게도 그 손길이 아프기보다는 차~암 따뜻한 것이 느낌이 좋다! 특히 볼에 와 닿는 손길이…….

『좋아요! 좀 더 구석구석 때려주세요!! -p-;;』

계속해서 '좋아!!', '좀 더!!'를 외쳐 대며 한참을 어머니의 손길을 즐기던 나는 갑작스런 강한 매 만짐에 놀라 눈을 떴다. 잘 떠지지 않는 눈으로 묘한 표정의 남편이 흐릿하게 보인다.

"야, 정신이 들어?"

'맞는 느낌이 참 좋았는데……' 라는 아쉬움을 남기며 남편에게 말을 건넸다.

"어, 어떻게 된 거예요?"

"헛소리하길래 뺨을 좀 때렸더니, 네가 '좋아~ 좀 더~' 하며 즐기는 상황이었지. 너 새디스트냐? 관음증도 있잖아. -_-?"

꿈속에서 질러대던 소리를 남편이 들은 듯하다. 이제 남편에게 나는, 변태 중의 상변태로 찍혔다. 베스트 오브 베스트 변태!! -_-;;

"근데 왜 그런 차림으로 대문 앞에서 자고 있냐?"

화를 내는 남편의 얼굴에 뜻밖에도 걱정스런 기운이 감돈다! +_+

"서, 설마 거, 걱정했어요?"

"거, 걱정은 무슨. 새 집인데 초상나서 집값 떨어질까 그런다, 왜!!"

남편 말에 은근히 상처받는 나. 조금은 남편이 걱정해 주길 기대하고 있었나 보다. 나도 모르게 흐르는 눈물. 남편에게 우는 모습을 보이기 싫어 이불을 머리까지 뒤집어썼다. 그러면서 남편에게 한마디 던졌다.

"걱정 붙들어 매요!! 죽을 정도 아니니(꾸~우~루~룩!!)……."

말이 채 끝나기도 전에 민망한 소리가 내 말을 막는다. 소리가 어찌나 컸던지 나조차도 당황했다. 그러자 남편은 아무 말 없이 사라지더니 맛있는 냄새가 나는 것을 가지고 들어왔다.

“야, 이거 먹구 누워.”

꾸~루~우~욱!!

“자존심을 세우려면 소리를 내지 말든지. -_-^”

남편의 말에 조용히 일어나 앉았다. 남편은 어떻게 만들었는지 보기에는 하얀 쌀죽처럼 보이는 것을 쟁반에 담아왔다. 그래도 나를 걱정해서 끓여온 쌀죽에 감동을 받아 급하게!! 한 숟가락 떠먹어보았다.

“마, 맛있어요. ㅠ.ㅠ 고마워요. ^^”

“그러냐? 많이 먹어, 더 있으니까. 물도 마시면서 먹어.”

허겁지겁 죽 두 그릇을 뚝딱 먹어치울 때까지 남편은 나를 지켜보고 있었다. 그러다 내가 다 먹은 듯 보이자,

“좀 누워 있어. 내가 약 사 올 테니까 먹고 자.”

“괜찮아요. 좀 자면 괜찮아요.”

“기다리라면 기다려!! 약 먹고 자!!”

약을 먹이고야 말겠다는 의지를 불사르는 남편의 친절(?)에 침대에 누워 십 분쯤 남편이 오기를 기다렸다.

“헉헉… 먹어…… 헉헉.”

“네, 네……. -_-;;”

잠시 뒤 숨을 헐떡거리며 약을 먹는 나를 흐뭇한 표정으로 내려다보고 있다. 순간 약의 성분이 의심스러워지는 나. 하지만 약을 먹고 시간이 지나도 피를 쏟는다거나 이상스럽게 졸리지 않기에 안심하고 침대에 누웠다. 그런데 생각해 보니 내가 누워 있는 곳은 남편의 침

대다.

"저, 여기서 자도 돼요?"

"지금까지 잤으면서 새삼스럽게… 그나저나 왜 그런 차림이야?"

"사정이 좀 있어서 지누… 아는 사람한테 빌렸어요."

"지누라고 했냐? 혹시 한지누?? −_−^"

"어머~ 지누 씨를 아세요??"

지누 씨의 이름을 말하려다 남편이 알 리가 없다는 생각에 말을 돌렸지만 지누 씨를 아는 듯한 남편의 말에 반가움을 표현했다. 하지만 남편은 그리 반가워하는 눈치가 아니다.

"어떻게 아는 사인데? −_−^"

"가, 같은 수업 듣는데 채, 책이 없다길래 같이 봤는데……."

"근데 옷은 왜 그놈 옷이야!!"

"사, 사정이 있었어요……."

순간 남편의 화난 목소리와 험악해진 표정에 생명의 위험을 느끼는 나. 말끝을 흐리며 기절한 척하려 했으나 남편은 거칠게 나를 잡아 세운다. 이제 와서 기절한 척하는 것도 웃기고, 갑자기 돌변한 남편의 태도에 놀라 나도 모르게 소리를 질렀다.

"왜, 왜 이래요!!"

"여자애가 함부로 남자 옷을 빌려 입고 다녀?!"

"사정이 있었다고 했잖아요!!"

"씨발, 무슨 빌어먹을 사정이야!!"

"왜 자꾸 화를 내요!! 또 욕은 왜 해요!! 오빠가 뭔데!!"

"네 남편이잖아!!"

"오빠 박세림이 있잖아요!!"

나도 모르게 갑자기 튀어나온 말에 남편의 얼굴은 형용할 수 없게 변한다. 하지만 이미 말을 내뱉은 후였다. 남편은 차갑게 가라앉은 목소리로 내게 얼굴을 들이밀며 작지만 정확하게 말한다.

"다시는… 내 앞에서 박세림 얘기 꺼내지 마."

그러고는 방문이 부서져라 닫고 나가 버린다. 방금 전까지 내게 죽을 끓여주고, 약을 사다 주고, 챙겨주고 했던 남편을 조금은 좋은 사람이라고 생각했는데……. 너무 판이하게 다른 남편의 행동에 눈물이 흐른다. 아플 때는 너무 맘이 약해진다더니 그래서 눈물도 많아지는 것 같다. 절대 남편 때문에 맘이 아픈 게 아니다. 혼잣말처럼 나를 위로하면서도 '박세림'이란 사람이 도대체 어떤 사람인지 궁금해졌다. 하지만 다시 어지럼증을 느끼며 침대에 누워 잠을 청했다.

남편이 먹인 약 때문인지, 아님 잠만 많이 자면 회복되는 짐승(?) 같은 나의 회복력 때문인지 개운하게 눈이 떠진다. 그때 부엌에서는 달그락거리는 소리와 각종 감탄사와 욕이 섞인 기묘한 소리가 들린다.

"앗, 씨브거워!!"

저 단어는 '앗+씨발+뜨거워'의 합성어인 듯하다. 침대에서 일어나 부엌으로 갔다. 무언가 만들고 있는 남편. 말을 걸려고 하는데, 갑자기 어젯밤 일이 생각난다. 잡아먹을 듯이 화를 내던 남자의 표정…… 그때 날 발견한 남편이 아무렇지 않게 먼저 말을 건다.

"어? 이, 일어났냐?"

"네, 뭐 하는 거예요?"

"내 집에서 내가 뭘 하든."

"아, 예. -_-;;"

남편과 내가 무슨 이야기가 통하겠는가. 뭘 기대하고 말을 이은 건지 모르겠다. 저 인간과 나는 전생에 분명 악연이었을 것이다. -_-;;

"야, 죽 먹어!!"

힘없이 거실에 앉아 있던 내게 남편은 '죽어' 라고 소리친다. o_O

"내, 내가 왜 죽어요!!"

"제발 귀 좀 파. 이젠 지친다, 지쳐. 죽 먹으라고!"

"아, 예. -0-"

남편은 아침부터 이상한 합성어와 함께 만들어낸 죽을 떠준다. 원래 친절하지도 않고, 맨날 소리만 지르지만… 그리 나쁜 놈만은 아닌 것도 같다.

"뭘 그렇게 보냐, 기분 나쁘게. 시선 치워라."

남편의 말에 죽 그릇에 얼굴을 박고 재빨리 죽을 먹고는 학교 갈 준비를 했다. 그리고 버스 정류장을 향해 뛰어가는데 뛰고 있는 내 옆으로 다가와 서는 남편의 노란 스포츠카.

"야, 데려다 줄게. 타."

운전석 창문을 내리며 말하는 남편의 말에 당황했다. 평소의 남편이라면 절대로 할 수 없는 말이지 않은가. 괜지 한번 팅겨본다.

"괘, 괜찮아요."

“그래? 그럼 간다!”

역시나 남편에게 튕기는 건 통하지 않는다. 나는 출발할세라 재빨리 올라탔다. 그러자 남편은 살짝 미소를 짓더니 운전을 하기 시작한다. 남편은 익숙한 듯, 한 손으로 거만한 운전을 한다. 어색함을 없애려 남편의 운전 실력을 칭찬했다.

“운전 오래 하셨나 봐요?”

“한 팔 년 했나…….”

칭찬이 싫지는 않은지, 곱게 대답하는 남편. 그런 남편에게 화답이라도 하듯이 잔뜩 감탄해 주며 말했다.

“와~ 면허를 일찍 따셨나 봐요?”

“면허 딴 건 이 개월 됐어…….”

그럼 지난 칠 년 십 개월 간 주변을 공포에 떨게 하면서 여러 대의 스포츠카들과 ‘무면허 떼달리기놀이’를 즐기셨다는 얘기?? -_-;;

“아, 예, 용케 살아 계시군요. -_-;;”

“응, 운이 좋았지. 죽을 뻔도 했으니까. -__-”

아무렇지 않게 대답하는 남편과는 달리 지금 당장 차에서 내리고 싶은 충동을 느끼는 나. 내가 불안해하는 걸 느꼈는지 남편은 계속 말을 한다.

“이젠 폭주같이 위험한 짓은 안 해. 나이도 있고.”

“나이가 몇인데요?”

“남편 나이도 모르냐?”

기분이 상한 듯 한쪽 눈꼬리를 치켜드는 남편에게 대항했다. 하

지만,

"오빠 내 나이 알아요?"

"나이 십구 세, 10월 4일생, 키 160㎝, 무게 46㎏, 신체 사이즈 33-2……."

"아악!! 자, 잠깐!!"

술술 읊던 신상명세가 신체 사이즈에 이르렀을 때 나는 나도 모르게 비명을 질렀고, 그 소리에 남편이 화들짝 놀라더니 핸들을 틀었다. 그러자 잘 빠진 스포츠카는 도로 위에서 춤을 추며 이리저리 휘청거린다. 다행히 차가 없어 사고 없이 도로 한쪽에 멋진 주차 솜씨로 차를 세우는 남편. 그런 남편에게 10점 만점을 외치며 축하해 주고 싶었으나……

"너, 미쳤어!! 엉!! 씨발!! 죽고 싶냐구!!"

"미, 미안해요……."

"운전 중에 귀에 대고 그렇게 비명을 지르는 게 제정신이야!!"

"미, 미안하다잖아요!!"

"이게 뭘 잘했다고 바락바락 대들고 이러지?!"

"오빠도 지금 소리 지르잖아요!!"

"……-_-^"

"……(_ ;)"

"간이 아주 배 밖으로 나왔구나."

남편의 입에서 이를 악무는 소리와 함께 신체 일부를 지칭하는 단어가 나온 건 남편의 시선을 애써 외면하며 버틴 지 사 초 후였다. 애써 화제를 돌리며 질문을 하자 남편도 더 이상 싸움은 싫은 듯 순순히 대답한다.

"소리 지른 건 미안해요. 그렇지만 어떻게 나에 대해 그리 잘 알아요?"

"나야 정보력이 빵빵하니까."

"그럼 나도 정보 많을래요. 말해 줘요."

"싫어, 안 돼. 그리고 네가 말해 준 것도 아니잖아."

"말해 줘요!"

"싫어, 안 돼!"

"왜요! 왜 안 되는데요!!"

남편이 고집 피운다고 호락호락 넘어갈 내가 아니다. 눈을 부릅뜨고 덤비자 남편이 움찔한다. 좀 만 더하면 대답을 들을 수 있을 것 같다.

"그건!!"

"그, 그건……."

"그건!! +_+"

"네가 나를 사랑하게 될까 봐……."

남편의 입에서 나온 어이없는 말에 할 말을 잃어버린 나. -_-^ 묻고 싶은 맘도, 궁금증도 싸~악 가신다. 오히려 지금 이 순간 남편이 차라리 모르는 사람이었으면 좋겠다.

"알려줘?"

"누구세요? -_-^"

“크하하!!”

내 말에 남편은 나를 만난 이후 가장 즐거운 표정으로 크게 웃는다. 남편의 큰 웃음소리 때문인지 나 역시 웃음이 난다.

그렇게 남편과 실랑이를 벌이는 사이 어느덧 학교에 도착한 스포츠카. 교문 앞에서 내리려고 폼을 잡는 순간 남편은 거침없이 학교 안으로 내달린다.

“저, 여기서 세워줘도 되는데…….”

“왜?”

“문과대까지 안 데려다 줘도 돼요.”

“에휴~”

순간 남편은 긴 한숨을 내쉬고는 안쓰러운 눈빛을 보이며 말한다.

“나도 이 학교 다녀. 경영학과 3학년에 복학했지.”

“오빠 이 학교 다녔어요?”

“나이는 24세, 키 182㎝, 몸무게 68㎏, 9월 24일생, 말했듯이 경영학과 3학년…….”

남편은 갑자기 주저리주저리 한글과 숫자를 읊기 시작한다.

“잘생기고, 매너 젠틀하고, 돈 많고, 공부 잘하고, 스포츠 만능에…….”

“저, 저기…….”

“왜!! 시간없어!!”

“저기 잠시만요, 지금 뭐 하는 거예요? -_-”

“말해 달라며!! 아씨, 수업 늦겠네.”

남편은 단번에 만점짜리 주차를 하며 어울리지 않게 지각을 걱정
한다.

"야, 나 다 말해 줬다. 내려, 늦었어."

남편은 급하게 나를 내몰고는 차에서 내려서 뛰기 시작한다. 무슨
수업인지는 몰라도 굉장히 중요한 수업인 것 같다. 순간 급히 뛰던
남편이 갑자기 걸음을 멈추고 뒤돌아 내게 소리친다.

"여.민.주. 날 사랑하면 안 돼!! 크흐흐."

"-0-^"

남편이 처음으로 내 이름을 부르던 날, 나는 그의 해맑은(?) 웃음
소리에 치를 떨며 평소에 잘하지도 않는 영어 단어까지 읊조리며 짜
증나 죽을 것 같은 기분을 달래야 했다.

"Shit!! 키가 182㎝라… 생각보단 작네. Shit!! 몸무게가 68kg
Shit!! 몸무게도 생각보다 적게 나가고……."

못 들은 척했지만, 기억에서 사라지지 않는 남편의 딱! 떨어지는 사
이즈는 매우 퍼펙트하다. 하지만 나머지 것은 아무리 생각해도 생각이
안 난다. 내가 언제는 기억을 했던가, 잘 듣지도 못하는데. -_-;; 그
렇게 다시 한 번 내 귀와 뇌를 욕보이며 걸어가던 내 눈에 주차장 한쪽
구석에 아무렇게나 흩어져 있는 박이 깨진 플라스틱 대야가 들어온다.
순간 어제의 창피함과 분함이 떠올랐다. 주인 쉐이의 거만한 표정과
함께 지누 씨와 철저하게 준비한 '노예 탈출 프로젝트'가 떠오른다.
다시 한 번 굳게 다짐을 하는 나.

"그래, 난 할 수 있어!! 꼭 말할 거야!!"

수업은 일찍 끝나 한 시간 정도 시간이 남은 나는 대학생이 되면 꼭 가보고 싶은 곳으로 향했다. 내가 급하게 도착한 곳은 내가 그렇게도 가보고 싶어했던 그곳!! 바로 우리 학교 도서관이다. 믿을 수 없겠지만, 나는 정말 이곳에 와보고 싶었다. 왜냐, 내가 상경하기 얼마 전 '영웅 It's me'가 내게 보여준 영웅님의 사진이 있었다. 도서관의 볕 좋은 귀퉁이 자리에 앉아 멋들어지게 주무시고 계신 사진. -p-;; 어찌나 섹시하고도 귀엽던지, 그 자리에서 사진을 프린트해 씹어 먹고 싶을 정도였다!! - -;; 도서관에 도착해서 이리저리 방황을 하며 거대한 책꽂이들 사이를 거닐고 있을 때, 갑자기 한쪽 귀퉁이에 서광이 비춘다. 난 내 눈을 의심해야만 했다. 하지만 분명했다. 드디어 나는 보고야 말았다!! +_+ 도서관 창문으로 들어오는 따사로운 햇빛을 받으며 하얀 피부에 눈부신 밝은 갈색 머리카락을 금발인 양 반짝거리며 주무시고 계시는 영웅님. +_+

〈그래서~ 공주님은 왕자님의 키스로 마법에서 깨어났습니다!〉

이럴 때 잠자는 사람에게 키스를 하는 것을 정당화시켰던 동화가 떠오른다. 성별이 조금 바뀌기는 했지만 뭐 어떠하랴. 난 그 동화 작가에게 진심으로 감사하며 천천히 영웅님 곁으로 다가갔다.
　'한 발짝… 두 발짝… 세 발짝… 흐흐흐. 네… 헉!!'
　막 네 번째 발자국을 떼려는 순간 무언가가 시야를 가린다. 지금 극적인 연인 상봉을 하려는 순간인데! 눈에 힘을 빡 주어 시선을 가린 사람을 쳐다보았다. 하지만 바로 눈을 깔아야 했다.

"뭘 그렇게 침까지 질질 흘리면서 보고 있냐?"

내 앞길을 막은 인간은 망할 놈의 주인 쉐이였다. 어제의 사건은 깨끗하게 잊은 듯 아무렇지도 않게 얘기하는 주인 쉐이를 보자 '노예 탈출 프로젝트'가 머리 속에 번쩍 떠오른다. 순간 나도 모르게 버럭 소리를 질렀다.

"내가 XX를 찬 건 미안하지만, 난 이제 노예 안 해요!!"

이곳이 영웅님이 잠들어 있는 조용한 도서관임을 망각한 나는 나도 모르게 소리를 질러 버렸다. 야무지게 도서관 곳곳으로 울려 퍼지는 내 목소리에 놀란 주인 쉐이는 내 입을 틀어막으며 낮은 포복 자세로 엎드렸다.

"젠장, 조용히 못해? 미쳤어?"

순간 내게만 들리게 작게 말하려던 주인 쉐이의 입술이… 정확하게 말하자면 주인의 치아가… 내 입술에 부딪쳤다! 주인 쉐이도 당황했는지 얼른 일어났다. 하지만 첫키스를 얼떨결에 빼앗긴 상황보다 더 당혹스런 일이 벌어졌다. 우리의 모습을 잠이 깬 영웅님이 보고 있었던 것이다. 우리의 모습을 보고 미소 지으며 자리를 피해주듯 도서관을 나가 버리는 영웅님의 모습에 심장은 멈춰 버렸다. 그때 내 입술에선 피가 흘렀고, 내 눈에선 눈물이 흘렀고, 내 맘속에선 나의 첫사랑이 무너져 내렸다…….

"야… 많이 아프냐?"

어느덧 도서관을 나와 정처없이 걷고 있는 나. 주인 쉐이는 내가
울자 당황하며 나를 따라 나왔지만 멀찌감치 떨어져 있다. 하긴 나라
도 입술에선 피를… 눈에서는 눈물을… 코에서는 콧물을… 입에서는
한 맺힌 짐승의 울음소리를 내며 미친 듯 울고 있는 내 곁에는 결코
오고 싶지 않을 것이다. 나는 가던 걸음을 멈추고 멀찌감치 떨어져서
따라오는 주인 쉐이를 노려보며 목청껏 말했다.

"끄흑! 나 흑! 이제 끅! 노예 흑! 안 해!! 끄흑흑! 전화 끅흑! 하지
마! 엉엉."

울음소리와 숨넘어가는 소리가 뒤섞인 말을 하고는 주인 쉐이의
반응은 무시한 채 계속 걸었다. 입술이 터진 상처보다, 첫키스를 어
이없게 빼앗긴 슬픔보다 영웅님의 웃음이 비수가 되어 가슴속에 박
혔다.

빠~앙!!

익숙한 소리기에 흠칫 놀라 뒤돌아보았다. 어제 아침 내가 깨끗하
게 닦아―정말 잘 닦았다. 흐뭇~ +_+ ―놓은 주인 쉐이의 빨간 스포
츠카가 보인다.

"데려다 줄게. 타."

"됐어!! 끄흑흑."

아직 충격에서 벗어나지 못한 나는 채, 퉁명스레 반쪼가리 말을 하
며 주인 쉐이 쪽은 쳐다보지도 않고 걸었다.

"타라구!! 씨발!!"

순간 그 자리에 우뚝 서서 생각에 빠지는 나. 만약 지금 주인 쉐이

의 차를 안 탄다면… 반쪼가리 말을 하고 자신을 무시한 채 내빼는 사람을 주인 쉐이 성격에 그냥 둘 리 없다. 할 수 없이 주인 쉐이의 차로 다가가 뒷자리에 타려고 문을 찾았다. 근데…… 없다!! +_+

"뒷자리 없어!! 앞에 타!!"

어디를 당겨야 할지 망설이자 내게 소리치는 주인 쉐이. 나는 민망함에 잽싸게 차 문을 열고 탔다. 한참을 아무 말 없이 운전만 하는 주인 쉐이. 나는 살짝 눈을 돌려 주인 쉐이를 보았다. 사실 주인 쉐이가 외모는 좀 된다. 약간 검고 깨끗한 피부, 오뚝한 콧날과 찰랑이는 검은 머리카락. 뿐만 아니라 시시때때로 바뀌는 여자들이 모두 미인들이라는 사실이 모두 그 증거였다. 그때 주인 쉐이가 속도를 줄이며 내게 휴지를 던진다.

"닦아!! 추해!!"

추하다는 말에 살짝 열받은 나는 스포츠카의 뒷문이 없어 무시당했던 좀 전의 상황을 만회해 보고자, 조수석 위에 가려진 거울이 있는 사실을 알고 있다는 걸 보려주려고 주인 쉐이를 향해 씨익 한 번 웃어 보이고는 자신있게 거울을 내렸다. 순간 흠칫 놀라며 운전대를 잡은 주인 쉐이의 손이 부르르 떨려온다. 내가 알고 있다는 사실에 많이 놀란 모양이다. 하지만 다음 순간 그건 나의 착각이란 사실을 알게 되었다. 거울에는 눈물과 콧물과 피가 뒤엉켜 있는 내 얼굴이 보인다. 피는 입술 아래로 흘러 오묘한 색감을 자랑하고 있고, 콧물은 귀 쪽으로 사선을 그리며 말라붙어 있다. 아마도 나도 모르게 손등으로 밀어버려 생긴 듯하다. 손등은 차마 볼 수가 없었다. -_-;;

이런 얼굴로 자랑스럽게 주인 쉐이를 향해 웃어버린 나. 주인 쉐이에
게 했던 표정을 다시 한 번 해보았다. 무, 무섭다!! +_+ 나는 아무 말
없이 고개를 숙인 채 조용히 눈과 입 주위를 닦았다. 하지만 눈은 눈
물 때문에 그나마 닦였지만, 콧물과 피가 뒤엉킨 입 주변은 좀처럼
닦이질 않는다. 그때 주인 쉐이가 퉁명스레 물통을 던졌다. 아무 말
없이 물통을 받아 들고는 물을 어떻게 사용할지에 대해 생각해 보았
다. 만약 물을 그냥 붓는다면 자동차 시트 젖는다고 지랄하겠지. 그
렇다면 내가 할 수 있는 방법은 하나뿐이었다. 나는 물을 조금 입에
물었다. 그리고는 입에 물고 있던 물을 조금씩 뱉어가면서 휴지를 적
셔서 콧물과 피를 닦았다. 물론!! 콧물과 입술을 닦은 휴지는 다른 것
이었지만 역겨워하는 주인 쉐이의 표정을 애써 무시하며 아무 일 없
는 척했다. 내가 비로소 인간 비슷한 형상이 되자 어딘가에 차를 세
우는 주인 쉐이.

"내려."

"여, 여기가 어딘데?"

"내려. 와보면 알아."

차가 세워진 곳은 어느 예쁜 옷가게 앞이었다. 연예인들만 입을 것
같은 옷들이 걸려 있었다. 옷들을 보며 감탄하고 있을 때 주인 쉐이
가 소리친다.

"야, 빨리 따라와!!"

"알았으니까 소리치지 마!! -_-^"

이젠 주인 쉐이에게 꿀릴 게 없으므로 거세게 반토막말을 했다. 주

인 쉐이를 따라 들어간 옷가게에는 인형처럼 예쁜 여자가 한 명 앉아 있었다. 주인 쉐이가 들어서자 인형처럼 예쁜 여자는 꽃미소를 날리며 다가온다.

"주인이 오빠, 이게 얼마 만이야~"

이 여자도 주인 쉐이를 주인이라 부른다. 여기저기 노예도 많은 주인 쉐이.

"오랜만. 재한테 어울리는 옷 좀 골라주라."

주인 쉐이가 손가락을 가리키며 '재'라고 하는 사람은 나인 것 같다.

"저, 저기… 난……."

"응, 오빠. *^^*"

"저, 저기 전 괜찮……."

"언니, 이리 와서 이거 입어봐~"

필요없다고 말하려 했지만, 여기저기 말이 씹힌 결과 난 인형에게 끌려서 탈의실로 들어갔다. 탈의실은 검은색과 보랏빛의 카펫과 보라와 분홍의 조화로 장식된 화장대와 금이 살짝 핥고 지나간 타원형의 전신 거울. 마지막으로 공주마마들이 옷 갈아입을 때 쓰던 하얀 천으로 만들어진 가리개로 장식되어 있다.

"와, 예쁘다……."

"예쁘죠? 무지 아끼는 것들이에요. *^^*"

인형은 언제 가지고 들어온 건지 손에 옷 한 보따리 들고 있었다.

"그, 그게 다 뭐죠?"

"내가 대강 골라오긴 했는데… 이중에서 언니가 골라봐요.*^^*"

인형의 손에는 알록달록 무지개 빛깔의 매우 헐벗은 옷들과 살짝만 움직여도 눈이 멀어버릴 듯이 반짝거리는 옷들만이 수북이 쌓여 있다.

"저, 저기 이걸 꼭 입어야 하나요?"

"왜요? 예쁘잖아요."

인형의 눈빛을 보니 진심이다. 농담하는 건 정말 아닌 거 같다.

"악!! 이건……."

"언니, 가만히 좀 있어요."

"어, 어딜 만져요!! 익!!"

"여자끼리 뭐 어때요? 자~"

"가, 간질… 흐흐흐… 간지럽히지 마요… 흐흐흐."

이래저래 반항해 봤지만 가녀려 보이던 인형은 생각보다 힘이 셌다. 물론 우리 어머니만큼은 아니지만…….

어쨌든 인형이 시키는 대로 옷을 입고 벗었다. 이미 시간은 한 시간이 훌쩍 넘었다. 순간 지칠 대로 지쳐 가던 내 눈에 제대로 된 옷이 보인다. 연한 하늘색 원피스. 사실 이 옷도 약간 공주 옷이긴 하지만 다른 옷보다는 참으로 정상적이다. -_-;;

"이 옷으로 할래요. +_+"

"어, 이거 너무 평범하잖아."

"전 평범한 게 좋아요. =__="

"하긴 언니는 이게 어울리겠다. ^^*"

인형은 내가 옷을 고르자 거기에 맞는 신발을 신겨주고 여기저기 화장을 해준다. 더 이상 반항할 힘조차 없기에 그냥 순순히 인형의 말에 따랐다. 그렇게 아무 생각 없이 시키는 대로 하고 있자니 소박한 의문이 떠오른다. 지금 내가 여기서 뭐 하는 짓이지? -_-^

"다 됐다! 와~ 언니 생각보다 귀엽다!!"

겨우 인형의 쪼물딱거림(?)에서 벗어난 나는 인형의 감탄하는 소리에 거울을 보니 나는 난데 내가 아닌 누군가가 앉아 있다.

"이, 이게 나예요??"

인형은 나를 정말 예쁘게 만들어놓았다. 검은 머리는 흰색과 하늘색으로 된 리본으로 장식했고, 뽀샤시한 메이크업에 눈도 두 배쯤 커 보인다. +_+

"응, 언니 맞아. 예쁘지? 내 솜씨지만 진짜 짱이다. 주인이 오빠, 이리 와봐!! 예쁘지, 응? 내 작품이야!! *^^*"

"올~ 이게 누구냐? 옷도 옷이지만, 화장이 거의 성형 수술 수준이네. 크크."

"웃지 마, 나도 어색하니까."

별거 있겠냐는 표정이던 주인 쉐이는 나를 보더니 놀라운 듯 한마디 한다. 칭찬인지 욕인지 모를 주인 쉐이의 말에 퉁명스레 대답했다.

"데이트하자."

"데, 데이트?? +_+"

"그래, 데이트. 이런 말 처음 듣냐?"

갑작스런 주인 쉐이의 말에 당황하는 나. 지금까지 나를 따라오던 남자들은 어머니께 죽도록 맞으며 살려달라고 소리치는 나를 보곤 치를 떨며 도망갔었다. 그 덕에 지금까지 데이트는커녕 눈길조차 못 받아봤다. ㅠ_ㅠ 주인 쉐이의 말에 예전의 안 좋은 추억들이 떠올라 창피해진다.

"나한테 사과할 기회를 줘야지. 안 그래(찡긋~)?"

아무렇지 않게 윙크를 날리며 말하는 주인 쉐이. 이 얼마나 느끼하고 역겨운 장면인가. 대답없이 시선을 피하자 나를 무작정 잡아끄는 주인 쉐이.

"오빠, 그 옷 예약된 거니까 깨끗하게 입어야 돼?"

"걱정 마, 말자야."

"꺄악!! 체리, 체리라니까!!"

"그래그래, 체리. 크크크."

주인 쉐이가 말에 인조 속눈썹을 부르르 떠는 인형. 인형의 본명이 '말자' 인가 보다. =__= 그 길로 나를 차에 태워 어딘가로 가는 주인 쉐이. 왠지 노예일 때보다 더 많이 끌려 다니고 있는 듯하다. -_-;;

"이번엔 어딜 가는 거야? 말은 해줘야 할 거 아냐."

"와보면 알아. 근데 너 아까부터 말이 반토막이다."

"너, 너도 반말… 하잖아… 요……."

"크크크, 하려면 제대로 해. 쫄긴."

"아, 알았어. 다시 말하지만 나 노예 아냐. 그러니까 반말 할 거 야."

왠지 오늘따라 나를 부드럽게 대하는 주인 쉐이가 밉지만은 않다. 주인 쉐이와 이야기를 하는 사이 불빛이 번쩍이는 화려한 골목길에 들어와 있었다.

"여기가 어디야? 어디 가는 거야?"

주인 쉐이는 정신없이 번쩍거리는 간판 하나를 가리킨다.

'C-8 Club'. 이름 하고는. -_-;; 하지만 주인 쉐이와는 너무 잘 어울리는 이름이다. 주인 쉐이는 차에서 내려 나를 끌어 'C-8' 안으로 들어간다. 안으로 들어서자 귀청이 떠나갈 듯 큰 음악 소리가 들리고 헐벗은 남녀들이 온몸을 비비틀며 춤을 추고 있다. 요상한 차림을 한 잘생기고 실한 남자들, 예쁘고 잘 빠진 여자들, 미친 듯이 술을 마시는 지누 씨……. O_O 깜짝 놀란 나는 시선을 한곳에 집중시켰다. 그곳엔 분명 미친 듯이 술을 퍼먹고 있는 지누 씨가 있다. 반가움보다는 술을 퍼먹는 지누 씨를 보며 걱정이 앞선다. 하지만 주인 쉐이의 손에 질질 끌려 유리로 격리되어 있는 투명한 방으로 들어갔다. 다행히 바깥 상황이 훤히 보였다.

"야, 너 뭐 먹을래?"

"뭐 파는데?"

"술."

시원하고 짧게 대답하는 주인 쉐이의 말에 당황했다. 그 흔한 음복조차도 못해본 나. 내가 음복을 했다간 그날이 바로 내 제삿날이 됐을 것이다.

"나 술 마셔본 적 없는데……."

"품, 촌스럽게 아직 술도 안 먹어봤냐?"

"뭐!! 초~온?? -_-^ 시켜, 시켜!"

"오~ 진짜 먹게?"

"시키라자나!!"

열받은 나는 술을 시키라며 고래고래 소리를 질렀다. 그러자 왠지 즐거워 보이는 주인 쉐이는 웨이터를 불러 주문을 한다. 환하게 웃고 있는 저 얼굴을…… 제발 한 대만 때리고 싶다. +_+ 하지만 시선을 돌려 밖을 보자 여전히 술을 마시고 있는 지누 씨가 보인다. 아까는 없던 친구들도 지누 씨 옆에 모여 있다. 특히 내 눈에 거슬리는 건 지누 씨 옆에 딱! 붙어 앉아 몸을 비비 틀어대는 여자. -_-^

"야, 마시자!!"

주인 쉐이의 말에 테이블을 보자 과일 안주와 물, 우유, 콜라, 그리고 보리차가 예쁜 병에 담겨 나와 있다. 주인 쉐이는 얼음이 잔뜩 담긴 잔에 보리차를 조금 담아준다. 나를 무시하는 듯한 주인 쉐이에게 인상을 쓰며 말했다.

"웬 보리차야!! 나 술 먹는다니까!!"

"이거 양주야."

이 순간 나는 문화의 혜택에서 벗어난 원시인이 되어버린 기분이다. 하지만 다행히 주인 쉐이는 나를 무시하거나 비웃지는 않았다. 그런 주인 쉐이가 고마워서 가뿐하게 원샷을 날렸다.

"야, 천천히 마셔. 이게 보리차냐? ㅋㅋㅋ"

"시끄러. 맛만 좋네. 으~윽."

계속 나를 향해 미소를 날리는 주인 쉐이는 과일 하나를 집어 준다. 순간 술이 쓰기도 하고, 배가 고픈 것도 같아 과일을 낼름 받아먹었다.

"야, 춤추러 가자. ㅋㅋㅋ"

"나 춤 못 춘…… 헉!!"

주인 쉐이의 말에 건성으로 대답하며 지누 씨 쪽으로 시선을 돌렸다. 그 순간 시끄러운 음악 소리와 춤추는 사람들을 사이로 나를 끌고 나온 주인 쉐이. 살짝 짜증이 나기는 하지만 음악은 신났고, 사람들의 몸부림 속에 나도 조금씩 몸을 흔들고 있었다. 한편 물 만난 물고기처럼 신난 주인 쉐이. 연예인을 해도 어울리겠다 싶지만 싸가지가 없어서 안 될 것 같다. 그때!! 내 옆을 스치며 한 쌍의 남녀가 무대에 올라왔다. 바로 지누 씨와 몸 틀던 그 여자였다. 지누 씨는 많이 취했는지 음악에 몸을 맡기고 비틀거리듯 몸을 흔들었다. 순간 조용한 음악으로 바뀌자 여자가 지누 씨의 팔을 잡아당겨 개미 같은 자기 허리를 감싼다. +_+ 지누 씨도 싫지는 않은지 여자가 하는 대로 가만히 있다. 놀란 토끼 눈으로 지누 씨를 보던 나는 주변의 에로틱한 분위기에 놀라 주인 쉐이의 손목을 잡아끌고는 방으로 들어왔다. 여전히 지누 씨를 안고 있는 여자…… 왠지 열받는다. -_-^

"야, 미쳤어!! 독한 술이라서 금방 취해!!"

"뭐 어때!! 어차피 취하려고 먹는 건데!!"

얼음도 없는 잔에 양주를 따라 마시는 나를 말리는 주인 쉐이에게 괜히 화풀이를 하며 술을 퍼먹었다.

“어이~ 야!”

“어이가 아니 그 여민두라구!! 주인 쉐~야!!”

“헐~”

“따~식! 주인 쉐~라 그래서 기분 나빠꾸나? 너두 마래!! 이르미 먼데!!”

“ㅋㅋㅋ, 야 너 취했어?”

“나 여민두라니까!! 여민두!! 여의두 말구!!”

“ㅋㅋㅋ 그래! 여민주, 그만 집에 가자.”

“왜!! 술 많이 나마짜나!! 아까어!!”

“ㅋㅋㅋ 나중에 또 사줄게. 가자, 일어나! ㅋㅋㅋ”

주인 쉐이는 뭐가 그리 좋은지 계속 웃어댄다. 나이트를 나오며 지누 씨가 있던 자리를 보았지만 지누 씨는 자리에 없었고, 불행히도 그 몸 틀던 여인네도 자리에 없다. 기분이 우울하다. 하지만 그럼에도 자꾸만 잠이 온다.

“여민주, 정신 차려!! 집이 어디야!!”

“몰라, 몰라… 1004혼데… 어딘지…….”

‘C-8’이 번쩍이는 간판 앞에서 집이 어디냐고 묻는 주인 쉐이. 하지만 조명이 눈이 아플 정도로 번쩍임에도 불구하고 모든 것이 귀찮다. 자고 싶다.

“주인아!! 임주인!!”

그때 어떤 남자가 또 이놈을 ‘주인’이라고 부르며 달려온다.

"여자도 모자라 남자까지… 대단한 쉐이… 능력도 좋아……."

구시렁대는 나를 차에 기대 세워두고 달려온 남자와 인사하는 주인 쉐이.

"야, 왜 전화를 안 해!! 지금까지 뭐 했냐!! 콱 그냥!!"

"그러는 새꺄!! 네가 하면 덧나냐?? 손모가지를 확!!"

가물거리는 두 명의 남자가 얼굴에는 웃음을 흩뿌리면서 서로의 무언가를 부러뜨리겠다고 난리다. 내가 몸만 좀 가눌 수 있다면 동네 방네 구경 나오라고 소리치고 싶지만 몸이 참 말을 안 듣는다. 그때 주인 쉐이의 친구가 나를 가리키며 말한다.

"쟤는 누구냐?? 공주네, 공주. ㅋㅋㅋ"

"ㅋㅋㅋ 공주 아니야. 전에 말했잖아, 내 XX 차고 도망갔다고……."

"그 당찬 애가 쟤야?? ㅋㅋㅋ 누군지 얼굴 좀 보자."

주인 쉐이와 그 친구 놈이 나를 향해 걸어온다. 하지만 점점 다가올수록 낯익은 실루엣의 주인 쉐이 친구. 그는 점점 선명해지며 정확한 형체를 드러낸다.

"정신 차려!! 집에 가야지!!"

"정신 안 났어!! 때, 때리지 마!!"

차에 기대 고개를 숙이고 주인 쉐이에게 바락 소리를 지른 나. 난 벌써 정신을 차리고 있었다. 왜냐하면 내게 다가온 주인 쉐이 친구의 형체는 점점 정확해지더니 '마이 러블리 달링', 즉 '나의 남편'이 되어 있다!! 옛날 우리 선조는 '유유상종'이라 하여 비슷한 것끼리 친구 하여 몰려다닌다고 하였거늘… 둘 다 싸가지없기로 둘째가라면 서러운 남편과 주인 쉐이인데 나는 둘이 친구일 거라고는 전혀 예상하지 못했다.

"안녕하세요."

드디어 올 것이 왔다!! +_+ 어느새 내게 다가와 인사를 하는 남편. 다행히 아직 나를 못 알아보는 것 같다. 하긴 공주 드레스에 백구두, 거기에 뽀샤시 메이크업을 한 나조차 낯선 내 모습… 그랬다!! 나는 지금 다른 사람인 것이다!! 순간 나는 그 힘을 빌어서 모험을 해보기로 했다.

"네, 안녕하세요~ *^^*"

꽃웃음을 남발하며 남편에게 인사를 했다. 신기하게도 남편은 내게 다시 한 번 목례를 하고는 방긋 웃어 보인다. 지금까지 한 번도 본 적 없는 남편의 꽃웃음. 저런 표정을 할 줄 알면서 나한테는 인상만 쓰고 욕만 하다니…….

"야, 너 괜찮냐?"

잠시 남편을 째려보며 생각에 잠겨 있는 내게 주인 쉐이는 이상한 듯 말한다. 하긴 좀 전까지만 해도 비틀거리며 서 있지도 못하던 내가 말짱한 표정으로 방긋 웃으며 인사를 하니 놀랄 만도 하다. 순간 일단 자리를 뜨는 게 현명하다는 생각이 든다. 재빨리 인사를 하곤 무조건 걸었다.

"태워다 줄게. 여자애가 이 시간에 어딜 혼자 가."

"나 안 취했어. 걱정하지 마."

"야, 데려다 준다니까!"

뒤통수에 대고 계속 말하는 주인 쉐이. 한 번쯤은 쳐다봐 주고도 싶지만 남편이 못 알아볼 때 빨리 뜨는 게 상책인 듯싶다. 왜 남편을 피해야 하는지는 모르겠지만 왠지 그래야 할 것 같다.

그렇게 취기를 참으며 열심히 걷던 나는 어느새 으슥한 골목길에 들어섰다. 사람도 없는 어두운 골목. 빨리 이 골목을 빠져나가야 한다는 생각이 물씬 든다. 앞을 보니 골목 끝에 지하철역이 보인다. 나는 지하철역이 보이는 곳을 향해 빠르게 걸었다. 그때 뒤에서 나를 따라오는 발자국 소리. 나는 걸음을 멈췄다. 따라오는 발자국 소리도 나를 따라 멈춘다. 겁이 났다. 나는 다시 빠르게 걷기 시작했다. 뒤따라오는 발자국 소리도 빨라지면서 점점 가까워진다. 나는 뛰었다. 백구두와 하늘색 공주 드레스에 흙이 묻든 똥이 묻든 상관없다. 살기 위해서 나는 뛰어야 했다.

"꺄악!!"

억센 손이 내 어깨를 잡아당겼다. 또 다른 손은 비명을 지르는 내 입을 틀어막는다. 찌든 담배 냄새가 나는 기분 나쁜 남자의 손. 남자는 나를 어디론가 끌고 가려 한다. 다급해진 나는 남자의 손가락을 물어버렸다.

"악!! 이게!!"

"꺄악!! 사람 살려!!"

나는 다시 한 번 소리쳤다. 으슥한 골목길이라도 정상적인 사람이 하나 정도 있겠지 하며 간절하고 절박하게 소리쳤다. 순간 배에 강한 충격이 느껴지며 배를 움켜쥐고 쓰러지는 나. 남자는 그런 내게 비웃음 소리와 함께 다가오더니 나를 어깨에 들쳐 메고 점점 어두운 골목 안으로 걷기 시작했다.

'나는 이제 어떻게 되는 거지…….'

—뉴스 속보입니다!! 땡월 땡일 강원도 산꼴짝에서 막 상경한 촌스런 여 모양이 어느 어두운 골목 귀퉁이에서 변사체로 발견되었습니다. 발견 당시 여모 양이 착용하고 있던 백구두와 공주 드레스에선 개똥으로 추정되는 물질이 발견되었고, 증인에 의하면 여모 양은 그동안 남편의 친구와 쇼핑을 하고 술을 마시는 등 남편 몰래 바람을 피우다 발각되어 도망을 치던 중 미친개에게 물려 사망한 것으로 알려졌습니다.

머리 속에서 멋대로 흘러나오는 뉴스에 더 서글퍼진다. 치마와 신발에 정말 개똥이 묻었는지 확인해 보고 싶지만 자세가 자세인지라 불가능하다. 게다가 배가 아파서 소리도 지를 수가 없다.

"어이, 뭐 하는 거야!!"

그때 구세주가 나타났다. 그는 나를 들쳐업은 괴한을 불러 세운다. 구세주의 얼굴을 보고 싶지만 보이질 않는다. 괴한은 그대로 나를 땅에 내던지고 구세주를 향해 주먹을 날린다. 하나, '구세주'가 괜히 '구세주' 겠는가… 순간 '퍽!!' 소리와 함께 나가떨어지는 남자.

"너, 너는……."

순간 남자를 보고 구세주가 한마디 하려는 순간 건방진 괴한은 구세주의 말이 채 끝나기도 전에 잽싸게 도망을 친다. 모든 상황은 끝나고 자리에서 일어서려는데, 내던져진 충격에 좀처럼 다리에 힘이 들어가지 않는다. 그때 내게 손을 내미는 구세주님. +_+ 그 손을 덥석 잡아버리고 싶지만, 청순가련한 이미지로 남고 싶은지라 구세주님의 손에 살포시 손을 올렸다. 순간 구세주님은 나를 확! 잡아당겨 일으켜 세우신다(엄머! 터프하시기까지). 그대로 구세주님의 품속으로 빨려 들어간다. 절대 내가 의도한 일이 아님을 제~발 믿어주길 바란다. +_+

"괜찮아요?"

"괘, 괜찮아요(부들부들)……."

걱정하는 듯한 구세주님의 말에 괜찮다고 말하며 고개를 들어 구세주님을 보는 순간, 난 차마 비명조차 지르지 못하고 버벅거려야 했다.

"여, 여, 영웅님!! 어떻게… 영웅님이… 영웅님!! O_O"

그랬다!! 나의 구세주가 바로 나의 영웅님이셨다!! 영웅님은 내가 알아보자 신기한 듯 반가움을 표시한다. 꿈이 아닐까 생각했지만 계속 욱신거리는 발목을 봐서는 확실히 현실이다. 이렇게 극적인 상황에서 영웅님을 만나는 평생의 소원을 이뤘다는 벅찬 감동에 사인을 받을 생각에 뒤적여 봤지만 종이와 펜이 없다! 생각해 보니 바비하우스에 가방과 옷을 전부 두고 왔다. 하지만 영웅님을 이렇게 허무하게 보낼 수는 없다.

"바, 바, 바쁘세요?"

"바쁘다기보단 우리 형아 만나러 가는 길이에요."

"아, 예. 그, 근데 이런 골목길엔 어쩐 일로……."

"큰길로 다니면 누나들이 막 쫓아와서 무서워요. ㅠ_ㅠ"

내 질문에 당황할 만도 하나 전혀 동요없이 친절하게 대답하는 영웅님. 게다가 지금까지 터프하고 섹시한 이미지였던 영웅님이 지금 내 앞에서 귀여운 남동생 같은 이미지를 마구 발산하고 있다. 그 귀여움에 비틀비틀거리며 다시 한 번 영웅님의 가슴팍을 노려보지만 눈치 챈 듯 영웅님은 살짝 몸을 튼다. -_-;; 왠지 모를 아쉬움을 남기며 입맛을 다시는 내게 갑자기 등을 내보이는 영웅님. 이어지는 영웅님의 말에 당황해 마지않는 나.

"업혀요."

"네~에?!"

"그 다리로 못 걸어요. 업혀요. ^^"

"어, 어떻게 가, 감히 여, 여… 영웅님 등판에……."

말은 그렇게 했지만 몸은 이미 영웅님의 등판을 향해 살포시 날아올랐다. 나를 등에 업은 채 어디론가 걷는 영웅님. 솔찮히 많이 나가는 내 무게에 힘들 만도 한데, 전혀 힘든 내색하지 않고 조용히 씩씩거리며 열심히 걷는 영웅님. 그 착한 마음이 나에게 전해진다. 나와 맞닿아 있는 영웅님의 등판에서 느껴지는 따뜻한 체온에 얼굴을 부비부비하며 꿈이 아님을 다시 한 번 확인해 본다. 나를 업은 채 골목길을 빠져나와 네온사인이 가득한 큰길로 들어선 영웅님. 그때 영웅님의 등에 업혀 마냥 행복해하던 내 눈에 유난히도 번쩍이며 눈에 거슬리는 게 보인다. 순간 불길한 기운이 날 감싼다.

"영웅님… 혀, 혀, 형님 계신 곳이 어, 어디죠?"

"지금 나이트에 있다는데……."

"혹시 C, C, C-8에……."

"어? 어떻게 알았어요? +_+"

무섭게 번쩍이는 'C-8' 간판 앞에 위협적으로 나란히 서 있는 노란 스포츠카와 빨간 스포츠카가 점점 선명해지며 가슴을 짓눌러 온다. 겨우 남편을 피해 탈출하였건만 내 발로, 아니, 영웅님의 발로 다시금 호랑이 굴을 찾아온 것이다. 이 상황을 어떻게 모면할 것인가에 대해 머리에서 삐그덕 소리가 날 정도로 생각하고 있을 때 영웅님은 두리번거리며 주위를 살피더니 빠른 걸음으로 걸어가 조심스럽게 나를 내려준다. 하필이면 두 대의 스포츠카 사이에……. -_-;;

"여기 조금만 기대 있어요. 형 얼굴만 보고 나와서 병원 데려다 줄게요."

"네? 아니, 전 그냥……."

"그 발로 어딜 가요? 그냥 기다려요. 알았죠? ^^"

내게 꼭 기다리라며 새끼손가락을 걸더니 나이트 안으로 뛰어가는 영웅님. 그런데 잘 뛰어가던 영웅님이 갑자기 뒤돌아 나에게 뛰어온다. 깜짝 놀라 심장이 빠르게 뛴다.

"왜, 왜 그러세요? +_+"

영웅님은 아무 말 없이 주머니에서 손수건을 꺼낸다. 그리고는 나를 차에 기대앉게 하더니 내 앞에 무릎을 꿇고 앉는다. 그리고는 조심스럽게 다친 내 발을 잡아 신발을 벗기더니 자기 무릎 위에 올려놓는다.

"아, 아니… 영웅님… 이게… 무슨……."

"이렇게 해두면 좀 덜 아플 거예요."

영웅님은 손수건을 삼각형 모양으로 만들어 내 발을 감싸더니 다친 발목을 단단히 고정시켜 준다. 마치 신데렐라가 된 듯한 기분이다. 영웅님은 흐뭇하게 내 발을 바라보고는 다시 나이트로 뛰어가며 소리친다.

"진짜 빨리 올게요! 조금만 있어요!!"

맘 같아선 밤새도록 영웅님을 기다리고 싶으나, 지금 내가 서 있는 곳은 스포츠카의 사이……. -_-;; 빨리 여길 떠야 한다!!

"내 사랑… 안녕……. T_ㅠ"

나이트로 사라지는 영웅님의 뒤통수에 작별 인사를 하고는 걸을 때마다 느껴지는 통증의 압박을 참으며 뒤뚱뒤뚱 걸었다.

그렇게 한참을 걸어 더 이상 나이트가 보이지 않는 곳까지 왔다. 한데 그 순간 떠오르는 사실이 있었으니, 그건 지금 내겐 지갑도, 핸드폰도 없다는 사실이다! 이렇게 되면 집에 갈 수 있는 방법은 다시 나이트로 가는 것뿐이다. 하지만 그럴 수는 없는 노릇 아닌가. 그때 술에 취해 비틀거리는 한 남자가 문 닫은 상점 앞에 쪼그리고 앉더니 벽에 기대어 잠이 든다. 왠지 낯익은 남자의 모습에 천천히 다가가서 보았다. 지, 지누 씨다!! 나이트에서 본 몸 틀던 아낙네는 어디에 팔아드신 건지… 혼자 외롭게 길바닥에 앉아 계신다.

"지누 씨, 정신 차려요!!"

희미하게 눈을 뜨고 나를 보는 지누 씨. 하지만 다시 눈을 감아버린다. 순간 지누 씨를 집까지 데려다 줘야 한다는 생각이 든다. 하지만 주소도 모르는 데다가 지금 내겐 땡전 한 푼 없다. 하는 수 없이 지누 씨의 지갑을 찾기 위해 가슴팍에 손을 집어넣었다. 하지만 지갑은 없고 실한 가슴팍만이 느껴진다. =__= 한참을 가슴을… 아니, 지누 씨의 지갑을 찾으려 주머니를 뒤지는데 누군가가 절도있는 목소리로 동작 그만!!을 외친다. 슬며시 뒤를 돌아보니 검정 몽둥이를 들고 다른 한 손에 박자를 맞추며 번뜩이는 눈으로 나를 바라보는 건… 민중의 지팡이 경찰 아저씨였다!! 아저씨는 검은 몽둥이로 위협적으로 박자를 맞추며 내게 다가온다. 생각해 보니 지금 상황이라 함은 내가 술 취한 사람의 가슴팍을 뒤져 돈을 훔쳐 내려는 의도가 다분한 것으로 간주될 듯싶다…….

"아저씨, 뭔가 오해가…….."

"어머, 지누 오빠!!"

뭔가 변명을 시작해 보려는 순간 몸 틀던 여인네가 다시 등장한다. 그러더니 마른 몸매답지 않은 힘으로 지누 씨를 부축해 택시를 타고 사라진다. 내심 '안 돼!!' 를 외치며 바라보았지만 나의 유일한 증인인 지누 씨는 그렇게 택시를 타고 사라졌다. 허망하게 사라지는 택시를 보며 울상이 된 내게 경찰 아저씨는 이상한 말을 한다. -_-;;

"아가씨, 같이 좀 갈까?"

"갈치를 왜 갈아요?"

내 대답에 아저씨는 나를 다시 한 번 유심히 아래위로 유심히 훑어 본다. 그러더니 아저씨는 아주 친절한 말투로 내게 묻는다.

"집이 어디야, 아가씨?"

"몰라요… 무슨 아파트인지……."

"에이~ 자기 집도 몰라?"

"제 집 아니에요. 그냥 얹혀 사는 거예요……."

"누구한테?"

"남편한테요."

"그럼 남편집이 아가씨 집이지 뭘~"

"아이고~ 답답한 아저씨야. 모르면 가만히 있어요."

나는 아저씨의 부축을 받아 걸으며 이런저런 얘기들을 들려주었다. 아저씨는 가끔 미소를 지으며 고개를 끄떡였다. 정말 민중의 지팡이 본연의 의무를 다하는 아저씨를 보고 있자니 대한민국이 살 만한 곳임을 느낄 수 있다.

한참을 걸어 어느덧 내가 도착한 곳은!! 민중의 지팡이들이 떼로 모여 있는 경찰서였다. 세상에 믿을 놈 하나 없다는 사실을 실감했다. 경찰서에 도착한 아저씨는 얼굴에 철판을 깔고 무뚝뚝하게 여자들이 모여 있는 철창을 가리키며 말한다.

"아가씨, 저기에 좀 들어가 있어!"

눈앞이 깜깜해진다. 이렇게 별을 달게 될 줄이야, 순박하게 십구 년 평생을 살아온 나인데… '범죄', '경찰서' 이런 건 나완 절대 관계

없다고 믿어 의심치 않으며 살아온 나인데… 이렇게 내 인생을 끝낼 수는 없다. 아저씨의 바짓가랑이를 붙잡고 늘어지며 버럭 소리를 질렀다.

"아저씨, 저 나쁜 짓 안 했어요!!"

"악!! 나 안 미쳤다니까!!"

그 순간 머리는 개똥 비슷한 것을 떡칠해 완벽한 산발 스타일을 연출하고, 얼굴엔 숯검정 묻히고, 반쯤 감은 게슴츠레한 눈과 마지막으로 츄리닝 바지 위에 치마를 여러 겹 겹쳐 입은 미친 여자가 내가 들어갈지도 모를 철창 안에서 창살을 부여잡고 바락바락 소리를 질러댄다.

"아가씨가 보기에 저 여자 안 미쳤소?"

휘익휘익.

여자의 차림새와 행동… 미쳤다고 보기에 어느 것 하나 부족함이 없다. 말 그대로 완벽 그 자체. 나는 거세게 머리를 내저었다.

"그럼 내가 볼 때 아가씨가 나쁜 짓 했소, 안 했소?"

나를 할 말 없게 만드는 경찰 아저씨. 하지만 저곳에는 들어갈 수는 없다.

"저… 그래도 저긴 안 들어갈래요……. ㅠ_ㅠ"

내가 손가락으로 가리킨 그곳에선 아까 그분이 아직까지 소리를 질러대고 있고, 이에 질세라 옆에 있던 비슷한 분들도 서로 덜 미쳤다고 소리를 질러댄다. -_-;; 아저씨도 내가 저 상황까지는 아니라 생각이 되는지 내게 의자 하나를 내어주신다. 나는 조신한 자세로 의자에 앉았다.

"이름."

"여민주요."

"나이."

"열아홉 살이요."

"주소."

"원래는 강원도인데, 지금은 어딘지 몰라요."

"가출한 거요?"

"이그~ 아저씨두. 이 나이에 무슨 가출이에요."

어이없는 아저씨의 말에 아저씨의 어깨를 살짝 치며 말했다. 순간 표정이 싸늘해진 아저씨는 그분(?)들이 우글거리는 철창과 나를 번갈아 바라보신가. 순간 깜짝 놀라 몸가짐을 최대한 정상적인 사람으로 갖추었다. 아저씨가 앞에 놓여 있는 고물 컴퓨터에 몇 자 입력하자 요란한 소리를 내며 무언가를 찾아내는 컴퓨터.

"어디 보자… 아가씨 남편이란 사람이 이성재요?"

"어? 어떻게 아시죠? 제 남편을 아세요??"

"어떻게 알긴. 부모님, 오빠들… 옳지, 여기 전화번호가 있네."

"네? 누, 누구 전화번호요?! o_O"

누구의 전화번호 건 지금 나에게는 모두가 걸어서는 안 되는 전화이다. 절도 미수로 잡혀온 상황이 알려진다면 어머니껜 맞아 죽을 것이고, 오빠들은 놀라 죽을 것이고, 남편은… 미지수다. 하지만 누군가 꼭! 죽어야 한다면… 그건 분명 나였다.

"아가씨 남편."

말이 끝나기가 무섭게 전화를 들고 전화를 하려는 아저씨. 순간 나도 모르게 의자를 밟고 아저씨 쪽으로 날아올랐다. 하지만 아저씨는 재빨리 피했고, 나는 그대로 철창에 갇혀 버렸다(오~노!! ㅠ_ㅜ). 나를 보자 반가운 표정으로 다가오는 철창 안의 그분(?)들. 하지만 시간이 지나자 처음의 두려움과는 달리 왠지 모를 친근감이 든다. 그들도 내가 맘에 드는지 내게 다가와 내 옷자락에 묻은 개똥을 찍어 자기의 머리에 바르기도 한다.

"당신 부인이 지금 경찰서에 있다니까요!! 어떤 취객의 주머니를 뒤지다 검거됐다고요!! 그걸 내가 어떻게 압니까!! 어쨌든 빨리 데려가쇼!!"

유난히 큰 목소리로 전화를 하는 아저씨. 안 그래도 성질 나쁜 우리 남편 있는 대로 열받았을 게 틀림없다. 하지만 지금 난 남편이 빨리 와주길 바라고 있다. 왜냐하면 계속 여기에 이러고 있다간 언제 철창에 매달려 '내가 덜 미쳤어요!!' 를 외칠지 모르는 상황이었다.

삼십 분쯤 지났을까, 내가 위험(?)한 눈빛으로 철창을 매만지던 그때, 경찰서 안을 환하게 밝히며 두 명의 남자가 들어왔다. 얼굴이 벌게질 정도로 웃고 있는 주인 쉐이와 걸리기만 하면 죽일 것 같은 표정의 남편이 보인다. 순간 그분(?)들 사이에 웅크리고 앉아 몸을 숨겨 본다.

"어이, 아가씨 나오쇼!!"

아저씨가 나를 부르자 남편과 주인 쉐이가 철창을 쳐다보았다. 그 순간 흥분하여 소리를 질러대는 그분(?)들. 그러자 움찔하며 한 발 뒤로 물러서는 주인 쉐이와 남편. 하지만 그분(?)들이 날뛰는 바람에 어떻게든 숨어보려던 나는 웅크린 모습 그대로 딱!! 걸려 버렸다. 할 수 없이 철창 밖으로 나왔다. 남편은 죽일 듯 나를 노려본다. 그리고는 묵묵히 경찰 아저씨께 죄송하다며 사인을 한다.

"초범이고 반성하는 것 같으니 너무 나무라진 마쇼."

"네, 잘 타이르겠습니다."

무거운 걸음으로 경찰서를 나서자마자 너무 놀란 얼굴로 무언가를 물어보려는 주인 쉐이를 밀친 후 내 앞으로 다가온 남편이 소리를 지르기 시작했다.

"야, 너 도대체 뭐 하는 애야!!"

"미… 미안해요."

"미안하다면 다야!! 꼴은 또 그게…… 다 필요없고, 이, 일단 집에 가자."

남편은 불같이 화를 내며 자신의 차로 향한다. 이번엔 정말 내가 잘못한 일이라 말 한마디 못하고 남편을 따라 차로 향하는데 남편의 차에서 누군가 내린다. 자세히 보니… 여, 영웅님이다!! O_O

"어? 아까 그 아가씨네? 어디 갔었어요! 한참 찾았잖아요!!"

"현재야, 너 얘 알아?"

"네, 아까 내가 골목길에서 구해준 아가씨입니다!!"

"그게 얘냐??"

"네, 형아!! ★^^★"

너무 놀라 기절할 것 같은 나. 하지만 이어지는 대화에서 영웅님의 본명을 너무나 태연하게 부르는 남편. 그리고 남편을 '형아!' 라고 하면서 꽃웃음을 날리는 영웅님. 설마!! 나는 패닉 상태에서 혼란스러워하며 아니라고 고개를 절레절레 흔들어봤다. 하지만 그런 나를 보며 잔인한 미소를 짓는 남편. 그리고는 주변 모두에게 들릴 큰 소리로 영웅님께 외친다.

"현재야, 인사해라! 형수님이시다."

남편의 말에 환한 미소로 인사하는 영웅님. 남편은 나를 향해 차가운 웃음을 지어 보인다. 그 순간 점점 영웅님의 모습이 굴절되어 보이더니 끝내 흘러내린다. 그리고 나는 그만 경찰서 앞마당에 주저앉아 목놓아 울어버렸다.

"흑흑… 어엉!! 끅 엉엉… 말더 안 대!! 흐흑… 엉엉!! 영엉님!! 끅!"

이제야 겨우 만나 이제 사랑을 꽃피우기만 하면 되는(?) 영웅님이 아니었던가. 근데 난데없는 도련님이라니…….

"엉엉… 말더 안 대, 말더… 억! 엉엉… 박복한 것. 억! 흑그윽!"

계속해서 입에서 흘러나오는 신세 한탄을 울음……. 그렇게 한참을 울고 있자니 구경 나온 경찰 아저씨들과 행인들의 시선이 참으로 따갑다. 정신을 차리고 주위를 둘러보니 남편과 주인 쉐이는 벌써 지들 차에 타 있고, 영웅님만이 내 옆에 쭈그리고 앉아 내 어깨를 토닥이며 '울지 마세요, 형수님'을 반복한다. 하지만 '형수님'이란 말에 다시 서럽게 울어버리는 나……. ㅠ_ㅠ

"혀, 형수님… 그, 그만 우시고… 빨리 형아 차에 타시는 게…….”

　그때 공포에 질린 영웅님의 목소리가 들려온다. 몸을 바들바들 떨며 나를 일으켜 세우는 영웅님의 행동에 노란 스포츠카를 바라보았다. 헤드라이트보다 더 번쩍이는 남편의 눈. +_+ 빨리 타지 않으면 당장이라도 나를 스포츠카로 밀고 지나갈 태세다. 하긴 나에게 쪽팔림은 제법 익숙한 일이지만 남편으로선 감당하기 힘든 일일 것이다. 내가 남편 차에 타자 영웅님은 활짝 웃으며 빠빠이를 하더니 주인 쉐이의 차에 탄다. 그 모습에 잠시 흐뭇해진다. 하지만 이젠 다 부질 없는 일이 아닌가. 나는 밀려오는 슬픔에 차창에 얼굴을 뭉개고 부비부비를 해본다. 하지만 내게 돌아온 건 차가운 유리창과 남편의 따뜻한 충고였다. -_-;;

　"씨발!! 창문에서 안 떨어져!!"

　남편의 말에 화들짝 놀라 창문에서 떨어졌다. 창문을 보니 내 얼굴 모양과 비슷한 게 뭉개진 채 찍혀 있다. 하지만 지금 내 상황도 너무 가슴 아픈 상황이지 않은가! 나는 아름다운 첫사랑을 추락시킨 남편을 향해 소리쳤다.

　"닦으면 되는 걸 왜 소리는 질러요!!"

　일단 속은 시원하다. 하지만 그 순간 핸들을 부여잡고 부들부들 떨고 있는 최대한 인내하려고 노력하는 남편의 모습이 보인다.

　"너… 그러다 골로 가는 수가 있다. 입에 셔터 내려라."

　그냥 한번 해보는 말이 아닌 듯한 분위기. 어째 아까부터 차창에 스치는 배경들이 형체가 일그러진 채 날리고 있는 듯하다. 두려운 마음에 속도를 보니 150… 키로!! +_+

"운전… 한 8년 했나."

"면허 딴 지 이 개월 됐는데……."

"운이 좋았지. 여러 번 죽을 뻔했으니까."

하필이면 이 순간 남편의 과거 운전사가 스쳐 지나간다. 더 이상 아무 말도 하지 않고 조용히 안전벨트를 부여잡아야 했다.

십 분쯤 달려 도착한 마이 스위트 홈. 아직까지 살아 있음에 감사를 드리며 잽싸게 차에서 내렸다. 뒤이어 빨간 스포츠카가 격렬한 소리를 내며 멈춰 섰고, 차에서 내린 우리는 아무 말 없이 엘리베이터를 타고 1004호로 올라갔다.

"우선 씻고 얘기하자. 빨리 욕실로 안 튀어 들어가?!"

남편의 말에 발에 스프링이라도 달린 듯 욕실로 들어가 씻고 거실로 나오니 훤한 남자 세 명이 내 침대에 걸터앉아서 TV를 보고 있다. 이 얼마나 흐뭇한 광경인가. 하나, 뭐가 그리 좋은지 '형아~♡'를 부르며 남편에게 하트를 뿌려대는 영웅 도련님의 모습에 가슴이 저며온다.

"어, 형수님 나오셨어요?"

"아… 예……."

좀처럼 익숙해지지 않는 '형수님' 소리에 움찔하며 자리에 앉았다. 순간 바닥에 엉덩이가 닿기 무섭게 남편의 가라앉은 목소리가 들린다.

"어찌 된 건지 얘기를 좀 해보시지."

"그러니까… 저… 지… 아니, 어떤 아저씨가 길에 쓰러져 있기래 데려다 주려고 지갑을 찾다가……."

'지누 씨'라고 말하려는 순간 지누 씨에게 민감하게 반응하던 남편의 표정이 떠오른다. 지누 씨 얘긴 안 하는 게 나을 것 같다. 하지만 아는 사람도 아니고 생판 모르는 남을 데려다 주려고 했다니… 내가 생각해도 어이없다.

"네가 왜 데려다 줘야 하는데? 너 돈 필요하냐?"

순간 완전 어이없는 남편의 목소리가 들린다. 그리고 나머지 두 남자 또한 나를 거지 취급하는 듯한 표정이 보인다. 거지 취급하는 건 참을 수 있다. 하지만 이들은 지금 날 도둑으로 몰고 있다.

"아니라니까요!! 저 돈 있어요!!"

"네가 돈이 어디 있어?"

"왜, 왜 사람을 도둑으로 몰아요!! 아니라잖아요!!"

"그러니까 어딨냐잖아!!"

"한 비서 아저씨가 카드 줬단 말예요, 용돈 쓰라고!!"

"그럼 카드 내놔봐."

남편의 마지막 말에 나는 잠시 움찔했다. 나의 옷과 가방을 바비하우스에 두고 왔기 때문이다. 난 옆에서 구경하고 있던 주인 쉐이에게 소리쳤다.

"야, 말자한테 가자!! 말자 가게에 내 가방이랑 다 있잖아!!"

"아, 맞다. 그랬지."

“말자??”

죄없는 ‘말자’ 를 들먹거리며 소리치자 당황한 주인 쉐이와 남편. ‘말자가 누구지?’ 하는 어투로 ‘말자’ 를 다정하게 한번 불러주는 남편. 주인 쉐이는 그런 남편에게 살짝 미소를 보내며 말한다.

“체리.”

“체리??”

“응, 체리. ^^”

체리의 본명이 ‘말자’ 라는 사실에 즐거워하며 킥킥거리는 남편. 그 입을 살짝 찢어주고 싶다. 하지만 남편은 이내 정신을 차리고 말했다.

“주인아, 체리한테 전화해서 민주 가방이랑 옷 좀 싸놓으라고 해. 그리고 미안한데 네가 좀 가져다 줘. 알았지?”

“오케이.”

주인 쉐이는 나간 지 삼십 분쯤 지나자 종이 가방에 내 옷과 가방을 담아 즐겁게 앞뒤로 흔들면서 들어온다.

“카드 꺼내봐!!”

종이 가방을 던지듯 건네며 카드를 찾으라는 남편의 행동에 기분은 나쁘지만 일단 나의 무죄를 증명해야 함으로 카드를 찾았다. 그리고 내가 지갑 깊숙이에서 카드를 꺼내는 순간,

“그, 그럼 그렇다고 말을 하면 될 거 아냐!!”

“흐으윽… 말해도 안 믿었잖아요… 흐으윽.”

“야, 울지 마!! 왜 울어!!”

너무 억울해서 눈물이 다 난다. 나의 무죄를 인정하는 남편의 태도
는 불손하기 그지없고, 자기가 잘못했음에도 오히려 큰소리치는 꼴
이라니… 나의 무죄는 밝혀졌지만 날 도둑으로 몬 남편을 용서할 수
없다. 남편이 아무리 괴팍해도, 성격이 지랄 같아도, 욕을 해도 참았
지만 이번 일은 그냥 참을 수가 없다. 난 눈물을 닦곤 또박또박 말했
다.

“살면서 지금처럼 기분 나쁜 일은 처음이에요. 착하지는 않아도
도둑질은 안 해요. 사과하세요!”

순간 내 말에 기겁하는 주인 쉐이와 영웅 도련님. 그들은 우리에게
서 조금 떨어져 안전 거리를 확보한다. 하지만 난 계속 남편을 똑바
로 바라보고 서서 사과할 것을 눈빛으로 계속 요구했다.

한참을 서 있던 남편은 짧은 한숨 소리와 함께 머리카락을 뒤로 한
번 넘겨주더니……

“휴… 그래, 이번 일은 내가 미… 미… 미안하다!”

남편의 사과에 당황하는 나. 사과를 하라고 했던 사람이 나였지만,
사과를 하리라고는 전혀 생각지 않았다. 하지만 나보다도 더 놀란 주
인이와 영웅 도련님은 입에 거품을 물고 쓰러지기 일보 직전이다.

“성재야… 너 지금 미안이라고 했냐??”

“시끄러, 새캬!!”

귀까지 빨개져서는 주인 쉐이에게 화풀이하는 남편의 모습을 보
니, 내가 정말 힘든 일을 해낸 것 같다. 그때 놀란 눈으로 다가온 영
웅 도련님.

“혀, 형수님, 존경합니다!! +_+”

두 눈에서 빛을 발산하는 영웅님을 보자 또 화가 스르륵 풀려 버린
다. 할 수 없이 난 멋지고 착한 영웅님을 봐서 거실 한쪽에서 주인 쉐
이와 주인 쉐이에게 괜스레 짜증인 남편의 모습을 보며 오늘 행동을
용서하기로 했다.

아침에 일어나 거실로 나오니 아름다운 세 명의 남자가 거실에서
아름다운 자태를 뽐내며 뒤엉켜 자고 있다. 잠시 거실을 보며 뿌듯한
미소를 날려주고는 지난번 남편이 부탁했던 된장찌개를 끓이기 위해
부엌으로 향했다. 시간이 얼마쯤 지나자 집 안에 온통 구수한 된장찌
개 냄새가 퍼지고, 그 향기에 하나둘 잠에서 깨는 거실의 왕자님들.
-p-

“음흠, 냄새 죽인다.”

“너 먹으라고 끓인 거 아냐. -_-+”

가장 먼저 일어나 부엌으로 다가오는 주인 쉐이에게 독하게 한마
디 날렸다. 하지만 주인 쉐이는 전혀 동요없이 실실 웃으며 웃으면서
말한다.

“그럼 누구 먹으라는 건데?”

“우리 영······.”

“아~ 네 도.련.님?”

내 말을 씹고는 ‘네 도련님!’ 을 힘주어 외치는 주인 쉐이. 아무 말
못하고 울상을 짓는 나. T_T 그러자 주인 쉐이는 행복한 표정으로

노래까지 부르며 욕실로 들어간다. 그런 주인 쉐이의 행동에 화가 난
나는 찌개에 넣으려고 준비하던 두부를 손가락으로 푹푹 찔러보았
다. 그때 나의 사랑스런 영웅 도련님이 다가온다. +_+

"형수님, 냄새가 끄읏~내줘요! *^^*"

CF에서나 나올 것 같은 대사를 읊으며 환한 미소와 함께 다가오는
영웅 도련님. 그런 영웅 도련님을 향해 한번 웃어줬다. 영웅 도련님
은 다시 한 번 나를 향해 꽃웃음을 날려주곤 안방 욕실로 들어간다.
그런 영웅님의 모습에 넋을 잃고 바라보았다. -p-

"야, 찌개 간을 침으로 하냐?"

멍하게 서 있는 내 모습을 보며 쏘아붙이는 남편. 그런 남편을 나
도 째려보았다. 그런데 이게 웬일인가. 방금 자다 일어난 헝클어진
머리카락에 오늘도 꼴랑 반바지만 입은 남편이 튼실한 가슴팍을 들
어내고 내 쪽으로 다가오는 게 아닌가. 순간 두근거리는 가슴 때문에
한마디 대꾸도 못하고 엉겁결에 옆에 있던 국자를 잡았다.

"앗, 뜨거!!"

그 순간 국자를 집는다는 것이 그만 펄펄 끓고 있는 된장찌개 뚝배
기에 손을 넣어버렸다. 된장색으로 변한 손가락을 부여잡고 아파서
어쩔 줄 몰라 하는 사이, 남편이 달려와서 차가운 물에 내 손을 담근
다.

"야, 고기가 먹고 싶으면 말을 해!! 미쳤어!!"

유난히도 화를 내는 남편은 내가 된장찌개에 고기 맛을 내기 위해
손을 담갔다고 생각하는 듯싶다. 하지만 남편의 지나친 말에도 대꾸

조차 하지 못한 채 얼굴을 붉히고 있는 나. 머리 위에서 울리는 남편의 목소리와 숨소리와 뒤에서 나를 감싸 안고 있는 남편의 튼실한 팔뚝과 실한 가슴팍의 느낌에 심장이 터져 버릴 것 같다.

오~ 말럽! 마이 다아링!

어디선가 들려오는 음악 소리와 함께 우리는 영화 ‘사랑과 영혼’의 도자기 만드는 장면을 연출하고 있었다. 점점 붉어지는 나의 얼굴과 쿵쾅거리는 심장 소리를 들키지 않기 위해 나는 더 힘차게 수도꼭지를 비틀었다. 잠시 뒤, 남편은 나를 붙잡고 안방으로 들어가더니 영웅님이 씻고 있는 욕실로 거침없이 들어간다. -0-;; 그 순간 화장대에 앉아 있지 않음을 몹시!! 안타까워하며 입맛을 다시는 사이 구급함을 가지고 나온 남편.

“왜 입맛을 다시고 그러냐?”

아쉬워하는 나의 표정에서 뭔가 읽은 것인지 남편은 화장대 거울과 나를 번갈아 쳐다보며 말했다.

“많이 아프냐?”

내가 쩝쩝거리는 소리를 크게 내버렸다는 사실을 알기에 그냥 대답했다.

“그럼 안 아프겠어요? ㅜ_ㅜ”

“너 아픈 거 즐기잖아. =__=”

황당해서 아무 말도 못하는 나. -_-;; 그런 날 보며 남편은 아무 일 없었다는 듯이 씨익 한번 웃어주고는 나를 침대 위에 앉히더니 자기는 침대 아래 앉아 손을 잡아당겨 자신의 무릎 위에 올린다. 그리고 치료를 하려고 내 손을 만지작거리는데… 아까 같은 두근거림이 느껴지며 나도 모르게 올라가는 나의 발. 무방비 상태에서 나의 발에 실한 가슴팍을 채인 남편은 생각보다 쉽게 나가떨어진다. 너무 쉽게 나가떨어져 창피했는지 남편은 새빨개진 얼굴로 나를 노려본다. 그런 남편에게 손을 살살 흔들어 보이며 아파 죽겠다는 표정을 지어 보였다.

"갑자기 당기니까 아파서 그랬어요. ㅠ_ㅠ"

나의 연기력이 좀 그럴듯했는지 남편은 억울한 표정을 지으며 다시 치료를 시작한다. 하지만 내 손을 잡는 남편의 손에서 다시금 왠지 모를 짜릿함을 느끼는 나. 치료하는 내내 얼굴에 경련을 일으키는 나를 남편은 그저 아파서 그러려니 하면서도… 두려운 듯 내 발을 지그시 밟고 있다.

"그냥 있어, 나머지는 내가 할게."

"아니에요, 내가 할게요."

치료를 끝내고 뒤돌아 부엌으로 향하는 남편을 말리며 일어서던 나는 그대로 침대에 고꾸라진다. 아마도 어젯밤에 다쳤던 발로 남편을 찬 것 같다. 마침 욕실에서 나오던 영웅 도련님이 침대에 고꾸라진 나를 발견했다.

"어? 형수님, 다리 또 아파요?"

영웅 도련님은 나를 부축하며 일으켜 세웠지만, 발에 힘이 풀리며 그대로 영웅님의 품으로 쓰러진다.

"형아, 형수님 어젯밤에 다리 다친 데 또 아픈가 봐."

품에 쓰러진 나를 소파에 들어다 앉히고는 남편에게 가는 영웅 도련님. 소파에 앉아 영웅 도련님을 바라보며 흐뭇한 미소를 짓고 있을 때 주인 쉐이가 젖은 머리를 털며 다가온다.

"기지배가 조폭도 아니고 여기저기 붕대나 감고."

"내가 조폭이면 넌 벌써 골로 갔어. -_-^ 빠득!!"

주인 쉐이를 향해 인상을 팍 쓰며 작은 목소리로 남편의 말을 인용했다. 하지만 주인 쉐이는 대꾸도 없이 큰 소리로 웃어주더니 방으로 들어가 버린다. 그때 아침 준비를 마친 영웅 도련님이 우릴 부른다. 아침을 만든 나와 상을 차린 남편과 영웅 도련님. 하지만 아무것도 안 한 주인 쉐이는 뻔뻔하게도 제일 많이 먹는 게 아닌가. 얄미워 죽겠다.

"야, 너 아무것도 안 했으니까 설거지해."

"형수님, 주인 형님은 설거지 안 해요. ^^*"

말이 끝나기가 무섭게 주인 쉐이 대신 그릇들을 모아서 야무지게 설거지를 하는 영웅 도련님. 그 모습을 허탈하게 바라보고 있는 사이 주인 쉐이는 설거지하는 영웅님의 머리를 부비부비한다. 그러자 강아지라면 꼬랑지를 미친 듯 살랑거릴 것 같은 영웅님의 표정. 그 모습을 허망하게 보고 있는 내게 씨익 웃어 보이는 주인 쉐이. 열받는다. +_+ 나 여민주!! 오늘부로 영웅 도련님을 '주인 쉐이'라는 악의 구렁텅이에서 구해내기 위해 투쟁을 시작하는 바이다!! 쾅쾅쾅!!

그러나 학교에 가려고 집을 나서는 순간 나는 다시 한 번 패배감을 맛보아야 했다. 온몸에 붕대를 휘감은 내가 남편의 차를 타는 사이

‘말자’에게 간다며 주인의 차에 타는 영웅 도련님. ㅠ_ㅜ

“야, 안전벨트 안 하냐?”

“아, 해요, 지금…….”

차에 시동을 걸며 하는 남편의 말에 남편의 과거 운전사를 떠올리며 안전벨트를 하려고 손을 뻗는데, 붕대 때문인지 좀처럼 잘 잡히지 않는다. 그런 나를 보던 남편은 갑자기 내 쪽으로 몸을 돌려 손을 뻗더니 안전벨트를 채워준다. o_O 난 눈을 감아버렸다. 남편에 가까이 다가오자 얼굴이 확 달아오르고, 심장도 입으로 튀어나올 듯 벌떡거린다. 호흡 역시 고르지 못하다.

“야, 숨 쉬는 게 왜 이래? 얼굴이 왜 이렇게 빨개? 너 열있냐?”

“괘, 괜찮아요!! +_+”

남편이 깜짝 놀라며 내 이마에 손을 얹으려 하자 나도 모르게 남편의 손을 쳐내며 정말 큰 소리를 질러 버렸다. 남편은 살짝 기분이 나쁜 표정을 지어 주더니 아무 말 없이 운전을 시작한다.

“야, 그만 내리지 그래? 왜 그렇게 멍청하게 있어! 수업 안 들어 가나?”

남편에 대한 나의 심장 반응에 대해 고민하던 나는 남편의 고함 소리에 놀라 주변을 보니 벌써 학교에 도착해 있다. 급히 책을 챙겨 들고 차에서 내렸지만 역시 통증이 느껴지는 내 다리. 절뚝거리는 나를 한심한 듯 지켜보던 남편은 내게 등을 보이며 앉는다.

“업혀.”

“네, 네?! O_O”

“업히라구.”

남편의 행동에 당황해 어쩔 줄 모르는 나를 남편은 거칠게 잡아당겨 자기 등에 업히게 한다. 또 발작하는 나의 심장. 미칠 것 같다. 주변에서 모두 우리를 바라보는 것만 같다. 하지만 그런 나와 달리 태연하게 나를 강의실 문 앞까지 업어서 데려다 준 남편.

“끝나고 연락해. 집에 같이 가자.”

“아, 예……..”

남편의 말에 멍청한 표정으로 대답하고 사라지는 남편의 뒷모습을 끝까지 바라보았다. 머리 속이 텅 빈 느낌이다. 그렇게 남편을 보내고 강의실로 들어서는데 웅성거리던 소리들이 오늘따라 하나하나 귀에 쏙쏙 들어온다.

“어머, 쟤야?? 말도 안 돼! 되게 띨하게 생겼는데…….”

“띨하기만… 저 옷 좀 봐!! 촌스러워서 못 봐주겠어, 진짜.”

“어떻게 저런 게 감히 성재 오빠를… 욕심이 지나치면 명이 짧아지는 건데.”

남편의 등에 업혀서 강의실로 온 나를 여자들은 시기의 눈빛과 함께 저주의 말들을 거침없이 해댄다.

수업 시간 내내 맨 뒷자리에서 죄인처럼 앉아 있던 나는 쉬는 시간에 재빨리 강의실을 빠져나와 사람 없기로 소문난 N508로 향했다. 강의실로 들어서자 시끄럽게 울리는 내 전화 벨소리.

“야, 왜 전화질이야!!”

지금까지 내게 전화했던 건 주인 쉐이뿐이었기에 전화를 받자마자 아침의 일을 분풀이하듯 소리부터 질러댔다. 나의 기습 공격에 놀란 건지 전화기 건너편에서는 잠시 아무 말도 못한다. 아무 말도 안 하던 놈은 갑자기 작은 헛기침을 하더니……

[흠!!]

"야, 쫄았냐? 쫄지 말고 말해, 자식아!!"

[흠! 어미다…….]

"—ㅁ— 어… 어, 어머니?"

[그래… 어미다!! 네, 네… 이년!!]

그랬다!! 내게 전화를 했던 건 '자식'이 아니라 '어미'였던 것이다!! 겁을 집어먹은 나. 하지만 놀랍게도 아무 일 없었다는 듯 말씀하시는 어머니.

[잘 지냈더냐?]

"예, 예, 어머니. 잘 지내고 있습니다."

[그래, 이 서방은 잘해주더냐?]

"이, '이 서방'이라 하심은…… 아!"

어머니는 처음부터 내가 서울에 가는 즉시 유부녀가 된다는 사실을 알고 계셨던 모양이다. 난 자연스럽게 남편의 안부를 묻는 어머니께 조신하게 대답했다.

"예, 어머니……."

[그래, 계속 잘하고 있어라. 끊는다.]

"저, 어머……."

하고 싶은 말도, 묻고 싶은 말도 많았는데… 그저 안부 몇 마디 물으시곤 끊어버리는 어머니가 야속해서 의자에 앉아서 잠시 눈물을 찔끔거렸다. 그때였다. 갑자기 강의실 밖이 소란스럽다. 놀란 나는 강의실 뒤쪽에 쌓여 있는 책상 더미 뒤로 몸을 숨겼다. 순간 강의실 안으로 두 명의 남녀가 들어온다.

"오빠, 진짜 왜 이래!!"

"너야말로 왜 이래!! 서로 원해서 즐긴 거 아냐?? 좀 cool하게 굴어!"

잔인한 말들을 너무나 자연스럽게 하는 남자. 당장 뛰어들어 가 한 대 때려주고 싶은 심정이다. 그러나 이어지는 여자의 말에 너무 놀라는 나.

"지누 오빠… 정말… 이러지 마……."

흐릿하게 보이지만 왠지 낯익어 보이던 남자가… 그렇게도 잔인하던 남자가… 바로 지누 씨라니…….

"내 앞에서 울지 마… 난 네 우는 표정만 보면……."

놀람을 진정할 겨를도 없이 지누 씨는 울고 있는 여자를 벽에 몰아세우고 강제로 키스를 한다. 여자가 버둥거리며 저항하지만 역부족이다. 잠시 뒤 여자는 울면서 강의실을 뛰쳐나갔다. 그러자 지누 씨는 옆에 있던 책상들을 사정없이 걷어차고는 강의실 문이 부서져라 힘껏 닫고 나간다. 너무 놀라 진정이 되질 않는다. 복잡한 머리를 애써 정리해 가며 의자와 책상 더미 사이에 쭈그리고 앉아 몸을 숨겼던 나는 압박붕대를 감은 다리가 저려옴을 느낀다. 그때서야 현실로 돌아와 코끝에 침을 서너 번 발라본다. 하지만 여전히 봐서는 안 되는 것을 본 기분이다. 예전에 어머니 몰래 만화책을 보다 걸렸을 때… 물론 그때는 기분을 느낄 새도 없이 바로 맞았지만 -_-;; 맞기 직전까지 그 짧은 순간에 느꼈던 그 기분이다. 뇌리에서 좀처럼 사라지지 않는 지누 씨의 모습 너머로 희미하게 떠오르는 기억… 개강날 강의실을 찾다 잘못 들어섰던 그곳에서 '지누'라고 말하던 여자의 입술 뭉개지는 목소리가 기억났다. 날 위기에서 구해준 착한 지누 씨… 그리고 여자들을 처절하게 차버리는 지누 씨… 대체 어떤 모습이 진짜 모습인지 고민하며 걷던 나는 어느덧 주차장까지 와 있었다. 그때 울리는 전화벨.

"여보세요."

[어디냐?]

혹시나 하며 조신하게 전화를 받았지만 건방지게 반쪼가리 말을 하며, 느끼한 목소리로 주절거리는 주인 쉐이었다. -_-^

"뭔데 반말이냐!!"

[오빠야~♡]

"악!! 네가 무슨 오빠냐!!"

[그럼 내가 아빠냐? ㅋㅋㅋ]

"악악악!! 너, 너무 느끼해!!"

계속되는 느끼한 멘트에 바락바락 소리를 질렀다.

[소리 그만 지르고 타지 그래?]

깜짝 놀라 옆을 보니 주인 쉐이가 차에서 나를 한심한 듯 보고 있다.

"어, 언제 왔냐?"

"네가 '악!! 네가 무슨 오빠냐!!' 할 때 왔다."

"그럼 전화 끊고 말로 하지 왜 계속……."

"전화 끊고 계속 여기서 말했는데……."

정말 문제 많은 내 귀다. -_-;; 바로 코앞에서 해대는 말이 전화기에서 들리는 것이라 생각하고 오리지날 생쇼를 해보이다니. 정말이지 귀에 대한 것이든 정신에 대한 것이든… 가까운 전문의를 찾아 상담을 한번 받아봐야겠다. -_-;; 아무 말 없이 차에 올라탄 나는 너무 웃어 두 눈에 눈물이 가득 고인 주인 쉐이에게 냉랭한 목소리로 한마디 건넨다.

"야, 나 왜 태웠냐?"

"체리한테 가려고."

혹시 그곳에 가면 영웅 도련님을 볼 수 있을지도 모른다는 음흉한 마음을 애써 감추며 얼굴에 번지는 미소를 애써 참아보았다.

"영웅이 없어. 버~얼써 갔지. ㅋㅋㅋ"

내 표정만 보고도 알아차리는 주인 쉐이. 순간 주인 쉐이가 무당이 아닌가 하는 생각이 든다. 그리고 화려한 무당 옷을 입고 작두를 타는 주인 쉐이의 모습을 상상하니 괜히 기분이 좋아진다. =__=

"체리가 거기서 일 좀 도와달라더라."

아르바이트를 할 생각이긴 했지만 뜻밖의 일자리였다.

"에휴~ 거기서 일하다 보면 감각이 좀 생기겠지."

나를 아래위로 훑더니 나의 감각을 벼랑 끝으로 끌어내리는 주인 쉐이. 나는 분을 참지 못하고 화를 억누르는 듯한 목소리로 말했다.

"은근히 나의 감각을 무시하는 듯한 냄새가 나는데!! -_-^"

"네가 그런 게 어딨어(두리번두리번)?? O_O"

정말 아무것도 안 보이는 듯 연기를 참 잘도 한다. 저놈을 최초의 박수무당 출신의 개성파 연기자로 키워보고 싶은 마음이 솟구친다. -_-^

"나 안 가!! 집에 데려다 줘!! -_-^"

"그래? 어쩌나, 영웅이 다시 온다던데……."

사악한 주인 쉐이. 나의 약점을 제대로 알아챘다. 영웅님이 오실지도 모르는 그곳에 왕팬이자 형수인 내가 아니 가볼 수는 없지 않은가.

"그래, 후딱 가자."

주인 쉐이는 내 말에 살짝 미소를 지으며 별다른 말 없이 운전을 한다.

바비하우스에 도착해 안으로 들어서니 분주하게 움직이는 체리가 보인다. 오늘도 역시 화려한 옷차림의 그녀. 옷은 그렇다 치고 머리는 어떻게 한 건지 신비한 하늘색 왕 파마 머리를 하고 있다.

"어머, 왔어, 주인 오빠? 어, 언니 왔네? 언니, 일 배우고 싶다며?"

체리의 머리에서 반짝이는 하늘색 구슬을 정신없이 바라보던 난 '일 배우고 싶다며' 라는 말에 눈을 깜빡였다. 하지만 곧 의문은 풀렸다. -_-;;

"아무것도 모르니까 처음부터 잘 가르쳐라."

벼랑 끝에 몰린 나의 감각을 살리기 위한 주인 쉐이의 수작이었던 것이다. 시작이야 어쨌든 나는 절뚝거리는 다리로 체리의 옷 보따리를 들고 이리저리 움직여야 했다. 하지만 다친 다리와 팔에 힘이 잘 들어가질 않는다.

"아우~ 언니, 이렇게 힘을 못 써. 등치는 큰데."

"내가 좀 다쳤거든요……."

"어머, 이 언니 다쳤는데 왜 일을 해요?"

다리와 손에 감은 붕대를 내보이자 체리는 깜짝 놀라며 나를 쉬게 했다. 그때서야 여유있게 커피를 마시며 가게 안에 있던 모델들을 향해 추파를 던지고 있는 주인 쉐이의 옆으로 갔다.

"넌 다친 사람한테 일 시키고 커피가 목구멍에 넘어가든?"

"체리네 커피 맛있어. *^^*"

"꺄~ 오빠 고마워! *^^*"

나의 뜨거운 눈빛과 질타에도 무덤덤하게 말하는 주인 쉐이의 말에 멀리서 일하던 체리가 대답한다(나두 잘 들렸음 좋겠어요. ㅜ_ㅠ).

"어, 형수님!! *^^*"

그때 문을 열고 반갑게 형수님을 부르며 들어오는 영웅 도련님. 그 모습을 넋을 잃고 바라보고 있을 때 귀를 무지하게 자극하는 이름이 들린다.

"어!! 성재야, 어떻게 같이 오냐?"

두근두근.

이젠 이름만 들어도 심장이 이상해진다. 심장 소리에 당황한 나는 앞에 놓여 있던 커피를 입속에 들이부었다. 순간 남편과 눈이 마주쳤다. 그러자 남편은 이해할 수 없다는 듯 나를 보며 말한다.

"민주 너 왜 여기 있어? 수업은?"

"수업 끝나고 주인 쉐… 주인이한테 끌려왔어요!"

"주인이?? -_-^ 주인이는 내 친구인데 네가 '주인이' 하면 나랑 너랑 동격이잖아? -_-^ 오빠라고 불러."

심기가 불편한 듯 나를 노려보며 말하는 남편. 하지만 남편의 뒤에서 귓속말을 하는 주인 쉐이가 보인다! 눈엣가시 같은 놈. +_+

"오빠라고 하기 싫어요!! 죽어도 안 해!! 절대로 안 해!! 못해!!"

"그래, 그렇게 싫음 하지 마. 주인아, 괜찮지? ㅋㅋㅋ"

"어, 그래. ㅋㅋㅋ"

이것들이 이젠 아주 쌍으로 노는구나. -_-^ 내가 발악하자 킥킥대며 멋대로 부르란다. 나를 놀려먹는 재미로 사는 주인 쉐이와 남편.

"야, 근데 다친 애가 무슨 일을 한다고 그래? 다음 주부터 일해."

자기가 뭔데 체리네 가게에 와서 이래라저래라 하는 건지. -_-^ 남편을 노려보며 억지 부리는 버릇을 고쳐 주리라는 일념 하나로 말했다.

"오빠가 뭔데 여기 와서 이래라저래라 해요!!"

"어? 형수님, 몰랐어요? 형아가 여기 사장님이에요. ^^"

멀리서 옷을 고르던 영웅 도련님이 우리 대화를 용케 듣고 대답한다.

“실질적인 관리는 체리가 하지만 내가 여기 사장이야.”

남편이 설명이 끝나기가 무섭게 어디선가 음악 소리가 들린다. 내가 깜짝 놀라 여기저기 두리번거리자 남편은 내 머리를 살짝 매만지며 전화기를 꺼낸다(그냥 꺼내면 되지 왜 손찌검이야!! 이혼이야!! 이혼!!).

“어… 한 비서, 무슨 일인데…… 뭐!! 미친 거 아냐!! +_+”

전화를 받다 치를 떨며 소리를 지르는 남편. 무슨 심각한 일인 것 같다.

“지금까지도 많이 참았는데 뭘 더 어쩌라고!! 내가 인형이야?!”

한참을 버럭버럭 소리치던 남편이 갑자기 조용해진다.

“알았어. 간다고, 가면 될 거 아냐!!”

힘없이 전화를 끊고 소파에 털썩 주저앉는 남편. 잠시 고개를 뒤로 젖히고 피곤한 표정으로 생각에 잠긴다. 그런 남편에게 다가가 살다 보면 그런 일도 있으니 힘내라고 말해 주고 싶지만… 남편이 먼저 벌떡 일어나더니 나를 향해 걸어온다.

“이번 주 일요일 날… 시간 내라.”

“시간이야 많은데, 무슨…….”

“아, 씨발! 이, 이번 주 일요일 날 양가 상견례 한단다…….”

갑자기 ‘씨발’이라며 욕을 하더니 못 알아들을 말을 하는 남편. 이번엔 정말로 안 들렸다. ㅜ.ㅜ 내가 못 알아들은 듯한 표정이자 서서히 내 머리통을 잡아다 자기 머리에 가져다 대는 남편. 순간 반항조차 하지 못하고 벌렁거리는 심장과 뻘겋게 달아올라 얼굴을 감추지 못하는 나.

"그러니까 아가씨… 우리 결혼 날짜를 잡는데요. 이번 주 일요일 날……."

"겨, 결혼 날짜요?! +_+"

남편의 말에 기겁하는 나의 비명 소리에 마시던 커피를 내뿜는 주인 쉐이. 부부라면 누구나 거쳤을 과정임에도 한 번도 상상해 본 적 없다. 내가 살짝 당황하며 표정이 멍해지자 남편은,

"이제… 사태의 심각성을 알겠냐?"

"그럼… 우리 어떻게 되는 거예요?"

─상상의 나래.

"여보, 지금 오세요? ^^ 저녁은 드셨어요?"

"저녁보다도… 여보~옹!! 하루 종일 당신 생각만 했소. 으흐흐."

"아이, 부끄럽게! 몰라요~♡"

"여보, 이리 와~ 하~"

"아~잉! 몰라~ 아~앙!!"

코피가 터질 것 같은 상상과 함께 폭발할 듯 벌떡이는 심장을 부여잡고 천천히 숨을 고르고 있는 나.

"야, 뭘 그렇게 숨까지 막히게 싫어하냐? -_-^"

내 행동을 오해한 남편은 기분을 상하게 했는지 한쪽 눈썹을 치켜들고 나를 쳐다본다. 지금 보니 남편은 기분이 나쁘면 눈썹 한쪽을

치켜든다.

"난 뭐 좋은 줄 알아? 결혼식 하면 정리하기 힘들어져서 나도 싫어!!"

"저, 정리라뇨??"

"결혼식을 하게 되면 동네방네 소문나잖아! 너도 싫겠지만, 나 역시 내세울 거 하나 없는 촌티나랑 결혼하고 싶겠냐?"

잠깐 동안의 짧은 상상이었지만, 남편과의 결혼 생활이 그리 나쁘지만은 않을 거라 생각했던 나는 남편의 말에 상처를 받았다.

"알았으니까 그만 해요. 안 한다고 하면 되는 거잖아요……."

남편은 내 말에 움찔하는 것 같다. 평소라면 바락바락 대들어야 하는 나일진대… 이상하게 오늘은 남편의 말이 심장에 꽂히는 것같이 아프다.

"민주야, 반응이 뭐 그러냐? 혹시… 삐쳤냐?"

남편은 자기의 말이 심했다는 걸 느낀 건지 친근한 척 나의 이름을 불러가며 나의 상태를 살핀다. 하지만 장난 섞인 남편의 말에도 난 그 장난을 받아줄 수가 없는 상태가 되어 있다.

"삐치긴요. 촌스럽고 내세울 거 없는 거 맞는데요 뭘……."

"야……."

"됐어요! 저 집에 갈게요! 주인아, 운전 좀 해!!"

뿜어버린 커피를 정리하고 있는 주인 쉐이를 끌고 바비하우스를 빠져나왔다. 하지만 남편은 끝까지 나를 따라 나오지 않았다. 차에 탄 이후로 나는 아무 말도 하지 않았다. 주인 쉐이는 운전하면서 나의 기분을 살핀다.

"민주야, 괜찮아?"

"맞는 말인데 괜찮고 말고가 어딨어…… . 쳇!!"

"자식, 많이 속상했나 보네."

통통 부은 얼굴로 계속해서 쳇쳇거리는 내 머리에 부비부비를 하는 주인 쉐이. -_-;; 그 손길이 기분 나쁘지는 않기에 그냥 두었다. 그렇게 한참을 달리던 나는 바깥 풍경이 낯설다는 것을 깨달았다.

"어, 어디 가는 거야? 집에 가자니까."

"그런 기분으로 무슨 집이냐. 너 놀이공원 가봤어?"

"노, 놀이공원?? O_O"

놀이공원이란 말에 눈이 휘둥그레지며 TV에서 보았던 CF가 떠오른다. 신나게 놀이 기구를 타다가 갑자기 모두 함께 놀이공원 중앙에 모여 '땡땡랜드'를 외치던 바로 그 장면. O_O

"아, 안 가봤는데……."

가고 싶어 죽겠다고 말할 수는 없지 않은가. 지금이라도 '당장 놀이공원으로 차를 몰아라!!' 라고 외치고 싶은 걸 간신히 참으며 말했다.

"그럼 지금 갈까?"

"응!"

아차차, 대답이 너무 빨랐다. 주인 쉐가 또 웃어버린다. 주인 쉐이는 그대로 차를 달려 화려한 조명으로 가득한 놀이공원으로 나를 안내했다.

어느새 놀이공원에 도착한 우리. 그런데 나야 처음 타서 신난다고 하지만, 이놈의 주인 쉐이는 나이값 못하고 나보다 더 신나한다. 계속 바이킹을 한 번만 더 타자고 다리 아픈 나를 붙잡고 늘어진다. 할 수 없이 한 번 더 신나게 바이킹을 탄 뒤에야 주인 쉐이는 지쳐 하는 나를 한 벤치에 앉히더니 잠시 뒤 핫도그과 음료수를 들고 나타난다.

"야, 배고프지? 이거 먹어."

"어? 어케 알았데!! ^^*"

"아까 바이킹 탈 때… 고함 소리보다 네 꾸루룩 소리가 더 크더 라…….."

'꾸루룩' 거리는 뱃소리를 감추기 위해 타이밍을 잘 맞춰 소리를 질렀음에도 주인 쉐이는 그 예민한 귀로 그 민망한 소리를 들어버렸 나 보다. 창피해서 어쩔 줄 모르는 내게 주인 쉐이는 아무 말 없이 핫 도그를 준다. 핫도그를 다 먹고 나무젓가락에 묻어 있는 핫도그의 잔 해를 핥고 있던 내게 주인 쉐이가 갑자기 말을 꺼낸다.

"성재가 여자한테 자기 감정 보이는 거 오랜만이야."

갑자기 나온 남편 이름에 화들짝 놀라 핥고 있던 젓가락을 재빨리 꺼내려다 그만!! 윗입술을 찔러 버렸다. 아픔을 감추며 태연한 척하 기 위해 무진장 노력하는 나. ㅠ_ㅠ

"상처가 많은 놈이야. 그러니까 성재…….."

앞만 보며 말을 이어가던 주인 쉐이가 내 쪽으로 시선을 돌려 나와 눈이 마주쳤다. 그러나 내 눈이 놀란 토끼마냥 동그랗게 떠진다.

"야!! 너 입에……!! 피… 피, 피가……."

“왜? 쓰~읍!! ─_─^”

젓가락의 위력이 꽤 셌던 모양이다. ─_─;; 젓가락에 찔린 상처에서 다량의 피가 입가를 타고 흘러, 전설의 고향에 자주 등장하는 처녀 귀신같이 되어 있었다. 놀란 주인이는 어쩔 줄 몰라 하며 내게 음료수를 내밀었고, 나는 조용히 음료수로 가글을 해서 핏자국을 정리했다. 이번 일 역시 웃다가 죽어도 시원치 않을 일이지만, 웬일로 주인 쉐이는 아무 말 없이 가만히 있어준다. 이제야 철이 든 모양이다. =__=

“야!! 너 웬 피야!!”

집으로 들어서는 나를 보자마자 남편이 비명 비슷하게 소리치며 말했다.

“좀 다쳤어요…….”

“기지배가 왜 이렇게 험하게 다녀!!”

왠지 걱정해 주는 척하는 남편의 말이 비위에 거슬린다. 하지만 그런 내 기분과는 상관없이 또다시 이어지는 남편의 괴성.

“야, 너 입술은 또 왜 이래!!”

“입술 다친 거 보여요?”

‘입 안쪽을 다친 건데 어떻게 보이지?’ 라고 생각하고 있는데 남편이 내 얼굴을 확!! 잡아당겨 아랫입술을 매만진다. +_+

두근두근.

어김없이 발작을 하는 나의 심장, 얼굴이 벌게지고 열이 난다. 그런데 남편이 지금 발견한 입술의 상처라는 것은… 얼마 전 불행한 사

고를 통해 주인 쉐이와 내 입술이 박치기를 했던 그날 생긴 상처였
다. 살짝 벌어졌던 상처가 아물 무렵… 내가 젓가락으로 다시 한 번
헤집은 모양이다.

"아까 핫도그 먹다가 젓가락에 찔렸어. ㅋㅋㅋ"

당황한 내가 어떻게 말해야 할지 고민할 때 공범자인 주인 쉐이는
웃으면서 잘도 꾸며 말한다. 여러 번 해본 솜씨다. 무서운 놈! -_-;;

"약 발라 입 안에 바르는 연고 있을 거야. 난 주인이랑 잠깐 나갔
다 온다."

어제만 해도 흰한 세 명의 남자가 함께했지만, 오늘은 나 홀로 외
로이 입 안에 연고를 바르고 침대에 누웠다. 하지만 잠도 안 오고 심
심하기도 해서 컴퓨터를 켰다.

〈악!! 님아, 방가방가~! ＊^^＊〉

메신저에 로그인하기가 무섭게 평소보다 더 많이 오버하며 나를
반기는 '영웅 It's me' 왠지 우울했던 나는 그냥 인사만 해주었다.

〈꺄러러~ 님도 방가르르까꿍!! ＊^Ŏ^＊〉

내 인사에 잠시 멈칫하는 '영웅 It's me' 조금의 시간이 흐르고 나
서야 계속 말을 이어간다.

〈영웅님은 만났어요??〉

'만나다마다요. 내가 영웅 도련님 형수요! T_π' 라는 말이 목구멍
까지 차 오르지만 영웅 도련님의 신비감을 위해 참았다.

〈아직…….〉
〈아쉽네요. ^^;; 앞으로 기회가 또 있겠죠. 참, 영웅님 어릴 때 사진 보
실래요? 옆에 있는 사람도 끝내줘요. >口〈
〈네, 고마워요. ^^★〉
〈보세요. 저는 급한 일 때문에 먼저 갈게요!! ★^^★〉

오늘따라 유난히 밝은 '영웅 It's me' 가 떠나고 보내준 사진 파일
을 열었다. 사진 속에는 인형 같은 어린 영웅님의 모습이 들어 있다.
깜찍한 외모에 파랑 모자를 쓴 영웅님. 너무너무 귀여워서 다리를 동
동 구르며 기뻐하고 있을 때, 영웅님 옆에서 살짝 웃고 있는 두 남자
아이가 보인다. 그 아이들 역시 눈이 뒤집히게 예쁘게 생겼다. 자세
히 들여다보니 어린애임에도 싸가지없어 보이는 눈매와 기분 나쁘게
오똑한 콧날에 아이답지 않은 차가운 미소를 짓고 있는 아이. 저런
싸가지없어 보이는 애는 난생처음 본다. 저런 놈이 그대로 컸으
면……! O_O 그 순간 남편의 얼굴과 사진 속의 아이 얼굴이 겹쳐지
더니 사진 속 아이의 살짝 올라간 눈썹이 클로즈업된다. 깜짝 놀라
다시 한 번 들여다보았지만… 역시 남편이다. +_+ 순간 어린 남편의

얼굴이 왠지 무섭게 느껴진다. 더 이상 컴퓨터를 하기엔 너무 공포가 느껴진 나는 컴퓨터를 껐다.

수업을 마치고 나오는데 핸드폰이 울렸다. 요즘 너무 자주 울린다. -_-;;

"여보세요."

[나다.]

쫘악 깔린 반토막 말. -_-^ 주인 쉐이러니 하고 반말을 한다.

"나가 누군데. -_-^"

[네 남편. -_-^]

나의 예상과 달리 남편이었다. 왠지 모를 반가움에 나는 남편의 이름을 한번 불러주기로 한다.

"어… 성재 오빠, 왜요?"

[어딨냐?]

"지금 학교인데……."

[갈 데 있으니까 주차장으로 와!]

남편의 부르심을 받고 주차창으로 달려갔다. 왠지 달려가는 발걸음이 가볍고 신이 난다. 그런데 나는 가던 걸음을 주춤하고 몸을 숨겨야 했다.

욱신욱신.

"성재야~ 연락 좀 해!! 알았지?"

"그래, 알았어. 나중에 연락할게. ^^;"

욱신욱신.

"치~ 맨날 연락한다면서."

"홋, 이번엔 진짜 할게. 기다려. +ㅁ+"

욱신욱신.

"알았어, 믿어볼게. 잘 가~"

남편의 차에서 내리는 한 여인네. 남편과 정답게 얘기를 나누다 커다란 눈으로 윙크 한방을 찡긋!! 날려주더니 빵빵한 엉덩이와 가슴을 흔들어대며 사라진다. 갑자기 목격하게 된 남편과 다른 여인네의 친근한 모습에 스스로도 이해할 수 없을 만큼 가슴이 욱신거리는 나.

'이거 뭐지?! '욱신욱신' 이라니… 저번에는 '두근두근' 이더니……'

순간 머리 속이 하얗게 변하며 차갑고 야비하게 웃어대는 남편 얼굴이 사랑스럽다고 느끼는 나. o_O

'내, 내가… 서, 설마!! +_+ 미치지 않고서야… 어떻게 성재 오빠를……!!'

어떻게 일이 이렇게 되어버리는 걸까? 혹시 전에 남편이 만들어준 죽 속에 사랑의 묘약이라도 들어 있었던 걸까? 아님 내가 정말 괴롭힘을 즐기는 변태일까?! 아님 정말 내 남편이라고 착각하는 걸까?? +_+

'그래, 착각이야!! 정말 내 남편이라고 착각을 하고 있는 거야……'

주차장으로 내려가는 돌 계단에 쭈그려 앉아 몸을 숨기고는 머리를 절레절레 흔들어대는 나. -_-;; 그때 다시 울리는 전화벨.

"여, 여보세요."

[야!! 너 또 병 도졌냐? 거기서 뭐 하냐? 뭘 훔쳐봐!!]

꼭꼭 숨었음에도 남편은 돌 위로 삐죽이 나온 들썩이는 내 정수리를 봐버렸다. 또다시 변태로 몰리는 나.

"훔쳐본 거 아니에요. 앉아서 쉬는 거예요!! -_-;;"

[말이 돼? 빨리 못 튀어와!! 바쁘단 말이야!!]

바쁘다는 남편의 말에 헐레벌떡 뛰어가서 남편의 차에 올랐다. 말없이 운전만 하는 남편에게 나는 그 빵빵한 여자는 누군지, 어떤 사인지 온갖 질문들을 하고 싶다. 아니, 그건 제쳐 두고라도 계속 히죽거리는 남편의 웃는 얼굴이 사랑스러워 보이는 현상을 떨쳐 내야만 했다.

그렇게 머리 속에서 전쟁을 치르며 도착한 곳은 고급스러워 보이는 예복 매장.

"저, 여긴 왜요?"

"상견례 때 입을 예복 사러."

"안 한다고 하면 되는데 뭘 그래요."

"그렇게 간단하지가 않아. 넌 내가 시키는 대로만 해, 알겠지?"

한 손으로 내 손목을 붙잡고 다른 한 손은 살짝 내 어깨를 감싸는 영 어색한 포즈를 취하는 남편의 행동에 불길한 예감에 사로잡히는 나.

"어머!! 성재 씨, 오랜만이에요!"

"네! ^^"

이 망할 놈은 나를 제외한 모든 여자들에게 화려한 꽃웃음을 지어 보이며 그녀들의 애간장을 녹인다. 그리고 황홀해하는 여자들의 표정…… 완전 보기 싫다.

"나 뭐 해요!!"

남편이 여자들에게 둘러싸인 동안 꿔다 놓은 난쟁이 똥자루처럼 서 있던 나는 남편의 팔을 잡아당기며 말했다. 남편은 그제야 내가 있다는 걸 알아차린 듯 한번 쳐다봐 준다. -_-^ 그리고는 야릇한 표정의 남편은 나를 뒤에서 감싸 안고는 업그레이드 함박꽃 웃음을 지어 보이면서 말한다.

"이 아가씨한테 어울리는 드레스 하나 골라줘요."

순간 매장 안의 여자들 모두가 정지 자세로 삼 초간을 나와 남편을 쳐다본다. 하지만 여자들의 시선보다 터져 버릴 것 같은 내 심장이 더 걱정이다. +_+ 그때 남편과 가장 친한 척을 하던 여자가 다가와 묻는다.

"저, 무슨 용도로 입으실 건가요?"

"아~ 우리 약혼식 때 입으려고요. *^^*"

남편의 말에 매장의 여자들보다 더 놀라는 나… 어젠 정리를 운운해 가면서 거의 반쯤 실성해 있던 남편이 아니었는가. 살포시 남편의 이마와 맥을 한번 짚어보고 싶지만, 어찌 됐든 남편은 지금 제정신이 아니지 싶다.

'가만히 있어, 내가 하는 대로… 그래야 결혼만큼은 막을 수 있어……'

나를 안고 있던 남편은 거의 묘기에 가까운 복화술을 해 보이며 내게 시키는 대로 하라고 한다. 그런 남편이 참으로 안쓰러워서 그냥 시키는 대로 했다. 매장에서 나의 연한 핑크 빛 드레스와 남편의 턱시도를 맞추고 집으로 돌아왔다.

집에 들어서기가 무섭게 남편을 몰아세우며 물었다.

"이제 제대로 좀 말해 봐요, 어쩌자는 건지!"

"정보에 의하면 염감탱… 아버지가 우리를 감시하고 있어."

"네?? +_+ 그게 무슨……."

너무나 첩보스러운 말에 깜짝 놀랐다. 하지만 남편은 계속 말을 이어간다.

"갑자기 우리 결혼을 서두르는 건 우리가 사이가 안 좋기 때문이야."

"그렇다면……."

"그래, 우리가 사이좋아 보이고, 닭살스러워 보이면 되는 거라고!"

"저, 정말 그걸로 결혼을 안 할 수 있어요??"

"안 하는 것까지는 몰라도… 적어도 미룰 수는 있어."

비장해 보이는 남편의 표정을 보고 있자니 하자는 대로 안 하면 나는 생매장이라도 당할 듯싶다. 달리 방법이 없던 나는 남편의 말에 따르기로 했다.

다음날, 이른 아침부터 '특훈'을 한다며 나를 깨우는 남편. 하지만 깨워서 시킨다는 '특훈'이란 바로!!

"악!! 그런 걸 어떻게 해요!!"

"우리 인생이 걸린 거야!! 빨랑 해봐. 아니. 해야만 해!!"

"자… 자……."

"옳지!! 조금만 더!!"

"자… 자기야… 휴~"

남편은 나에게 애교를 기르게 해야 한다며 온갖 닭살스런 말투를 강요하고 있다. 너무 애쓰는 남편은 보기에도 안쓰럽다. -_-;;

"그래, 잘했어!! 하지만 감정이 부족해! 나를 잘 봐! 휴, 자기야 앙~♡"

남편은 잠시 고개를 숙이고 감정을 잡더니 눈이 하트로 변해 발까지 동동 구른다. '특훈'을 하는 건지 진짜 신이 난 건지……. 정말 혼자 보기 아깝다. 하지만 잠시 저 소리가 나에게 진심으로 하는 소리였음 생각해 본다…… 니!! 내가 또 정신이 오락가락한다. -_-^ 이건 훈련이고, 내 심장은 착각하는 거다!! 다시 한 번 고개를 세차게 흔들고 남편과의 '특훈'을 계속했다. 하지만 남편도, 나도 애교와는 거리가 멀었으므로 목숨을 걸고 하더라도 한계가 있었다. 할 수 없이 특별 조교가 초빙되었다.

"자아기야앙~♡"

"그래, 우리 예쁜은이~!"

"아이~ 자기두 참!! 멀라, 멀라. >ㅁ<"

"이리 와, 예쁘니~"

"꺄러러~ 자기야앙, 나 잡아봐라~앙."

폴짝폴짝 거실을 뛰어다니는 영웅 도련님과 두 어깨를 엇박자로 흐느적거리며 한 팔로 허공을 휘저으며 잡으려는 시늉을 하는 주인 쉐이. 실제 상황을 방불케 하는 영웅 도련님의 여자 연기와 주인 쉐이의 남자 연기는 관중을 압도했다. 나란히 소파에 앉아서 멍한 표정으로 그 모습을 바라보던 남편과 나는 미식거리는 속을 참으면서도 절로 박수를 치고 있다. +_+ 훌륭한 연기를 끝낸 주인 쉐이와 영웅 도련님은 숨을 몰아쉬면서 말한다.

"진짜 너희들이 이렇게만 하면 완벽하게 속일 수 있어. 휴~"

"형님 말이 맞아요. 에휴~"

닭살 커플의 모범답안이라기엔 너무 비위 상하는 것이지만 남편과 나는 그날 이후 매일 아침부터 저녁까지 열심히 거실을 뛰고 또 뛰며 간드러지는, 혹은 느끼해 마지않는 목소리로 '이리 와, 예쁘니'와 '나 잡아봐라'를 연습해야만 했다.

드디어 상견례 당일!! 그동안의 피나는 연습으로 체중이 많이 줄어서인지 드레스를 입은 나의 목 선이 아~주 그만이다. -_-^ 거울 속의 내 모습에 한참을 만족하며 그동안 연습했던 온갖 애교스런 몸짓과 표정을 연습하고 있을 때 예복을 입고, 기름칠(?)로 머리를 손질한 남편이 들어왔다. 한동안 멍하니 서로의 모습을 바라보는 우리. 그때 영웅 도련님이 뛰어들며 멍청해져 있는 우리에게 다급하게 말한다.

"형아, 지금 가야 돼요. 어, 혀, 형수님…… 너, 너무 예뻐요!!"

영웅 도련님의 말에 한동안 말이 없던 남편과 나는 이내 정신을 차린다. 그리고 서로 헛기침을 하며 애써 딴청을 피워본다.

"잘할 수 있지?"

"걱정 말고 오빠나 잘해요."

결연한 의지를 다지는 남편과 나. 열심히 준비했으니 일단 잘해야 겠지만 나와 결혼하지 않으려 부단히 노력하는 남편이 조금은 얄밉다. 뭐, 나 역시 꽃다운 나이에 결혼을 한다는 건 달갑지 않은 일이긴 하지만……. 그때 남편이 슬며시 손을 내민다. 물끄러미 손을 바라만 보자 남편은 내 손을 살짝 당겨잡는다. 우리는 그렇게 우리를 기다리는 양가 부모님들을 향해 출발했다.

약혼식장으로 향하는 조용한 차 안. 남편과 나는 떨리는 마음으로 뒷자리에 앉아 긴장을 풀고 있다. 여느 연인 같으면 행복해서 웃음꽃을 피우겠지만 우리는 지금 우리를 낳아주고, 길러주신 부모님들께 사기치러 가는 길이다!! 떨리고 불안한 맘이 하늘을 찌른다. 어쩔 줄 모르고 똥 마려운 강아지마냥 끙끙대고 있을 때 남편의 목소리가 들린다. +_+

"우리 예쁜 민주야~앙, 떨려요~옹??"

갑작스런 말에 당황하여 남편을 보니 영 안 내키는 얼굴로 땀을 삐질삐질 흘리며 나를 노려보고 있다. 하지만 표정은 웃는다. 아마도 운전사 아저씨부터 확실하게 속여보자는 것이겠지… 작전 돌입입니다.

"아이잉~ 예쁘니 민주는 행복해서 죽을 지경이에요. >ㅁ<"

"저런! 우리 예쁘니 나를 두고 죽으면 안 돼~에~지!!"

잘도 주절이던 남편은 살짝 미소 지으며 나를 자기 품으로 끌어당겨 내 어깨를 감싸 안는다. 남편의 행동은 계획에는 없던 행동이었지만 누군가에게 사기를 쳐야 한다는 막중한 책임감에, 그대로 다음 대사를 이어간다.

"꺄아!! 울 자기 멋쟁이~! >口<"

"난… 예쁜이만의 멋쟁이이고 싶어……."

내 대사가 끝나기도 전에 남편은 게슴츠레한 눈빛과 함께 버터에 잘 절여진 느끼한 대사를 잘도 지껄인다. 나 역시 질 수는 없다.

"아이~ 몰라몰라~ >口<"

나는 남편의 말을 받아치며 야무진 주먹으로 남편의 실한 가슴팍을 토닥였다. 그 덕분에 남편의 얼굴이 심하게 일그러지는 듯하지만… 그동안의 '특훈' 으로 이 정도의 역겨움은 쉽게 견딜 수 있었다. 우리가 뒷자리에서 내키지도 않는 파닥거리는 날갯짓을 하는 동안 운전사 아저씨는 우리의 대화와 행동을 애써 외면하면서 비위 상한 얼굴로 거칠게 차를 몬다.

드디어 약혼식장 앞에 도착한 남편과 나는 귀를 자극하는 서로의 심장 소리를 애써 외면하며 다시 한 번 결연한 의지를 다졌다. 잠시 뒤 한 비서 아저씨의 안내로 가족들이 기다리는 곳에 도착했다. 마침내 문이 열렸다. 순간… 작전을 실행해야 하는 상황임에도 나는 눈이 휘둥그레진다. +_+ 천장에서는 난생처음 보는 화려한 샹들리에가 반짝거리고, 벽에서도 화려한 조명들이 반짝거린다. 'ㄷ' 자 모양의 커다란 테이블은 하얀색의 천에 금실로 수가 놓여진 테이블 보를 감싸고, 그 위에 각종 음식들이 화려한 그릇에 잔뜩 차려져 있다. 그동안 입맛을 잃었던 내게 유난히 음식들이 맛나게 보인다. 순간 눈이 풀려 멍하니 음식을 바라보던 내 입에 침이 고인다. 그 순간 나를 보는 남편의 살기 어린 눈빛에 정신이 바짝 든다. +_+ 정신을 차리고 앞을 보니 나의 걸신들린 행동에 살짝 열받으신 어머니의 얼굴이 보인다. 그리고 정말 보고 싶었던 아빠와 오빠들이 눈물을 글썽이며 나를 바라보고 있다. 하지만 난 그들의 스타일에 놀라야만 했다. 정말 특별한 날에만 한다는 소가 심하게 핥고 지나간 2대 8 머리에 동네 세탁소에서 빌린 듯한 구닥다리 양복을 사이좋게 나눠 입었다. -_-;; 시선을 돌려 맞은편을 보았을 때 살짝 놀라신 영웅 도련님과 자상해 보이는 굉장한 미인 한 분, 그리고 그 옆으로 카리스마적인 약간은 싸가지 안 계셔 보이는 남편과 비슷하게 생긴 중년의 남자가 있다. 순간 그분이 누구인지 감이 잡혔다. 남편이 했던 첩보스러운 말이 떠오르고, 다시 긴장하는 사이 회장님, 즉 나의 시아버지는 우리를 아래위로 훑으며 왠지 미심쩍어 보임을 나타낸다. 회장님의 눈빛에 얼음처럼 굳어버리는 나.

"성재 군과 민주 양이 도착했습니다."

그때 한 비서 아저씨가 우리를 소개한다. 그러자 남편은 내 손을 끌어 팔짱을 끼게 하더니 아무 일 없는 듯 우릴 위해 마련되어 있는 자리로 간다.

'정신 똑바로 안 차리면 죽는다!!'

남편은 의자를 빼주면서 애정 어린 미소 뒤에 숨겨진 뛰어난 복화술로 내게 말한다. 순간 온몸이 오돌오돌 떨려온다. 하지만 남편은 자리에 앉기가 무섭게 계속해서 작전을 이어간다.

"우리 예쁜 민주~ 배 많이 고팠구나~앙."

남편의 느끼하지만 다정한 목소리에 남편의 어머니와 아버지가 남편 쪽으로 고개를 홱!! 돌린다. 많이 놀라신 모양이다. 하긴 며칠 동안 연습하며 봐온 나도 기분이 상할진대 평생을 봐온 아들이 며칠 사이에 딴사람이 되어 돌아온 이 현실을 쉽게 받아들이기 힘드셨을 것이다.

"오빠두 차~암!! 부끄러워요!! 토닥토닥~"

이번엔 내 말에 놀란 우리 부모님과 오빠들이 고개를 홱!! 돌려 나를 바라본다. 계속되는 우리의 행동에 홱홱거리는 가족들. 그들의 목 디스크가 걱정이 된다. 하지만 우리의 계획은 계속되어야 한다. 쭈~욱!! +_+

"부끄러워하긴, 다~ 이해해 주실 거야. 조금만 참자, 울 예쁘니~ ^_^"

"예쁘닌 오빨 위해 배고픈 것쯤 얼마든지 참을 수 있어요. *^^*"

여기까지 우리의 닭살을 지켜보던 사람들의 과반수 이상이 거부 반응을 나타내자 한 비서 아저씨는 재빨리 식을 진행시켰다. 그리고 식이 끝남과 동시에 남편이 재빨리 테이블에서 일어나 커다란 접시에 음식을 담아준다.

"우리 애기 힘들었지? 많이 먹어. *^^*"

아무리 연기라고 하지만 정말 눈물나게 고맙다. 내가 포크를 집어

들며 많이 집을 수 있는 각을 잡자 남편의 완벽한 복화술이 빛을 발한다.

'많이 먹으면 죽는다!!'

정말 죽일 듯한 눈빛으로 말하는 남편. -_-;; 웃고 있는 면상이라 때려줄 수도 없고, 입술도 움직이지 않았으므로 대꾸하기도 민망하다. 하지만 우리를 바라보는 주변의 눈이 있기에 나는 다시 남편의 말에 닭살 멘트를 했다.

"고마워요. 자기 때문에 예쁘니는 넘 너무 행복해요! >ㅁ<"

사람들은 그런 우리를 무시하고 그저 자기의 음식 먹는 데에만 집중한다.

식사가 끝나갈 무렵 회장님이 본격적으로 이야기를 시작한다.

"사돈어른, 이제 결혼 날짜를 잡아야 하지 않겠습니까?"

"아, 그렇군요. 그럼 언제쯤……."

"자, 잠깐만요!!"

어른들의 대화에 바짝 긴장하고 있을 때, 무척이나 긴장한 듯하지만 정확한 발음으로 이야기의 맥을 끊는 큰오빠.

"우리 사분이는 아직 나이도 어린데, 결혼은 너무 이른 것 같습니다."

"맞습니다. 대학 생활도 시작한 지 얼마 지나지도 않았는데 결혼이라니요."

"졸업할 때까지만 기다려 주십시오. 대학 생활을 좀 더 하게 해주십시오."

큰오빠를 시작으로 오빠 세 명은 막내 동생의 행복을 위해 지금까지 한 번도 시도한 적 없는 어머니의 어명(?)에 맞대응하고 있다. 하지만 이들 세 남자의 멋진 행동에도 불구하고 이들의 차림새는 아무리 봐도 영락없는 바보 삼대다. 하지만 오빠들 덕에 어른들의 생각에 살짝 변화가 이는 듯 잠시 생각에 빠진다.

"제 생각에도 우리 민주는 아직 나이도 어리고, 꿈도 많습니다. 결혼을 하더라도 민주가 대학을 졸업한 뒤가 좋을 것 같습니다."

그때 논리정연하고, 깨끗한 말솜씨로 마지막 멘트까지 깔끔하게 장내 분위기를 정리해 주는 나의 러블리자기~♡ 왠지 일어나서 박수라도 쳐주어야 할 것 같지만, 얼빠진 표정의 오빠들이 아직도 일어설 때의 어정쩡한 자세로 있다. 빨리 앉으라는 내 손짓을 본 첫째 오빠가 나를 보며 배시시 웃더니 손을 살짝 흔들어 보인다. 반가운 것 같다. −_−;; 그리고는 둘째 오빠의 옆구리를 툭 쳐서 내게 인사를 하게 한다. 내가 오빠들에게 일일이 빠빠이를 해준 후에야 오빠들은 흡족한 표정으로 자리에 앉았다. 오빠들이 모두 자리에 앉자 시아버지가 다시 말을 꺼낸다.

"음… 그동안 두 사람을 지켜보면서 사이가 좋지 못한 듯하여 결혼을 서둘렀는데 오늘 보니 사이도 좋아 보이고, 민주의 나이도 어리고 하니 결혼식은 당분간 보류하도록 합시다."

시아버지의 말에 남편과 나의 얼굴에 미소가 번진다. 우리의 계획이 성공한 것이다. ^_^ 오빠들도 역시 눈물을 흘리며 서로 얼싸안고 기뻐한다.

"단! 일주일에 한 번은 데이트를 하고, 한 달에 한 번은 둘이 여행을 가야 한다. 또한 이것을 증명할 수 있는 사진들을 양가 부모님들께 제출하도록!!"

눈썰미 좋은 어머니께 딱 걸린 남편과 나의 기뻐하는 표정. 어머니는 바로 우리에게 족쇄를 채우신다. 탁자 밑으로 손을 맞잡고 기뻐하던 남편과 나는 다시금 시름에 빠졌지만 양가 부모님들은 매우 흡족해하며 그동안의 안부를 묻는 등 서로 친근한 대화를 시작하신다. 하지만 일단 결혼 날짜를 미룬 남편과 나는 계획의 성공을 자축하며 건배를 하고 음식을 먹기 시작했다. 그런데 긴장이 풀려서인지 갑자기 뱃속이 부글거리는 나.

"오, 오빠… 저 화장실 좀 다녀올게요."

"어, 그래, 얼른 갔다 와. 참, 옷에 이상한 거 묻히지 말고. +_+"

"-_-^ 그, 그러죠 뭐……."

남편은 지난번 하늘색 원피스와 백구두에 개똥을 묻혔던 것을 아직도 기억하는 듯하다.

어쨌든 나는 객실을 빠져나와 한쪽 구석에 있는 화장실의 마크를 향해 뛰어들어 갔다. 겨우 세이브 자세를 잡은 나는 안도의 한숨과 함께 시원함에 온몸을 부르르 떨었다. 그리고 손을 씻으러 세면대로 향했을 때 한쪽 구석으로 살짝 말라 버린 짙은 갈색의 페인트 통과 페인트 솔이 보인다. 세면대를 새로 칠한 모양이다. 순간 옷에 이상한 것 묻히지 말라던 남편의 말이 떠올라 페인트 통에서 가장 멀리 떨어진 세면대로 가서 손을 씻어주고 막 화장실 문을 열고 나가려는 순간!! 도전적으로 화장실에 들어서는 사람과 충돌한 나는 그대로 화장실 바닥에 주저앉아 버렸다. 게다가 정말 어처구니없게도 내가 넘어진 곳은 페인트 통이 작렬하게 전사해 있는 곳이었다, -_-;;

"아씨!! 부딪쳤으면 사과를 해야죠… 오……."

사과의 말도 없이 내 앞에 꼼짝도 않고 서 있는 몰상식한 사람에게 남편의 18번 아씨!!와 함께 눈에 힘을 주며 한마디 했다. 한데 내 앞에 서 있는 사람은… 여자가 아니라 검은 복면을 한 건장한 남자였다. 남자의 포즈와 손에 들린 칼이 나에게 나쁜 짓을 하려 함을 알리며 서서히 내 쪽으로 다가온다. 뒷걸음질치던 나는 페인트 통에 걸려 다시 한 번 뒤로 꽈당!! 하고 자빠지면서 화장실 바닥에 벌러덩 누워버렸다. 넘어질 때의 충격 때문인지 좀처럼 일어날 수가 없는 나. 그런 나에게 남자는 서서히 다가와 쪼그리고 앉더니 넘어진 채 일어서지 못하는 나의 드레스의 가느다란 어깨 끈을 칼로 끊어버린다. 힘없이 끊어져 나가는 어깨 끈을 보며 이 남자가 원하는 게 돈이나 금품이 아니라 바로 '나' 라는 것을 깨달았다.

"사, 사람 살…… 음!!"

소리를 질렀지만 남자의 손에 의해 입을 막혔고 그대로 나를 깔아뭉개며 내 몸을 더듬는 남자. 목에 닿는 축축한 느낌과 남자의 징그러운 웃음소리에 몸이 부들부들 떨린다. 잔뜩 겁을 먹은 나, 순간 이대로 당할 수 없다는 생각에 손을 뻗어 잡히는 무언가로 남자의 머리통을 세게 내려치고는 남자가 내게서 떨어져 나간 사이 재빨리 소리를 쳤다.

"아악!! 사람 살려요!! 꺄악!!"

내가 던진 페인트 통을 머리에 맞아 쓰러졌던 남자는 내 목소리에 정신을 차리곤 얼른 내 입을 다시 막으려 했다. 그때 화장실 문이 벌컥 열리며 낯익고 우렁찬 남자의 목소리가 들린다.

"무슨 일……!! 너, 이 새끼!! 뭐 하는 놈이야!!"

문을 열고 들어온 사람은 지누 씨였다. 지누 씨를 보자 복면의 남자는 당황한 듯 칼을 휘두르며 재빨리 화장실을 빠져나가 도망쳤다. 남자가 사라지자 내게로 다가온 지누 씨는 끊어진 드레스의 어깨를 보더니 자기 옷을 벗어 덮어준다.

"으아아아앙!!"

벌써 두 번째 이런 일을 당함에도 익숙해질 수 없는 무서움에 부들 부들 떨며 엉엉 울어버렸다. 그때 오빠들이 뛰어들어 왔다. 그리고 낯선 남자 품에서 울고 있는 나를 보고 놀란 오빠들은 지누 씨에게서 나를 떨어뜨리려고 하지만, 너무 놀란 나는 지누 씨의 팔을 붙잡고 놓지를 않는다.

"지금 많이 놀라서 그러니 잠시 이대로 두시죠."

지누 씨는 나를 안심시키는 한편, 내가 당한 일을 차분히 오빠들에 게 설명해 준다. 상황을 듣고 더욱 놀라는 오빠들은 지누 씨에게 연거푸 고맙다는 인사를 한다. 그때,

"넌 여기에 무슨 일이냐?"

화장실 문밖에서 차가운 목소리로 지누 씨를 향해 말하는 남편. 모두의 시선이 남편에게로 향한다.

"내가 오면 안 되는 곳인가?"

지누 씨 역시 평소와 다르게 차가운 목소리로 대답한다. 처음 보는 사람도 둘의 사이가 좋지 않음을 알 수 있는 그들의 목소리…….

"현재야, 형수 챙겨!!"

둘 사이의 긴장된 공기가 주변을 압도했을 무렵 남편이 버럭 소리쳤다. 그러자 영웅 도련님이 내게 다가와 지누 씨의 옷을 벗기고 자신의 옷을 입히더니 제대로 서지 못하는 나를 등에 업는다. 영웅 도련님도 지누 씨를 싫어하는 듯하다. 영웅 도련님의 등에 업혀 화장실을 나오는데 지누 씨 팔에 내 손 모양의 멍이 보인다. 많이 아팠을 텐데… 놀란 나를 위해 참고 있었던 모양이다. 지누 씨에게 고맙다는 표정으로 바라봐 주고 있는데 다시 한 번 차가운 남편의 목소리가 들린다.

"어떤 식이든 우리 가족한테 접근하지 마!! 마지막 경고다!!"

남편은 그렇게 아직까지 지누 씨에게 인사를 하는 우리 오빠들을 몰아서 화장실을 빠져나온다. 엉망이 된 내 모습에 부모님들이 놀라실까 봐 영웅 도련님과 오빠들은 우리 둘이 사랑의 도피를 했다는 말도 안 되는 이유를 들어 부모님들을 안심시켰고, 남편은 급히 방 하나를 빌려 날 옮겼다.

"많이 놀랐지? 이젠 괜찮아……."

방에 도착해서도 여전히 부들부들 떨며 아무 대답도 하지 못하고 우는 나를 남편은 따뜻하게 안아준다. 그러자 놀라운 일이 벌어졌다. 놀라서 벌떡이던 심장은 남편의 체온 때문인지, 아니면 걱정스런 목소리 때문인지 점점 진정되며 몸의 떨림이 멈춰졌다. 그러자 남편은 나를 침대에 기대어 비스듬히 앉히더니 수건에 물을 적셔온다. 그리고 화장이 얼룩진 내 얼굴과 손과 팔을 닦아준다. 수건이 내 어깨에 닿았을 때 남편의 눈이 심하게 떨리는 것이 보인다. 그러더니 아무 말 없이 벌떡 일어섰다. 그리고는 갑자기 겉옷을 벗더니 계속해서 셔츠를 벗기 시작한다. 너무나 순식간에 내 눈앞에서 옷을 벗는 남편의 행동에 놀라 눈을 질끈!! …떴다. O_O 벗은 하얀 와이셔츠를 내게 던지며 말하는 남편.

"이거 입어."

남편의 차가운 말투에 당황하며 나도 모르게 시선을 보내던 남편 배의 선명한 王 자에서 시선을 거둔다. 갑작스레 얼굴이 붉어진 채 호흡도 거칠어진 남편의 행동에 당황하는 나. 울먹이는 목소리로 겨우 묻는다.

"왜, 왜요… 흐윽……."

"말하기 싫어. 그냥 갈아입어……."

"왜… 왜요! 흐윽… 꼭!"

"말하기 싫다구!! 갈아입으라면 갈아입어!!"

나의 울먹임에도 불구하고 소리를 버럭 지르며 거칠게 방문을 닫고 웃통을 벗은 채 나가 버리는 남편. 남편을 화나게 했다는 괜한 죄책감에 조용히 옷을 갈아입기로 한다. 하지만 그냥 남편의 옷을 입기엔 왠지 묘한 기분이 든다. 샤워를 할 생각으로 욕실에 들어서자 거울을 통해 내 얼굴이 보인다. 아침에 곱게 말아 올렸던 머리는 이미 풀어헤쳐져 있고, 예쁘게 했던 화장도 다 뭉개졌다. 너무 울어서 빨개진 눈… 아직도 놀라서 떨리는 입술… 그리고 내 목에 선명하게 남아 있는 붉은 반점들… +_+ 이것은!!

"아악!!"

불결하고 징그러운 느낌에 또다시 몸이 부들부들 떨린다. 그 나쁜 복맨이 내 목에 지저분한 흔적들을 남기고 간 것이다. 나는 머리 속에서 생각을 지우기 위해 머리끝부터 발끝까지 계속 몸을 씻어냈다. 깨끗이 샤워를 하고 특히!! 목 주변을 빡빡 밀어 씻고는 남편의 하얀 셔츠로 갈아입었다.

"쳇! 근데 왜 지가 왜 화를 내? 나쁜 놈……."

구시렁거리며 남편의 셔츠를 입고는 셔츠에서 나는 좋은 향기에 왠지 안정을 되찾은 나는 그대로 잠이 들었다.

부드럽게 내 머리카락을 만지는 느낌에 눈을 떴다.

"어, 깼어?"

눈을 뜬 나를 보며 방끗 웃으며 말하는 사람은 주인이다.

"네가 어떻게…… 언제 왔어?"

"응, 성재가 너 데려오라고 부탁해서 한 시간 전쯤 왔어."

"뭐!! 한 시간? 깨우지!!"

"편하게 자길래. 참, 너 입을 거 가져왔어."

내가 주섬주섬 일어나 앉자 주인이는 내게 종이 가방 하나를 건넨다. 가방 안에는 청바지와 예쁜 셔츠가 들어 있다. 욕실로 가서 옷을 입고 나오자 주인이는 나를 부축해서 집으로 데려왔다.

"네, 어머니!! 걱정 마세요. 네!! ^^;; 예쁘니랑 재밌게 놀다 갈게요. 하하하, 알겠습니다!!"

집으로 들어서는데 상당히 오버하면서 예쁘니를 부르는 남편의 목소리가 들린다. 아마도 부모님들과 통화를 하는 듯싶다. -_-; 땀까지 흘리며 전화기 앞에 서서 씩씩거리는 남편. 혼자서 부모님들을 상대하기가 많이 힘들었던 모양이다. 순간 나와 눈이 마주치자 깜짝 놀라는 남편.

"어, 왔어? 씻고 좀 쉬어."

남편에게 좀처럼 어울리지 않는 말투로 떠듬떠듬 말한다. 그런 남편이 조금은 걱정되지만 일단 샤워를 하려고 욕실로 향했다.

"…가 부리는 사람 같았어요."

"그렇다면… 역시……."

"그럼 이렇게 있으면 안 되잖아."

욕실에서 나오는데 주인이와 남편, 그리고 언제 왔는지 영웅 도련님이 얘기를 하고 있다. 잘 안 들리지만 지들끼리는 꽤나 심각한 것 같다. 궁금증이 발동한 나는 거실로 갔다.

"무슨 얘기 해요?"

내 목소리에 화들짝 놀란 남자들. 하지만 제일 놀라는 건 남편이었다. 남편의 뒷모습은 머털도사처럼 머리카락까지 쭈뼛쭈뼛 서 있는 것 같다. 영웅 도련님은 나를 보자 벌떡 일어나 폴짝폴짝 뛰어와 내 손을 잡으며 말한다.

"형수님, 괜찮아요? 크게 안 다쳐서 정말 다행이에요. ㅜ_ㅡ"

"걱정해 줘서 고마워요, 도련님."

"형수님도 우린 가족이잖아요. >ㅁ<"

영웅 도련님의 울먹이는 목소리와 가족이라는 말에 가슴이 뭉클해진다. 그때 주인이는 피식 웃더니 옷을 주섬주섬 챙기면서 말한다.

"영웅아, 형님이랑 어디 좀 가자."

"아! 네, 형님. +_+"

그렇게 주인이는 영웅 도련님을 끌고 급하게 1004호를 떠버린다. 하지만 누가 가든 오든 간에 아까부터 돌부처처럼 굳어 있는 남편.

"오빠, 왜 거기에 앉아 있어요? 이쪽으로 와요."

"어! 나는 여.기.가. 좋.아."

내가 남편에게 말을 걸자 흠칫 놀라는 남편. 대답하는 남편의 뒷모습을 가만히 바라보았다. 가끔 거칠게 머리를 뒤흔들며 그러다가 갑자기 웃기도 하고, 어깨까지 들썩이며 이상한 행동을 한다. 상태가 영 이상한 남편.

"오빠, 왜 그래요? 무슨 일 있어요?"

"악!! 아니야!!"

옆으로 다가가서 말하자 고래고래 소리치며 굉장히 놀라는 남편. 살짝 기분 나빠진 내가 남편을 쏘아보자 남편도 나를 뚫어지게 바라보는가 싶더니 갑자기 나를 잡아당겨 품에 확 끌어안는다.

"악!! 뭐, 뭐 하는 거예요!!"

너무 놀라 소리 지르며 남편을 밀어내자 남편은 굉장히 비참한 얼굴을 하더니 가볍게 밀려 나간다(좀 더 버텨보지. +_+). 내게서 밀려 나간 남편은 정신 나간 사람처럼 중얼거리기 시작한다. 아무래도 남편의 상태가 불안한 나는 남편의 얼굴 앞에서 손을 흔들어보았지만 그저 멍하게 먼 산을 바라보고 중얼거리기만 한다.

"이, 이럴 수가… 내가… 어떻게 내가……."

나는 남편의 정신이 돌아오길 기도하며 주인 쉐이를 불러 작두를 타보게 할까 생각했지만, 남편은 계속 먼 산을 바라보며 '어떻게…'를 반복할 뿐이었다. 어쩔 도리가 없어진 나는 남편을 버려두고 방으로 들어와 잠을 청했다. 하지만 꿈속에서 또다시 '복맨'에게 쫓겨 앞뒤가 모두 막힌 좁은 틈에 갇혀 버린 나, 다가오는 '복맨'에게서 더 이상 도망갈 수가 없다.

"악!!"

소리를 지르며 잠에서 깼다. 깨고 보니 침대와 벽이 맞닿아 있는 옴짝달싹도 못할 틈에 끼어 있는 나. -_-;; 겨우 틈에서 몸을 빼내고 다시 잠을 자려 침대에 누워보았지만, 자꾸만 무서운 꿈이 생각나 잠을 잘 수가 없다. 너무 무서워진 나는 할 수 없이 남편이 자고 있는 거실로 나갔다. 소파에서 자고 있는 남편에게 다가가 살살 흔들어 깨워보았다.

"오, 오빠, 일어나 봐요. 성재 오빠?"

"으음… 민주……?"

내 목소리에 남편은 가늘게 눈을 뜨는 듯하다. 그런데 남편은 내 이름을 부르더니 그대로 나를 잡아당겨 품에 안는다. 그리고는 기분 좋은 표정으로 다시 잠이 드는 남편. o_O 남편의 품속에 안겨 누워 있는 지금… 왠지 모를 기분 좋음이 내 몸과 심장에 가득 찬다. 남편의 좋은 향기가 나를 기분 좋게 하고, 가슴팍에서 들려오는 경쾌한 심장 소리도 나를 기분 좋게 한다. 또 나를 안고 있는 실한 팔 역시 나를 기분 좋게 한다. 그랬다, 지금 이렇게 남편의 품에 안겨 있는 이 상황이 좋은 것이다. 아마도 이건 내가 남편을 좋아하는 증거인 듯하다. 여기까지 생각한 나는 남편 품에서 악몽을 잊은 채 편안하게 잠이 들었다.

제2장 사랑이 왔다

사랑이 왔다

"으악—!!"

잠자던 내 귀에 한 남자의 비명이 들린다. 순간 소파에서 떠밀려 거실 바닥에 나동그라진 나. −_−;; 아픈 머리와 엉덩이를 달래며 주위를 둘러보니 거실 저~쪽 구석에 시커멓고, 동그란 무언가가 보인다. 그 무언가가 앞구르기 시작 자세로 벽 쪽을 향해 앉아 옷을 빈틈없이 부여잡고 부들부들 떨고 있다. 그것이 다름 아닌 싸가지와 자신감 만땅인 내 남편이다.

"오, 오빠, 왜 그래요?"

남편의 이상한 행동이 걱정이 되어 남편에게 다가가며 물었다. 하지만 남편은 후닥닥 뛰어 안방으로 도망가듯 들어가더니 문을 잠가

버린다. -_-;;

남편의 행동은 살짝 열받지만 상태가 가히 좋아 보이지 않음으로 우선 남편을 달래려고 방문에 착 붙어서 말했다.

"무서워서 옆에 가서 그냥 잔 거예요. 아, 아무 짓도 안 했어요."

왜 여자인 내가 이런 말을 해야 하는지 모르겠지만, 남편이 많이 놀란 상태이므로 일단 소리쳤다. 하지만 방에선 조용한 중얼거림만이 들린다.

"신이시여… 아니 되옵니다!! 정녕 저를 버리시나이까……!"

무슨 말인지 알 수가 없지만 경건하게 신을 부르는 남편의 목소리가 들린다. 하지만 아침 기도 시간에 늦어서 그렇게 바락바락 소리를 지르며 일어났을 리 없지 않은가. 난 남편을 진정시켜 보려고 계속 말을 걸어보았지만, 남편은 여러 종류의 신들을 불러가며 계속 기도만 한다. 그렇게 남편은 기도를 시작한 지 삼십여 분이 지나서야 방문을 열었다.

"기, 기도 다 했어요? -_-;;"

기도를 마치고 나오는 남편의 모습은 마치 몇 년 도를 닦은 사람처럼 초췌하고, 벼랑 끝에 몰린 사람처럼 처절해 보인다. 남편은 나를 아~주 슬픈 눈으로 한번 쳐다봐 주더니 힘없이 다시 소파로 걸어가 누워버린다.

"학교 안 가요?"

"나… 지금은 혼자 있고 싶다……."

한 번도 본 적 없는 남편의 지친 모습이 너무 걱정스럽다. 하지만 남편을 위해 내가 해줄 수 있는 게 없었다. 할 수 없이 혼자 있고 싶다는 남편을 눕혀두고 학교 갈 준비를 하기 시작했다. 그때 울리는 남편의 전화 벨소리. 남편은 전화를 받는다. 하지만 목소리는 여전히 힘이 없다. 싸가지도…….

"누구야? 응… 무슨 일인데… 여행??"

불쌍한 톤으로 전화를 받던 남편은 갑자기 조금 들뜬 목소리로 '여행?'이라고 말한다. 불현듯 남편의 차에서 내리던 흔들거리는 가슴과 엉덩이의 여자가 생각난다. 그러자 갑자기 얼굴에 피가 몰리며 화~악!! 열이 난다.

"그, 그럴까? 알았어. 오케이! 그럼 이따 보자! ^^"

갑자기 신이 난 듯 휘파람을 불며 옷 방으로 가서 이것저것 챙기기 시작하는 남편. 옆에 내가 있다는 것도 잊고 마냥 신났다. -_-;;

"어디 가요?"

"어, 어! 주, 주인이가 제주도 가자고 해서……."

나의 질문에 나를 보지도 않고 대답하는 남편. 하지만 주인이에서 살짝 떠는 남편의 목소리에 다시 한 번 내 머리를 스쳐 지나가는 쭉 빵이. 나는 다시 한 번 화를 삭히며 차분한 목소리로 물었다. -_-^

"갑자기 제주도는 왜요?"

"응, 현재가 제주도에서 화보 촬영 있는데 같이 가재. 너, 너도 같이……."

"영웅 도련님이요?? o_O 영웅 도련님 가면 저도 갈래요!! 저도 데려가요!!"

아차차, 또 빨랐다. ─_─;; 영웅 도련님에 관련한 얘기만 나오면 옛날 버릇을 못 버리고 재빨리 튀어 나가 버리는 나. 그러자 내 말에 살짝 당황하던 남편은 살짝 기분 표정으로 바뀌더니 눈썹 한쪽이 살~짝꿍! 올라간다. ─_─^ 어느새 원래의 싸가지없는 남편이 되어 있었다. ─_─;;

"네가 왜? ─_─^"

"소원이었거든요. 영웅님과 제주도로의 신혼여행~ >ㅁ<"

또 예전에 사용하던 용어들을 사용하면서 남편의 눈썹이 한층 더 올라가게 만들어 버리는 나. 그리고 나를 죽일 듯이 노려보다 소리를 버럭 지르는 남편.

"네 남편은 난데 누구랑 신혼여행을 가!! 가도 나랑 가는 거라고, 나랑!!"

순간 갑작스런 남편의 말은 나는 물론 남편까지 당황하게 만들어 버렸다.

"그, 그게 뭐예요!!"

남편의 말에 얼굴이 빨개져 버린 나는 남편을 향해 소리를 질렀다. 그러자 나만큼 얼굴이 벌게진 남편도 나를 향해 소리친다.

"그, 그렇다는 거지 소리는 왜 질러!!"

"오, 오빠가 먼저 질렀잖아요!!"

"시끄러!! 갈 거면 빨리 짐이나 싸!!"

벌게진 얼굴로 죽어라 뛰어대는 심장을 달래며 서 있던 나는 남편과 눈이 마주치자 깜짝 놀라 손에 잡히는 문을 벌컥 열고 들어가 습관적으로 문을 잠갔다.

"야, 여민주!! 너, 내가 서재는 들어가지 말랬지!!"

남편의 괴성에 놀라 고개를 들어 주위를 둘러보니 수많은 책과 사진들이 보인다. 그랬다, 이곳은 바로 남편의 서재였다.

"야! 너 안 튀어나와! 너 죽었어! 빨리 안 열어!!"

격해진 남편의 목소리에 좀처럼 문을 열 수가 없다! 여는 순간 나는 이승과는 빠빠이다. o_O

"사, 살려주세요……. —_T

"살려줄 테니끄 문 열으!!"

문을 부실 듯이 두들기며 말하는 남편. 하지만 이를 악물며 뭉개버린 마지막 말 때문에 남편의 말은 신빙성을 잃었다. 서재 문 앞에 앉아 덜덜 떨던 나는 죽을 때 죽더라도 서재의 비밀을 풀고 죽자는 신념으로 서재 이곳저곳을 둘러보기 시작했다. 여기저기 많은 액자들이 보였다. 그 액자 속에는 귀여운 아이들이 보였다. 그리고 그 사진 속에는 영웅님으로 보이는 아이와 남편인 듯 보이는 아이가 해맑은 웃음을 지으며 놀고 있었다. 아름다운 시어머니의 모습과 인자한 시아버지의 모습. 한 비서 아저씨도 가끔 보인다. 그런데 그중 한 사진에서 이상한 점을 발견했다. 남편으로 여겨지는 아이가 한 장의 사진에 두 명이 있다. 남편이 두 명인 사진을 보며 심령 사진을 떠올린 나. o_O 두려움에 사로잡힌 내 시선이 서재의 문으로 향했을 때 살며시 돌아가는 손잡이가 보… 인… 다!! '철컥' 하며 열리는 서재의 문… 그리고!!

"좋은 말로 할뜨 문 열라그 했쯔……!!"

말을 잘도 뭉개며 눈에서는 레이저를 쏴대는 남편이 점점 다가온다. +_+ 어느 공포 영화가 이 공포를 따라올 것인가(따라올 테면 따라와 봐)…….

"오, 오빠… 지, 진정을… 이힛!!"

뒷걸음질치던 나는 의자에 걸려 살포시 주저앉아 버렸다. 그 순간 축지법을 썼는지 어느새 내 앞에 와 있는 남편.

"오, 오빠… 일부러 그런 거 아니에요……."

최대한 비굴한 표정으로 변명을 해보았지만 남편의 이글거리는 눈빛은 변화가 없다. 남편은 조용히 내 앞에 서서 시선을 내리깔고 나를 바라본다.

"왜… 여기로 들어왔냐……."

마치 전기의자에 죄수를 앉혀놓고 고문하는 형사처럼 남편의 표정이 빛난다!! 일제시대 때 태어났다면 애국 열사보다는 악덕 순사가 적격인 남편의 표정. 하지만 이 순간에도 남편의 얼굴을 보니 왠지 두근거린다.

"모, 모, 몰랐어요… 욕실인 줄 알고……."

"근데 문은… 왜 잠갔냐……."

나는 정말 무의식이었다. 차라리 내 머리를 따서 정말 무의식이었음을 확인해 보라고 말해 주고 싶으나, 정말로 내 머리를 따려고 포즈를 취하는 남편의 모습이 떠올라 차마 말을 꺼낼 수조차 없다.

"요… 욕실인 줄 알고 나도 모르게……. T_—"

"문은… 왜 안 열었냐……."

숨 쉴 틈도 없이 계속 나를 죄어오는 남편의 질문. 난 겁에 질려 눈물이 흐른다. 나는 남편에게 절실하기만 한 내 기분을 당당하게 말했다.

"사… 살려주세요… 주… 죽기 싫었어요!! 흑흑!! 으앙!!"

공포의 최고조에서 그렇게 나는 울음을 터뜨려 버렸다. 너무나 섬뜩한 표정과 당장이라도 잡아먹을 듯 나를 쳐다보는 남편의 눈빛에서 내가 알던 남편의 모습이 아닌 악마 같은 표정을 발견했던 것이다. 그런 남편의 표정이 무섭기도 했지만 남편이 내가 모르는 사람이 되어버린 게 너무 무서웠다.

내가 한참을 '살려주세요'와 '죽기 싫어요'를 반복하며 목청껏 울고 있을 때 꼼짝도 않고 앉아 있던 남편이 갑자기 손을 뻗는다. 맞는다는 생각과 함께 질끈 눈을 감고 몸을 최대한 움츠렸다. 순간 남편의 손이 내 볼에 닿았다. 하지만 고통은 없었다. 오히려 내 볼을 쓰다듬더니 눈물을 닦아낸다. 그때서야 눈물에 가려졌던 남편의 표정이 보인다. 아까의 무서운 표정이 아닌 내가 좋아하는—헉! +_+ —표정으로 돌아와 있다.

"미안하다. 놀랐지? 내가 좀 예민하거든. 이 방에 대해서는……."

어이없게 내게 사과를 하면서 울고 있던 나를 달래는 남편. 괜히 울었다 싶다. -_-;; 남편은 내가 아까 보았던 심령 사진을 꺼내 든다. 그러면서 그 사진을 내게 건네며 머뭇거리며 말을 시작하는 남편.

"둘 중에 하난 나고… 다른 한 명은… 내… 쌍둥이 동생이야……."

“흑흑… 오빠가 쌍둥이에요? 오빠 동생은 영웅 도련님뿐이잖아
요.”

일반적인 사람이라면 쉽게 생각했을 쌍둥이란 단어에 굉장히 놀라
는 나. 하지만 그런 바보 같은 나의 행동에도 잠시 슬픈 표정을 보이
는 남편.

“멀리에 있어…….”

“멀리 어디요?”

“저기…… 그리고 여기…….”

남편은 저기를 말할 때 손가락으로 하늘을 가리켰고, 여기를 말할
땐 남편의 심장 부분을 가리켰다. 그렇다면……!!

“어, 어쩌다가…….”

“나 대신… 나 때문에… 차 사고로…….”

남편은 조금 힘들어 보이지만 슬픈 표정으로 계속 대답해 준다. 남
편의 말에 아무 말도 할 수가 없는 나. 항상 밝아 보이고, 싸가지없고
버릇은 개한테 줘버렸고, 고운 말이랑은 상종도 안 하는 남편에게 이
런 아픔이 있었다니……. 자기 대신 죽은 동생을 가슴에 묻고 홀로
이 서재에서 죄책감과 그리움에 슬퍼했을 남편의 모습이 서재 여기
저기에서 환영처럼 떠올라 슬픈 모습으로 나를 향해 아픈 웃음을 보
낸다. 잠시 멈췄던 눈물이 눈에 가득 차 오른다. 눈물은 점점 커져 끝
내 볼을 타고 흘러내린다. 그와 동시에 난 내 앞에 서 있던 남편을 안
아버렸다.

“미안해요… 흑흑… 그렇게 아픈 줄도 모르고… 흑흑… 미안해

요……."

남편을 안고 엉엉 울어버린 나. 남편은 조금 반항(?)하는 듯싶더니 이내 나를 토닥이며 달래준다. 한참을 남편을 부여잡고 엉엉 울어버렸다.

"이제 목 좀 놔줄래. 끄… 끊어지겠다."

한참을 이성을 잃고 엉엉 울던 나는 민망함에 남편을 놓아주었지만 여전히 눈물이 흐른다. 남편은 내게 오랫동안 잡혀 있던 목을 손으로 주무르며 그대로 문 쪽으로 걸어간다. 영 시원하지 않은 듯 목을 이리저리 움직여 보는 남편. 목에 마비가 오나 보다. -_-;; 그런 남편의 모습에 민망해 하며 눈물을 닦아내고 의자에서 일어났다.

"민재 때문에 그렇게 울어준 여자는… 네가 두 번째야……."

쌍둥이 동생의 이름인 듯한 '민재' 라는 이름을 들먹이며 나를 남편에게 특별한 사람인 양 건네는 말에 얼굴이 붉어지며 가슴이 콩닥인다. 하지만…….

'두 번째? 세컨드?! 그럼 처음은 누구야!! 말해라, 이눔아!!'

앞서 방을 나서는 남편의 뒤통수에 의심의 눈빛과 소리없는 외침을 질러보았지만, 남편은 왠지 부끄러워하며 옷 방으로 들어가 버렸다. 여러 가지 의문점들이 많기는 하지만 내가 특별하다는 듯한 말에 배시시 웃음이 난다. 새어 나오는 웃음을 간신히 참으며 제주도로 갈 준비를 하고, 공항에서 주인이와 만나기로 했다는 남편의 말에 공항으로 향했다.

멀리 우리를 기다리고 있는 주인이가 보인다. 한데…….

"야, 너 누가 이거 입으래!! 확!! 팔모가지를 꺾어벌라!!"

"그러는 너는 누가 나 따라 입으래!! 확!! 등뼈를 접어벌라!!"

둘의 옷차림은 어이없게도 같았다. -_-;; 둘은 시대에 앞서 가는 반바지에 회색 니트를 입고 있었다. 잘난 것들은 생각도 비슷한가 보다. -_-^ 여튼 서로 꺾는다는 둥 접어버린다는 둥 인사를 하는 그들에게 나도 살~짝꿍! 인사를 해보았다.

"둘 다 다리모가지를 절단 내기 전에 어서 비행기로 가시죠!! =__="

내 말이 끝나자 둘의 어이없는 시선이 나를 향한다. 순간 몰려오는 민망함에 혼자 비행기 탑승구를 향해 사뿐사뿐 뛰어가 버렸다. -_-;;

출발한 지 한 시간 만에 도착한 제주도. 강원도 촌년이 난생처음 우리 나라 최고의 섬 제주도에 왔다. +_+ 내가 여기저기 둘러보는 사이 남편과 주인이는 언제 빌린 것인지 4인용 파란 스포츠카에 짐을 싣는다. 이들의 색깔 감각에 경의를 표하는 바이다. -_-;; 달리는 차의 열린 창문 틈으로 볼에 와 닿는 시원한 바람과 섬 가득한 야자수와 유채꽃들이 마치 외국에 와 있는 듯한 기분을 느끼게 해준다. 그리고 바다빛과 같은 하늘빛이 세상을 하나로 만들어주는 듯하다. 그때 가까운 바닷가에 사람들이 꽤 많이 모여 있는 게 보인다. 그리고 기다란 청년이 살색을 들어낸 채 하얀 남방을 흩날리며 수많은 사람들 앞에서 포즈를 취하고 있다. 남편과 주인이의 목적지도 여기인 듯 서서히 차의 속도를 줄이며 차를 세운다. 차가 멈추기가 무섭게

폴짝 뛰어내려 여전히 하얀 남방이 휘날리는 곳을 향해 이성을 잃고 몇 발자국 다가간 순간,

"컷!! 야, 거기 누구야!!"

컷이란 말에 '얼음' 자세로 굳어버린 나. 오른쪽 옆에서 나를 죽일 듯한 수많은 눈빛들이 내 몸 여기저기에 꽂힌다. 움직일 수도, 그렇다고 움직이지 않을 수도 없는 상황. 그때 나를 향해 누군가 반갑게 뛰어온다!!

"형~수~님~!!"

그 모습이 느린 화면으로 재생되며 가볍게 날리는 머리카락 하나하나에 감동을 먹고 있다. 영웅 도련님은 감독이 '컷!!'을 외치는 순간 나를 발견하고는 그대로 나를 향해 뛰어왔던 것이다.

"죄송해요. 우리 형수님이 절 보러 오셔서… 헤헤헤. *^^*"

나 대신에 사과를 하는 영웅 도련님의 미소에 다들 '이십 분간 휴식!!'을 외치며 이리저리 흩어진다. 역시 대단한 영웅 도련님. +_+

"형들이랑 같이 온 거예요? 몸은 괜찮아요?"

약혼식 날 당한 일을 화보 촬영을 하면서도 걱정하는 영웅 도련님. 영웅 도련님의 말에 감동을 먹고 좋아라 할 때 남편과 주인이가 다가온다.

"촬영 방해한 거 아냐?"

"아냐, 쉴 시간이었어요. ^^ 다들 지금 오는 거예요?"

"응, 콘도로 가기 전에 얼굴이나 보고 가려고."

"헤~ 그랬구나. ^^ 전 좀 걸리니까 먼저 가 있어요. 이따가 갈

게요.”

“그래, 먼저 가서 쉬고 있을게.”

침을 흘리며 영웅 도련님의 얼굴을 멍청하게 바라보고 있는 내게 갑자기 헤드락을 걸더니 파란 스포츠카로 끌고 가는 남편. 안 가려고 발버둥을 쳐봤지만 남편의 헤드락은 벗어날 수 없었다. ㅠ_ㅜ 그대로 콘도에 끌려와 짐을 풀고 있는 나.

“짐 다 풀었나? 우리 먼저 씻는다.”

주인이는 여전히 퉁퉁 부어서 짐을 풀고 있는 내게 먼저 씻는다는 말을 하고 문을 닫는다. 남편과 주인이가 씻는 동안 짐을 다 풀고 베란다에 기대어 주변 경치를 감상하던 내 눈에 검은색 자동차에서 내리는 키가 큰 한 남자가 눈에 들어온다. 연예인인 듯 얼굴을 전혀 볼 수 없게 잘도 가렸다. 남자의 차에 뒤이어 도착하는 커다란 밴에서 야리야리한 여자 한 명이 내린다. 근데 낯이 많이 익다 싶다. 헉!! o_O 뜻밖에도 박세림이었다!! 하필이면 오늘, 하필이면 나와 남편이 묵고 있는 이곳에 온 것일까. 나는 남편과 박세림이 만나서는 좋을 것 없다는 생각이 들며 왠지 모르게 속에서 치밀어 오르는 화 비슷한 것 때문에 발을 동동 구르며 어찌할 바를 몰라 하고 있었다. 그때 등 뒤로 들리는 목소리.

“똥 마려우면 똥 싸. 우리 욕실 다 썼어.”

내 변비를 걱정하는 남편의 목소리가 들린다. -_-;; 뒤를 돌아보자 남편은 역시나 반바지 하나만 걸친 채 베란다 쪽으로 걸어오고 있다. 순간 머리 속을 스치는 생각……

‘오빠가 박세림을 보게 하면 안 돼!!’

여기까지 생각한 나는 내 쪽으로 걸어오던 남편을 살포시 밀어버렸고, 너무 힘껏 밀어버린 나머지 내 힘을 못 이긴 남편과 함께 남편 뒤에서 우리를 기다리고 있던 침대 위로 몸을 던져야 했다.

철렁~ 들썩~

"아씨!! 왜 이래!! 너 욕구 불만이야!! 이젠 덮쳐??"

침대의 스프링이 무척이나 좋아서인지 별다른 고통 없었지만, 남편은 나를 욕구 불만 변태로 만들며 얼굴이 벌게진 채 기분 나쁜 눈빛을 보낸다. 자신을 위한 일인 것도 모르고 화를 내는 남편이 조금은 원망스럽지만, 지금은 남편을 매트리스 삼아 깔고 뭉개는 포즈임으로 얼른 일어나야 했다.

"오~ 그림 좋은데~ 벌써 신혼여행 분위기 내는 거야? =_="

언제 나타난 것인지 남편과 마찬가지로 반바지만 걸친 주인이가 실실 웃으며 우리를 민망함으로 치를 떨게 만들어준다. 그 덕분에 기분이 많이 상한 남편은 나를 화~악 밀치며 벌떡 일어난다.

"벼, 변태 짓 좀 하지 마!!"

다시 한 번 나를 변태의 지존으로 만들며 거실로 나가 버리는 남편. 남편이 거실로 나간 것을 확인하고 재빨리 베란다로 갔다. 박세림은 이미 사라진 뒤였다. 참으로 다행이었다. 하지만 아직 안심할 수는 없는 상황이다. 박세림이 이곳에 묶고 있는 한 언제든지 마주칠 수 있는 것이 아닌가. 그 순간 남편이 박세림을 만난다는 생각을 하니 다시금 남편을 침대에 눕혀놓고 변태 중에 상변태가 되더라도 덮

쳐 버릴 것 같은 기분이 든다. -_-^

"야, 엉뚱한 데 입맛 다시지 말고 밥 먹으러 가자!!"

잠시 침대를 보며 붉은 얼굴에 가쁜 호흡으로 살짝 침도 흘리며 -p- 남편을 덮치는 상상에 빠져 있을 무렵, 망할 놈의 주인이의 민망한 목소리가 들린다. -_-^ 할 수 없이 주인이와 남편을 따라 늦은 점심 겸 저녁을 먹기 위해 콘도 아래에 있는 식당으로 갔다.

"우와~ 읍!!"

식당에 들어서자 눈앞에 펼쳐진 음식들에 나도 모르게 소리치고 말았다. 하지만 나의 행동을 예상이라도 한 듯 남편과 주인이의 재빠른 도움으로 입이 틀어막힌 채 질질 끌려 의자에 앉혀진다. -_-;; 그리고 음식을 가져올 때까지 자리에 앉아서 숟가락을 빨며 기다려야만 했다. 다행히 남편은 약혼식 날과는 다르게 기름진 음식도 많이 가져와 주었다. 남편과 주인이가 가져온 음식에 행복해 마지않으며 정신없이 음식을 먹었다.

"어머, 주인 오빠~"

그때 언젠가 들어본 적 있는 귀여운 여자의 목소리가 들린다. 그와 동시에 남편과 나는 숟가락을 떨어뜨리는 어처구니없는 실수를 범하게 되었다. 그랬다, 드디어 올 것이 오고 만 것이다.

"어… 세림아… 오랜만이네!"

그것도 인사라고 어색하게 한마디 건네는 주인이. 어색한 인사임에도 씽긋 웃어주는 박세림, 자리에서 거칠게 일어서며 박세림의 예쁜 미소를 무시해 버리는 남편. '무례하게 무슨 짓이에요!!' 라고 말

해야 하지만 씨~익 웃으며 남편의 행동을 반기는 내 얼굴. =____=

"성재 오빠, 얘기 좀 해. 자꾸 피하지 말고!!"

'놓으세요!! 임자 있는 남자예요!! 내 남편이란 말에요!!'

남편이 나가려고 하자 급하게 남편의 손을 잡는 박세림. 들리지 않는 외침을 외쳐 대면서 박세림의 행동을 막고 싶지만 떨쳐 내려는 남편의 손을 힘겹게 잡고 있는 박세림의 모습이 너무 애처롭다. T_ㅠ

"너랑 할 얘기 없다고… 내 눈에 띄지 말라고 경고했을 텐데."

"오빠……."

한층 더 가라앉은 목소리로 말하는 남편. 그리고 한층 더 애처롭게 남편을 부르는 박세림. 어차피 숟가락은 오래전에 놓아버렸고 억지로라도 음식을 먹기엔 너무 가슴이 아리다. 남편과 박세림을 뒤로하고 주인이의 팔을 잡아끌어 식당을 나서려고 자리에서 조용히 일어섰다.

"오빠, 미안해. 내가 잘못했어. 한 번만… 제발……."

"씨발, 짜증난다구!! 그런 표정 역겨워!!"

거의 애원하는 박세림의 아름다운 모습을 '역겹다'는 어처구니없는 말로 끊어버리는 남편. 하지만 남편의 그런 행동에 '잘한다, 우리 남편!!'을 외치며 머리에 붉은 리본을 묶고 응원이라도 하고 싶은 나……. -_-;;

"나 사랑했잖아… 오빠, 이러지 마… 나 힘들어……."

남편의 거침없는 언사에 힘찬 응원을 보내며 주인이와 손을 맞잡고 춤이라도 출 태세를 갖출 때… 박세림은 남편과의 사랑했던 기억을 추억하게 하는 말을 하더니 돌아선 남편의 등에 기대듯 머리는 가져다 댄다. 난 계속되는 남편의 거침없는 행동을 기대하면서 남편에게 힘내라는 시선을 보냈다. 하지만 웬일인지 아무것도 못하고 멍청해진 남편의 모습이 보인다. 박세림은 기회를 놓치지 않고 남편의 가슴팍으로 손을 둘러 남편을 안는다. 아무것도 하지 못하는 남편. 그 모습 바라보던 내 눈에서 눈물이 흐른다. 남편과 박세림을 계속 보고 있기엔 너무 많은 눈물이 흘러내리는 나. 그런 내 모습에 주인이가 날 잡아끌고 식당을 빠져나와 방으로 데리고 왔다. 그리고 내게 휴지를 던지며 말했다.

"닦아… 추해……."

왠지 살짝 열받아 있는 것 같은 주인이. 너무 울어 정신이 없던 나는 주인이가 던져 준 휴지를 받아 눈물을 닦아냈다. 하지만 아무리 닦아내도 멈추지 않는 나의 눈물. 정말 눈물샘이 고장이라도 난 듯하다.

"좋아하는 거냐?"

"내, 내가 성재 오빨 왜요!! 미쳤어요!!"

"성재라고 말한 적 없다. 그리고 갑자기 웬 존댓말인데?"

어젯밤에 느껴 버린 감정을 주인이는 너무 쉽게 알아챘다. 당황한 나머지 대상도 없는 말에 성재 오빠를 들먹였고, 거기에 존대까지 해버렸다.

"왜, 존댓말 싫어? 그럼 반말 하지 뭐."

"말 돌리지 마!!"

평소답지 않게 정색하는 얼굴로 내게 소리를 지르는 주인이. 너무 놀란 나는 잠시 동안 멈췄던 눈물이 다시 흐른다.

"왜… 흑흑! 소리를 질러… 요. 흑흑… 무섭잖아요……. 엉엉."

내게 언제나 편한 친구처럼 편하게 대해주던 주인이가 갑자기 변해 버려서인지, 아니면 나를 따라오지 않는 남편이 원망스러워서인지… 가망없는 사랑을 하게 된 바보 같은 내가 싫어서인지 나는 엉엉 소리를 내어 울어버렸다. 그런 내 모습을 한참을 바라보던 주인이는 다가와 울고 있는 나를 안아준다. 주인이의 품에 안겨 더욱 서럽게 울어버렸다.

"왜 하필이면 너니… 왜……."

의미 모를 말을 하며 처음보다 강하게 나를 끌어안는 주인이. 어느 순간 주인이는 안고 있던 나를 서서히 풀어준다. 그리고 주인이의 손이 부드럽게 내 얼굴을 감싸 안는다. 왠지 이상한 기분이 들어 주인이를 바라보자 주인이의 입술이 그대로 내 입술에 닿는다. 순간 머리 속이 텅 비어버리는 나. 지금 내가 뭘 하고 있는 거지……. +_+

"음!! 뭐 하는 거예요!!"

너무 놀란 나는 주인이를 확 밀쳐 버렸다. 그리고는 입술을 손으로 가리며 경악하는 나. 그때 현관문이 열리며 누군가가 들어왔다.

"형수님~ *^^*"

입술을 가리고 경악하고 있는 나와 머리를 숙인 채 거실 바닥에 주저앉아 있는 주인이. 오묘한 분위기가 흐르는 방 안으로 반갑게 형수님을 부르며 뛰어들어 오는 영웅 도련님. 방 안에 들어서는 순간 방

안 공기가 이상하다는 것을 느낀 것인지 나와 주인이를 번갈아 쳐다본다. 여전히 입을 틀어막고 눈물을 글썽이는 나와 죄인처럼 고개를 숙인 주인이…….

"주인 형님, 형수님, 무, 무슨 일 있었어요?"

걱정스런 말투의 영웅 도련님의 목소리. 그 순간 견딜 수가 없어진 나는 그대로 방을 뛰쳐나와 버렸다. 영웅 도련님이 날 부르는 소리가 들렸지만 그냥 무시하고 달렸다.

한참을 달려 도착한 곳은 방에서 내려다보았던 해변이었다. 어둠이 깔리기 시작한 모래사장을 뛰어다니던 아이들은 이내 자리를 잡고 어설픈 모래성을 만들기 시작했다. 아이들의 그 천진하고 예쁜 모습과 얼굴에 부딪치는 차가운 바람, 그리고 하얀 소금을 뿌려놓은 것 같은 백사장의 반짝거림이 한없이 평온하게만 느껴진다. 그때 멀리서 길쭉한 남자의 모습이 보였다. 천천히 내 쪽으로 걸어오는 남자의 모습이 어두워지는 바닷가와 잘 어우러져 고독해 보인다. 하지만 점점 뚜렷해지는 남자의 모습에 나는 놀랄 수밖에 없었다. 바로 지누 씨였다. 나를 보자 살짝 미소를 보내는 지누 씨. 지누 씨의 미소에 나도 모르게 지누 씨에게로 달려갔다.

"지누 씨!! 여긴 어떻… 아악!!"

지누 씨에게 뛰어가던 나는 아이들이 쌓아뒀던 모래성에 발이 걸려 바다 굼벵이(?)라도 되는 양 엉망진창 앞구르기를 선보이며 그대로 바다 속으로 풍덩~ ㅡ_ㅡ;; 깜짝 놀란 지누 씨는 내게로 달려왔다. 하지만 지누 씨 무릎 정도 오는 바닷물에서 계속 허우적거리는 나. ㅡ_ㅡ;;

내 모습에 당황하면서도 재빨리 나를 건져 올리는 지누 씨.

"괜찮아?!"

"괘, 괜찮아요… 에취!!"

"감기 들겠다. 방이 어디야, 데려다 줄게."

"저… 가, 가기 싫어요… 지금은……."

기침을 하는 내 모습에 놀라는 지누 씨는 나를 방으로 안내해 준다고 하지만 나는 지금 방으로 돌아갈 수가 없다. 머뭇거리며 말을 꺼내자 지누 씨는 나를 잠깐 바라보는 듯하더니 아무 말 없이 백사장의 한쪽 구석으로 나를 데려간다. 물에 빠진 생쥐가 이런 모습일까, -_-;; 젖은 옷을 부여잡고 벌벌 떨고 있는 나를 위해 어디선가 구해온 장작으로 모닥불을 피우고 자신이 걸치고 있던 니트를 입게 한다. 그리고 나의 젖은 옷은 모닥불 가까이에 널어 말린다. 지누 씨에게 고마움을 표현하려고 했지만 계속되는 기침에 말이 끊어지고 있었다.

"고마워요. 에~취!! 번번이… 저번에도 고맙다는 말도 에취!! 못하고……."

"괜찮아? 많이 놀랐을 텐데……."

"정말 고마웠어요. 그때 지누 씨 아니었음… 에~취!!"

"괜찮겠어? 아님…… 내 방에라도 갈래?"

"아니에요… 더 이상 폐 끼치고 싶지 않아요……."

지누 씨는 정말 내가 걱정이 되는 듯 조심스레 내게 묻는다. 하지만 지누 씨의 말을 정중히 거절했다. 그때 모닥불을 사이에 두고 마주 앉아 있던 지누 씨가 조용히 내 곁으로 다가온다. 그러더니 내 옆에 바짝 붙어 앉는다. 환하게 웃으며 내게 한 팔을 올리는 지누 씨의 행동에 심장이 벌렁거린다.

"이러면 좀 덜 추울 거야. *^^*"

"나 때문에 지누 씨도 젖어요."

지누 씨도 젖을까 봐 걱정돼서 밀치려 했지만 나를 더 끌어당기는 지누 씨. 그 순간 불현듯 이 품이 남편의 품이길 바라는 나. 그리고 떠오르는 남편의 싸가지없어 보이는 웃음. 그 싸가지없는 미소에 한없이 따뜻해져 버리는 나. 뒤이어 떠오르는 박세림과 남편, 그리고 주인이의 키스. 갑자기 머리 속에 꽉 차서 날 괴롭히는 생각들 때문에 세차게 머리를 흔들어본다. 그리곤 나를 안아주고 있던 지누 씨를 살짝 밀며 말했다.

"지누 씨, 이제 가봐야겠어요."

"민주야!! 여민주!! 어딨어!! 대답해!!"

"형수님!! 형수님, 어디 계세요!!"

이 목소리는 남편과 영웅 도련님? +_+ 내가 낯선 제주도에서 뛰쳐나가 한참을 돌아오지 않자 두 형제가 나를 찾으러 온 모양이다. 근데 지금 나는 젖은 옷을 벗어 던지고 외간 남자의 옷…… 특히 남편이 싫어해 마지않는 지누 씨의 옷 하나를 달랑 입고 거의 벗은 상태로 지누 씨의 품속에서 추위를 이겨내고 있는 상황. 남편 성격에 이대로 걸리면 끝장이다. 나는 급하게 일어나 젖은 바지를 주섬주섬 입으면서 황급한 목소리로 지누 씨를 향해 말했다.

"지누 씨. 저 먼저 가요!!"

바지를 겨우 입고 남편과 영웅 도련님의 목소리가 들리는 곳을 향해 뛰려는데 갑자기 팔이 당겨지며 그대로 지누 씨의 다리 위에 주저앉는 나.

"윽!!"

순간 지누 씨의 무릎에 앉았다는 당황스러움보다 심상치 않은 지누 씨의 비명에 나도 모르게 소리쳤다.

"지누 씨, 괜찮아요? 어떡해……."

"너……!! 여기서 뭐 하는 거야!!"

그때 남편의 목소리와 매우 비슷한 목소리가 들린다. 불길한 예감에 살짝 뒤를 돌아보니 무서운 표정의 남편과 남편 뒤에서 얼굴만 내민 영웅 도련님이 보인다. 남편의 시선이 부담스러워 살짝 고개를 돌려 지누 씨를 바라보았을 때 반쯤 누워 있는 지누 씨 위에 모 핸드폰 광고에 등장하는 남녀처럼 묘한 자세로 앉아 있는 내가 보인다. 그리고 그 순간 기다렸다는 듯 한쪽 어깨에서 미끄러져 내려가는 니트 티. 그리고 드러나는 복맨이 만들었던 붉은 반점. +_+ 얼른 미끄러진 니트를 올리며 상황을 어떻게든 수습해 보려고 남편과 영웅 도련님을 향해 소리쳤다.

"오해예요!! 바다에 빠져서!! 지누 씨가 당겨서!! 지누 씨, 말 좀 해요!!"

불타는 눈으로 나와 지누 씨를 노려보는 남편에게 내가 이리저리 변명을 하며 지누 씨에게 도움을 청하자 나를 도와주려는 듯 내 팔을 잡는 지누 씨는 그대로 나를 당겨서 안아버린다. o_O 그런 우리의 모습을 아무 말 없이 이글거리는 눈빛으로 바라보는 남편. 그렇게 한동안 우리를 노려보다가 갑자기 저벅저벅 다가오는 남편. 남편이 가까워올수록 가중되는 공포. 지누 씨를 밀치고 일어난 건 이미 오래다.

"너 뭐 하는 애야!!"

내게 다가와 소리치는 남편의 손이 올라간다. '맞는다'라고 생각한 순간 몸을 잔뜩 웅크리고 팔로 얼굴을 가렸다. 순간 나를 안아버리는 남편.

"다행이다, 아무 일 없어서… 정말 다행이다."

갑작스런 남편의 행동에 너무 놀라는 나. 하지만 남편의 떨리는 손이 정말 나를 걱정했음을 알게 해준다. 괜히 눈물이 난다.

"미, 미안해요……."

"형아가 얼마나 걱정한 줄 아세요? 아무 말 없이 그렇게 뛰어나가다니……."

영웅 도련님도 원망 섞인 눈으로 울먹이며 말한다.

"미안해요, 도련님… 걱정할 줄 몰랐어요……."

"왜 걱정을 안 해!"

도련님의 말에 대답하는데 나를 안고 있던 남편이 내 귀에 대고 지르는 소리에 정말 걱정했음을 실감한다. o_O

"아, 알았으니까… 귀에 대고 소리치지 마요. ㅜ_ㅡ"

남편에게 미안함 섞인 투정을 해본다. 여전히 반쯤 누운 폼 그대로의 지누 씨도 남편의 행동에 많이 놀란 표정이다. 그때 지누 씨와 눈이 마주친 남편이 여전히 나를 꼭 안은 채로 지누 씨를 향해 말한다.

이를 악물지도, 그렇다고 힘을 주지도 않은 목소리지만 남편의 목소리는 무섭게 차가웠다.

"한지누, 내가 경고했을 텐데."

"오빠… 그게 아니구요, 제가……."

내가 변명이라도 해보려 하자 듣기 거북한 듯 나를 노려보는 남편. 너무나 살벌한 분위기에 더 이상 말을 이을 수 없는 나.

"네가 왜 여기 있는 거냐?"

"너에게 대답할 이유가 있나?"

남편만큼이나 차가운 목소리로 대답하는 지누 씨. 이내 침묵이 이어진다.

"마지막 경고다. 네 아버지를 봐서 참는 것도 여기까지야."

남편의 입에서 나온 아버지라는 말에 지누 씨의 얼굴이 심하게 일그러진다. 그리고는 갑자기 평정을 잃은 지누 씨가 소리친다.

"아버지 얘기는 하지 마!!"

남편을 금방이라도 죽일 듯 쳐다보는 지누 씨. 지누 씨의 저런 표정은 처음 본다. 지누 씨의 저런 표정을 보고 있노라니 남편이 날 품에서 놓아준다. 그러자 갑자기 자리를 박차고 일어나 남편에게로 빠르게 다가오는 지누 씨의 주먹에 힘이 들어가는 것이 보인다. 순간 나도 모르게 남편의 앞을 막아섰다.

"지누 씨!! 안 돼요!!"

퍽!!

순간 둔탁한 소리가 난다. 하지만 고통은 없다. 눈을 뜨자 남편이 쓰러져 있다. 놀란 나와 영웅 도련님이 남편을 살피고 있을 때에도 지누 씨는 남편을 때릴 때의 그 자세 그대로 우리를 노려보고 있다.

"내게… 가족은 아버지뿐이다. 아버지를… 내 아버지를… 욕보이지 마라."

다시 한 번 남편을 노려보며 사라지는 지누 씨. 하지만 나와 영웅 도련님의 눈에는 남편의 입술에서 흘러나오는 피만이 보일 뿐이다.

"악!! 형아 입술에서 피나요, 형수님!!"

"악! 어떻게… 어떻게!!"

나는 급한 대로 모닥불에 말리던 내 옷으로 남편 입술에 피를 닦았다.

"앗, 따거!! 야, 미쳤어!! 소금에 절은 걸 가져다 대면 어쩌자는 거야!!"

"앗, 미안해요!! ㅜ_— 어케… 어케……."

당황해서 어쩔 줄을 모르는 우릴 보며 남편은 한숨 섞인 미소를 보이며 아직도 피가 흐르는 입술을 손등으로 아무렇게나 닦아낸다.

"에휴… 됐어. 이런 건 며칠 지나면 괜찮아져. 그리고 넌 기지배가 왜 그렇게 겁대가리가 없냐!! 왜 끼어들어 끼어들길!!"

"미안해요. 나 때문에……."

그리고 보니 남편이 이렇게 상처를 입은 건 내가 어설프게 남편의 앞을 가로막았기 때문이다. 충분히 피할 수도, 막을 수도 있었는데… 남편에게 한없이 미안해진다. 저 잘생긴 얼굴에 나 때문에 흠집이 난 게 아닌가. 봐줄 건 얼굴뿐인 남편인데. 미안해서 얼굴을 숙

이고 진심으로 뉘우치고 있을 때 남편의 손이 내 머리를 부비부비한
다. +_+

"에휴~ 됐다. 다신 그러지 마라."

남편의 말에 한결 맘이 편해지는 나. 하지만 젖어 있던 내 머리를
만진 남편이 바지에다 손을 닦는 모습이 보이니 살짝 기분 상한다.
-_-^

"형수님, 감기 들겠어요. 얼렁 들어가요. ^^"

영웅 도련님의 말에 모닥불 주위에 말리던 옷들을 챙겨들고 남편
과 영웅 도련님의 호위를 받으며 방으로 향했다.

다시 돌아온 방. 나는 쉽게 방 안으로 들어가질 못하고 문 앞을 서
성인다. 주인이와의 말도 안 되는 키스가 다시 떠올랐기 때문이다.
애절하던 주인이의 목소리. 아직까지 남아 있는, 그리 나쁘지만은 않
았던 감촉……. 앞으로 어찌해야 한단 말인가.

"야, 너 어딜 그렇게 싸돌아다니냐!!"

뒤통수에다 대고 말하는 살짝 가쁜 호흡의 남자의 목소리에 나는
그대로 얼어버렸다. 주인이의 목소리였다. 계속 이어지는 주인이의
목소리.

"아까 일은… 미안하다. 제정신이 아니었어……."

너무 쉽게 일을 해결해 버리려는 주인이. 왠지 화가 난다.

"항상 이런 식이에요?! 일방적으로 덮치듯 키스하고 미안하다면
다예요!!"

뒤돌아보며 소리를 치자 나를 똑바로 바라보지 못하고 이리저리

눈을 돌리는 주인이. 그런 주인이를 불만스런 눈빛으로 노려봐 주고 방으로 들어가려는데 주인이가 급하게 내 어깨를 잡아 세우고 말을 이어간다.

"미안해… 나도 너처럼 짧고, 못생긴 애한테 이런 건 처음이다."

"뭬… 뭬이야!!"

쉽게 접수되지 않는 말을 하고는 씨~익 웃는 주인이. 열받은 내가 죽일 기세로 달려들자 나를 향해 팔을 활짝 펴 보이는 주인이.

"정~ 억울하면 네가 원하는 만큼 나에게 키스해라. 참아볼게. +_+"

너무 어이없는 행동에 기가 찬다. 하지만 그 순간에도 방정맞은 내 눈은 살짝 벌어진 주인이의 붉은 입술을 바라보고 있다. +_+ 다시 한 번 정신을 바짝 차리고 생각해 보았다. 장난으로 한 행동을 돌이 키고 싶어하는 것 같은 주인이. 나 역시 유일한 친구라 할 수 있는 주 인이를 잃기는 싫다.

"됐어. 다시는 그런 장난 하지 마. -_-^"

"어, 용서하는 거야? 고마워. ㅜ_ㅡ"

나의 용서에 주인이는 내 손을 잡고 기뻐한다. 그런 주인이의 모습 을 보며 나도 웃어버린다. 그때 머리 속에 번쩍 떠오르는 생각!!

"호, 혹시… 오빠한테 말했어?"

순간 표정이 묘해지는 주인이. 하지만 이내 미소를 지어 보이며 살짝 고개를 흔든다. 주인이의 행동에 안심을 하며, 그렇게 완전 범죄(?)를 꿈꾸며 함께 방으로 들어섰다. 하지만 문을 여는 순간 그 자리에 굳어버린 주인이와 나. 남편이 인터폰에 귀에 대고 현관문을 들어서는 우리를 바라보고 있다. 남편은 내가 들어오지 않고 복도에서 말하는 소리가 들리자 인터폰을 들었을 것이고, 주인이와의 대화를 모두 들어버린 것이다.

퍽!!

순간 남편은 말릴 겨를도 없이 주인이를 향해 응징의 주먹을 날린다. 주인이는 남편의 주먹에 뒤로 밀려나 쓰러지며 문에 부딪혔다.

"악!! 주인아!!"

그 모습에 놀란 내가 비명을 지르며 주인이에게 달려가려고 하자 남편은 내 팔을 강하게 잡아당긴다. 그 반동 때문에 나는 남편 쪽으로 몸이 확 돌려진다. 그리곤 남편은 내 귀에 얼굴을 가까이 들이민다. 그리고 아주 작고 낮은… 아무 감정도 느낄 수 없는 목소리로 말한다.

"넌… 다를 줄 알았다."

힘없는 한마디를 남기고 밖으로 나가 버리는 남편. 주저앉아 있던 주인이가 급하게 남편을 따라 나갔다. 나는 몸이 얼어붙어 꼼짝도 할 수가 없다. 상처받은 남편의 눈빛이 나를 움직일 수도 없을 만큼 아프게 했다. 나는 갑자기 다리에 힘이 풀려 그 자리에 주저앉아 버렸다. 그때 샤워를 마친 영웅 도련님은 아무도 없는 거실을 둘러보더니 나에게 다가와 말한다.

"형수님, 얼렁 씻어요. 그렇게 있음 감기 걸려요."

상황이 어찌 돌아가는지 모르는 영웅 도련님은 거실에 감도는 썰

렁한 분위기에 나의 감기를 걱정하더니 나를 일으켜 그대로 욕실로 밀어 넣는다. 욕실에 들어서자 자욱한 물안개가 서려 있고 그 속에 남아 있는 영웅 도련님의 체취에 정신이 몽롱해진다. 순간 습기 때문에 몸이 끈적끈적해진다. 젖은 옷을 다 벗고 머리부터 감았다. 그리고 몸에 배인 소금기를 다 제거하고 방으로 가서 옷을 챙겨 입고 머리를 말리고 있었다.

"형수님, 형아들 어디 갔어요?"

그때 방문을 열며 영웅 도련님이 묻는다. 그러자 뛰쳐나가 버린 남편과 주인이가 떠오른다. 두 사람은 지금쯤 어디서 무얼 하고 있을까? 남편은 왜 그런 눈빛을 한 걸까?

'호… 혹시 나를……?! 에이!! 아니야~ 아니야~'

순간 머리 속을 스치는 생각에 경악하며 머리를 절레절레 흔들어 본다.

"혀, 형수님……."

순간 뿌연 연기와 머리카락 타는 냄새와 함께 영웅 도련님의 떨리는 목소리에 정신이 든다.

"악!!"

연기와 냄새에 놀란 내가 드라이를 끄고 어쩔 줄을 몰라 하자 영웅 도련님은 얼른 다가와 꼬여 있는 머리카락들을 풀어준다.

"에이~ 이거 잘라내야겠어요. 아깝다. ㅜ_ㅡ"

어쨌든 머리를 자를 수밖에 없어진 나는 영웅 도련님의 코디 언니에게 머리 손질을 받기 위해 코디 언니 방으로 갔다.

“어머! 이 언니 머리가 왜 이래, 현재야?”

코디 언니는 내 머리를 걱정하며 영웅 도련님의 이름을 옆집 개 이름 부르듯이 쉽게 불러 버린다. 내가 볼 땐 폭탄을 맞은 것 같은 언니의 머리가 더 걱정되어 보인다. −_−^ 코디 언니는 나를 끌어다가 의자에 앉히고 보자기를 뒤집어씌우고는 내 머리카락을 잘라내기 시작한다.

싹뚝싹뚝.

“저……”

“가만히 있어요. 손볼 데가 하나둘이 아냐.”

“저… 너무 짧게는…… 푸웃!!”

너무 짧게 자르지 말라는 내 말이 귀찮기라도 한 듯이 코디 언니는 앞머리를 자르며 머리카락들을 내 얼굴에 흩뿌린다. 더 말해 보고 싶지만 다음번에 잘려 나가는 게 내 목이 될지도 모른다는 두려움에 조용히 입을 닫았다. 영웅 도련님은 코디 언니의 능력을 믿는 것인지, 아니면 무서워서 아무 말도 못하는 것인지 구석에서 잡지를 보며 얌전히 있다. 그때 거울을 통해 나와 눈이 마주치는 영웅 도련님.

“형수님, 형아들 어디 갔는지 정말 몰라요?”

“무어?? 혀, 형수??”

갑자기 잘도 싹둑거리던 가위질을 멈추고 영웅 도련님께 백만 개의 퀘스천마크(?)를 보내는 코디 언니. 하지만 너무나 태연한 영웅 도련님의 대답.

“네, 누나. 우리 형수님이에요. ＊^0^＊”

코디 언니의 경악과 다시금 떠오르는 남편의 눈빛에 순간 우울해
지는 나. 코디 언니도 대강 눈치가 있는지 아무 말 없이 머리를 잘랐
다. 영웅 도련님도 더 이상 말하지 않는다. 머리를 자르고 방으로 돌
아와서도 한참을 말이 없던 나. 남편과 주인이는 아직까지 들어오지
않았다.

꾸~루~루~룩!

"형수님, 배고파요? 우리 뭐 먹으러 가요."

생각에 잠겨 있던 나를 민망하게 하는 꾸루룩 소리에 말할 기회를
찾고 있던 영웅 도련님은 재빨리 말을 건다. 얼굴이 붉어진 채 고개
를 끄떡이자 활~짝 웃으며 침울해 있는 나를 위로라도 하려는 듯 식
당가로 내려간다.

"형수님, 여기예요!!"

"여, 여기서 밥을 먹어요?"

"네, 나는 항상 여기서 먹는데……."

계속되는 내 질문에도 당당하게 날 끌고 간 곳은…… 나이트였다.
촌사람인 나도 알고 있는 '나이트에서는 밥을 팔지 않는다!!' 라는 사
실을 우리 나라 최고의 연예인인 영웅 도련님이 모른다니 약간의 걱
정과 함께 내가 그를 지켜주어야 한다는 생각이 들었다.

영웅 도련님의 손에 이끌려 안으로 들어서자 시끄러운 음악 소리
에 귀가 멍하고, 번쩍이는 조명에 눈이 부신다. +_+ 하지만 영웅 도
련님은 한 번의 흐트러짐 없이 웨이터의 안내를 받아 한쪽 구석으로
간다. 자리를 잡자 옆에 있던 아저씨에게 주문을 하는 영웅 도련님.

"여기 돈가스랑 치킨 좀 가져다 주세요."

"네, 알겠습니다!!"

"잠깐!! 매, 맥주도 주세요……."

영웅 도련님의 말에 알겠다는 대답을 남기고 사라지는 웨이터. 어리 벙벙한 표정으로 바라보자 나를 향해 씽긋 웃어 보이는 영웅 도련님. 잠시 뒤 음식이 나왔고, 정신없이 치킨과 돈가스를 먹고 있을 때 따가운 시선이 느껴졌다. 천천히 고개를 들어보니 소파에 기대앉아 맥주 잔을 들고 한 모금 꿀꺽 넘기는 영웅 도련님이 보인다. -p-

"멋있다."

순간 넋을 잃고 영웅 도련님의 모습을 바라보던 나는 맘속에 품고 있던 말을 내뱉어 버렸다. 내가 한 말에 나보다 더 부끄러워하며 얼굴이 빨개졌을 영웅 도련님을 상상하며 씨~익 웃어 보였다. 그러나……

"후후~"

평소의 부끄러운 반응과는 전혀 다른, 당연하다는 듯 작은 웃음 소리와 함께 살짝 입술 끝을 비틀어 올리는 영웅 도련님이 보인다 +_+ 혹시 어디 아픈 건 아닐까 하는 걱정이 되지만, 영웅 도련님의 손에 들고 있던 맥주를 한 모금 마시더니 촉촉해진 입술로 내게 말한다.

"우리 나가서 춤출래요?"

입술만큼이나 촉촉한 눈빛으로 내게 말하는 영웅 도련님. 예전에 TV를 보던 나를 환장하게 만들었던 바로 그 표정이다. 순간 영웅 도련님의 섹시한 모습이 드러나자 가슴이 두근거린다. 거기에 춤까지

추자니……. +_+

"그럼요!! +_+"

뜯고 있던 닭다리까지 바로 내려놓으며 대답했다. 그러자 영웅 도련님은 남아 있던 맥주를 원샷하고는 내 손을 화~악 잡아끈다. 현란한 불빛들이 번쩍거리고, 심장까지 울리는 커다란 음악 소리. 그 음악에 맞춰 미친 듯이 몸을 흔드는 화려한 차림의 사람들. 영웅 도련님은 그 중심으로 내 손을 잡아끈다. 한참을 나를 끌고 가던 영웅 도련님은 갑자기 뒤돌아 나를 보며 섹시하게 입술을 움직인다.

"뭐, 뭐요? 안 들려요!!"

시끄러운 음악 소리에 가뜩이나 귀가 어두운 내겐 아무것도 들리지 않는다. -_-;; 내가 못 알아듣는다는 것을 알아차렸는지 할 수 없다는 표정의 영웅 도련님은 다시 나를 잡아끌어 스테이지의 중앙으로 간다. 그리고 영웅 도련님이 나를 똑바로 보며 몸을 흔들기 시작한다. +_+ 지금 이 시대 최고의 프린스!! 영웅님이 비록 형수이긴 하나, 나를 향해 야릇한 미소를 남발하며 몸을 비비 틀고 계신다. -p- 내 평생에 이런 기회가 언제 또 올 것인가! 난 도련님의 몸짓 하나라도 놓칠세라 도련님의 몸짓을 따라 눈동자를 재빨리 굴렸다. +_+ 그러나 나만의 행복은 오래가지 못했다. 어디에서나 확연히 튀어주는 외모로 여자들의 가슴을 떨리게 하는 저 몸놀림!! +_+ 스테이지에 올라선 지 오 분도 채 되지 않아 주변의 여자들이 도련님을 쳐다보기 시작했다. 다행히 아직까지 영웅 도련님이 영웅님인 걸 못 알아보는 것 같다. 하긴 이 시대 최고의 연예인이 제주도에서 형수님과 반바지에 티를 입

고 춤을 추고 있을 거라고 누가 상상이나 했겠는가. -_-;;

계속되는 시선을 느낀 건지 영웅 도련님은 시선에 보답이라도 하듯이 갈색 머리카락은 살며시 뒤로 넘겨주며 더욱 섹시하게 몸을 흔들어주신다. 그러자 이젠 대놓고 도련님 쪽으로 몰려오기 시작하는 여자들. 나는 도련님을 보호해야 한다는 일념 하나로 영웅 도련님 곁으로 다가오려는 여자들을 있는 힘껏 밀어내고 있었지만 나의 힘만으로는 역부족이었다. 그때 열심히 춤을 추던 영웅 도련님은 내 쪽을 한번 쳐다보더니 갑자기 무대 위로 뛰어올라 가신다. 무대 위에 영웅 도련님이 올라서자 눈썰미 좋은 DJ는 영웅 도련님을 알아보고 재빨리 도련님의 히트곡으로 음악을 바꾼다. 음악이 바뀌자 도련님은 표정하나, 눈빛 한줄기까지 여자들을 아작 내려고 작정한, 철저하게 계산된 섹시함으로 돌변한다. 그리고는 입고 있던 셔츠를 벗어 던지는 영웅님. 이제 형수는 없다!! 영웅님을 사랑하는 소녀 팬만이 있을 뿐이다!! +_+

"꺄악!! 영웅님!!"

영웅님의 모습에 이성을 잃고 있는 힘껏 소리를 질러 버렸다. 내 목소리에 여자들은 우리 도련님이 바로 그 영웅님임을 알아차리고 미친 듯이 소리를 질러대기 시작한다. 나와 함께!! +_+

"꺄!! 오빠!!"

"어이!! 아줌마!! 영웅님이 당신보다 열 살은 어려!! -_-^"

영웅 도련님을 보고 '오빠'를 외치는 화장을 떡칠한 아줌마를 향해 있는 힘껏 소리를 질러보았지만, 귀를 찢어버릴 듯한 여자들의 고함 소리에 내 목소리를 듣지 못한 모양이다. 게다가 그 아줌마는 이미 이성이란 게 없는 듯하다, 나처럼. -_-;; 영웅님은 자신의 노래에 맞춰 콘서트라도 하듯이 춤을 추며 그 어렵다는 립싱크를 제대로 해내고 있다. 한순간 나이트는 영웅 도련님의 콘서트장이 되어버렸고, 여자들은 눈에서 빛을 내며 쓰러지고 있었다.

영웅님의 노래가 끝날 때쯤 영웅 도련님은 불타는 집에 석유를 화~악 뿌려 버리듯 자신이 벗어 들고 있던 옷을 수백만(?)의 여자들이 모여 있는 곳으로 던져 버린다.

"꺄악!! 내 거야!!"

여자들이 영웅님의 셔츠가 떨어지려는 곳으로 몰려들어 영웅님의 옷을 잡으려고 할 때 그 선두에 내가 있었다. 내 비록 형수이나… 정말 갖고 싶다. +_+ 그때 누군가가 나를 잡아당긴다. '아씨!! 누구야!!' 라는 눈빛으로 돌아보자 땀에 젖은 영웅 도련님이었다.

"형수님, 빨리 가요!!"

"예… 어디든지 가요!!"

나는 멍한 표정으로 도련님에게 끌려 나이트를 빠져나와 방으로 가기 위해 엘리베이터를 탔다.

"형수님……."

조용한 엘리베이터 안에서 날 부르는 영웅님. 땀에 젖은 영웅님의 하얀 가슴팍을 타고 땀방울 하나가 흘러내린다. 순간 흐르는 땀방울처럼 흘러내릴 것 같은 몸을 간신히 지탱하며 겨우 대답했다.

"예……."

“오늘 일 비밀이에요.”

“그럼요, 절대로 안 잊을게요.”

영웅 도련님은 내 말에 미심쩍은 듯 내 팔을 잡더니 잘생긴 면상을 들이대며 내 눈을 노려보신다. 순간 키스라도 해버리고 싶은 충동을 느끼는 나지만, 이놈의 입술 때문에 곤욕을 치르고 있는 상황인지라 있는 힘껏 참았다. 그리고 영웅 도련님께 확신에 찬 눈빛으로 대답해 주었다.

“장난 아니고 절대 비밀이에요.”

“네. +_+”

“야, 이현재!! 너 나이트에서 무슨 짓 한 거야!!”

비밀을 약속하던 나와 영웅 도련님은 엘리베이터의 문이 열림과 동시에 들리는 목소리에 당황했다. 엘리베이터 문 앞에는 코디 언니 가 죽일 듯이 영웅님과 나를 노려보고 있다.

“누, 누나…… 그, 그게!”

순간 좀 전의 그 터프함과 섹시함은 어디로 간 건지 영웅 도련님은 평소의 강아지 같은 눈빛으로 변해 있다. 이미 내 팔을 잡고 있던 손 으로는 아무것도 입고 있지 않은 자신의 몸을 가리고 있다.

“이!현!재! 너 내가 술 먹지 말랬지!!”

“누, 누나… 잘못했어요……. ”

“너, 안 되겠어… 어머니한테 다 말할 거야!!”

“악!! 누나, 잘못했어요!! 어머니한테 말하는 것만은… 제발…….
ㅜ_ㅡ”

"놔!! 넌 절대로 술은 안 된다고 했잖아!!"

돌아서는 코디 언니의 다리에 매달려 애원하는 영웅 도련님. 참으로 눈뜨고 못 보는 장면이 연출되고 있다. 좀 전까지 수백만(?) 명의 여인네들을 울리던 그 천하의 영웅님이 지금은 무서운 여인의 실한 장딴지에 매달려 살려달라고 애원을 하다니……. -_-;; 순간 울고 있는 영웅 도련님을 향해 회심의 미소를 지어 보이는 코디 언니.

"그럼 봐주는 대신……."

"흑흑흑… 꼭 해야 돼요?"

"이른다!!"

"흑흑흑… 알았어요……."

모정의 거래가 성립되는 듯한 멘트가 오가고 영웅 도련님은 앞으로 무슨 일이 생길지 모두 아는 듯한 표정을 하고 밍기적거리며 자리에서 일어나 코디 언니의 방으로 끌려간다. 코디 언니를 말려주고 싶지만 아까 머리채를 잡혀보았던 나로서는… 그저 도련님의 명복을 빌 뿐이었다.

그렇게 영웅 도련님이 떠나고 홀로 방에 들어서는데 현관에 모래가 잔뜩 묻은 남편과 주인이의 신발이 보인다. 조용히 거실 쪽을 보니 키가 크고, 제법 잘생겨 보이는 거지 두 명이 거실에 앉아서 얘기를 하고 있는 게 아닌가. 온몸에 모래를 뒤집어쓰고, 얼굴에는 영광의 상처들이 가득한 거지들. 자세히 보니 그 거지들은 남편과 주인이다.

"성재야, 미안하다. 일생일대의 실수였어……."

순간 나와의 키스 사건을 '일생일대의 실수'라며 말을 꺼내는 주인이. 살짝 기분이 나쁘지만 남편을 위로하려는 말인 듯함으로 일단 참기로 했다.

"그런 기집애 때문에 우리가…… 어휴, 어이가 없다."

또 나를 지칭하는 듯한 '그런 기집애!!'. -_-^ 하나, 내가 여기서 뛰쳐나간다면 거실은 피바다가 될지도 모른다. 참자… 참자.

"성재, 너 민주 맘에 두고 있는 거 맞지?"

"뭐, 뭐!! 내가 그런 기집애를 왜!! 눈이 삐었냐!!"

"네가 이렇게 감정 들어내는 거… 오랜만에 본다."

남편은 평소보다 큰 목소리로 흥분을 감추지 못하고 소리를 지른다. 순간 이상하게도 남편의 말에 가슴이 욱신거리며 아파오는 나. 주인이가 한마디 하자 큰 소리로 소리를 지르며 흥분하던 남편은 이내 말을 멈추고 놓여 있던 맥주 캔을 집어 들어 모두 마신다. 그런 남편에게 주인이는 맥주 하나를 더 건넨다.

"그렇게 갑자기… 내 맘에 들어와 버릴 줄은 나도 몰랐어……. 아닐 거라고 생각했는데, 부정할수록 내 모든 신경들이 그 애에게 반응해 버려. 이젠 어떻게 해야 할지 모르겠어…… 에씨!! 그놈의 북어국 때문에!!"

갑자기 북어국이 왜 튀어나오는 건지 모르겠지만 남편의 목소리를 하나하나 빠짐없이 가슴속에 새기는 나… 혹시 남편이 나를…….

"좋아하는 거야, 그게."

심장이 떨려서 차마 말을 잊지 못했던 말을 서슴없이 해주는 주인이. 남편은 멍청한 표정으로 주인이를 쳐다보더니 다시 맥주를 마신다. 주인이는 그런 남편을 바라보며 쓴웃음을 짓더니 맥주를 벌컥벌컥 마신다. 그런 남편과 주인이의 모습을 보며 얼굴에서 피어오르는 미소란 녀석을 막을 수가 없다. =_= 훔쳐 들은 남편의 고백(?)에 행복해하면서 훔쳐 들었다는 이유로 거실로 들어서지 못하고 현관에 쭈그리고 앉아 있다 잠이 들었다.

깜박 잠이 들었는지 온몸에 느껴지는 한기에 놀라 재빨리 몸을 일으켰다. 온몸이 아프고 결리다. 여기저기 맥주 캔이 널린 조용한 거실. 다행히 남편과 주인이는 거실에 없었다. 안도의 한숨을 내쉬며 거실에 널려 있는 맥주 캔을 대강 치우고 방에 들어가려는데 열려 있는 욕실 문틈으로 물 떨어지는 소리가 들린다. +_+ 조용히 다가가 욕실 안을 들여다보았다. 한데 욕실에는 주인이가 옷을 입은 채 떨어지는 물줄기를 맞으며 서 있다. 금방이라도 울 것 같은 주인이의 표정. 순간 봐서는 안 되는 장면을 봤다는 죄책감에 재빨리 방으로 들어왔다. 침대에 누웠지만 주인이의 아픈 표정이 좀처럼 머리 속에서 떠나질 않는다. 나는 오랜만에 기도를 했다. 주인이가 아프지 않기를 그리고 남편의 고백(?)이 꿈이 아니길……

"야, 여민주!! 일어나!! 야…… 너 귀신 같은 머리 어디 갔어?"
주인이의 말에 비몽사몽 간에 거울을 보니 어깨쯤에서 닿는 머리카락. 순간 정신이 번쩍 들며 어제 코디 언니가 머리를 다듬어줬던 생각이 난다. 어딘지 허전하고 이상해서 머리를 매만지는데……

"예전보다 좀 세련돼 보이긴 하네. 전엔 조선시대 같더만……."

주인이의 '세련' 이란 말에 살짝 들뜨려는 순간!! 바로 이어지는 '조선시대' 란 말로 나를 무참히도 눌러 버리는 주인이. 그런 주인이의 무시에도 굴하지 않고 다시 한 번 거울을 보며 예쁜 척을 해보는 나. =__= 그때 주방에서 덜그덕거리는 소리가 나서 주방으로 향했다.

"야, 너 뭐 해?"

"라면 끓이려고."

"술을 그렇게 퍼먹고 담날 라면은……."

주인이를 밀치며 아침을 준비하려는데 내 말에 태클을 거는 주인이.

"술 먹은 거 어떻게 알았냐?"

어젯밤 그들의 모습을 훔쳐보았다고 스스로 불어버리면 또다시 관음증 변태로 몰려 버릴지도 모를 상황이 발생했다!!

"아~ 맥주 캔 네가 치웠구나."

"그렇지!! 뭔 술을 그렇게 마셨냐?? 술 냄새에 내가 다 취하겠더라……. -_-^"

아직 하늘이 나를 버리지 않은 모양이다. 주인이가 나를 대신해 그럴듯한 변명을 만들어주다니… 전혀 훔쳐본 일 없다는 듯 그럴듯하게 연기를 해보았다. 그리고는 아침을 준비하려고 부엌을 여기저기 뒤지는데…….

"어제 성재하고 어떻게 됐는지 안 궁금해?"

갑작스런 주인이의 말에 당황해서 꺼내 들던 냄비를 놓쳐 버렸다.

“자식, 놀라긴… 걱정 마. 오해 풀었으니까.”

“어…… 그, 그래… 잘됐네.”

살짝 웃으며 말하는 주인이의 표정이 왠지 쓸쓸하다. 그 미소를 애써 외면하며 냉장고를 뒤져 보는데… 아무것도 없다. 그때 주인이가 말한다.

“야!! 북어국 끓어줘!!”

북어국을 사러 편의점에 다녀오는 길. 주인이와 단둘이 있는 게 이번만은 아니었는데 오늘은 왠지 느낌이 다르다. 어색한 기분을 감추며 방에 도착했을 때 문 앞에서 얼쩡거리는 영웅 도련님을 발견했다. 왠지 불안해 보이는 영웅 도련님의 뒷모습을 바라보며 천천히 다가갔다. 순간 몸을 돌리는 영웅 도련님의 입술에는 이리저리 뭉개진 빨간 립스틱 자국이 보인다.

“도, 도련님… 어, 어떻게… 무슨 일이……!!”

“현재… 너… 품!!”

어제 코디 언니에게 잡혀가 밤새 무슨 일을 당한 건지 입술엔 립스틱이 뭉개진 초췌한 모습으로 돌아온 영웅 도련님의 모습에 놀람과 경악을 금치 못하는 내 뒤에서 주인이가 웃음을 참지 못하고 큭큭거리고 있다. ㅡ_ㅡ^

“주인 형님, 형수님, 형아한텐 비밀이에요!! ㅠ_ㅜ”

얼마나 고통이 심했는지 묻는 말엔 대답도 못하고 남편한테는 비밀로 해달라고 애원하는 영웅 도련님. 그 무서운 코디 언니가 밤새 영웅 도련님을……. 흐~윽!! 이 어처구니없는 현실에 슬퍼하고 있을

때 방문이 벌컥 열리더니 게슴츠레한 표정의 남편이 문밖으로 머리만 불쑥 내민다. -_-^

"아씨, 밖에서 뭐 해!! 아무도 없어서 놀랐잖아!!"

어린아이처럼 투정부리는 남편이 살짝 귀여워지려고 할 때 놀란 도련님은 입을 가리고 남편을 밀치고 욕실로 뛰어들어 가버린다.

"아야!! 야, 이현재!! 너 왜 형을 밀치고 그래!!"

정신을 덜 차린 남편이 소리쳤지만 도련님은 아무 대답 없이 변기의 물을 내리는 참으로 적절한 애드리브를 한다. -_-;;

"현재가 화장실이 급했나 봐. ^^;"

그 소리가 끝나기가 무섭게 주인이의 능청스런 말이 이어지고 남편은 이내 고개를 돌려 방으로 들어갔고, 주인이와 나도 그 뒤를 따라 들어갔다.

아침 식사를 하는 식탁. 어느새 말끔히 씻고 나온 영웅 도련님은 아무 일도 없었다는 듯 순진한(?) 얼굴을 하고 남편에게 귀염을 떨면서 아침을 먹고 있다. 그런 도련님을 바라보며 온갖 상상을 해보는 나. 하지만 내 음흉한 미소를 눈치 챈 것인지 내 발에 충격을 가하는 주인이. o_O 순간 움찔한 나를 남편은 똑바로 바라보며 고개를 갸웃거린다. 그 순간 어젯밤 남편의 고백이 떠올라 이 자리에서 녹아버릴 것 같다. =__=

"여민주, 오늘 현재랑 주인이는 촬영 때문에 바쁘니까 넌 나랑 있자."

"네, 네?? +_+"

남편의 말에 화들짝 놀라는 나. 나만큼은 아니지만 나와 같이 놀라는 주인이와 영웅 도련님. 그리고 그 순간 얼굴이 붉어져서 아무 말도 못하는 나.

"아씨, 왜 빨개지는데!! 부모님께 보낼 사진 찍어야 될 거 아냐!!"

남편의 말에 창피해져 더욱 얼굴이 붉어진다. 게다가 남편의 말에 옆에서 숨죽여 웃는 주인 쉐이. -_-^ 저 쉐이 입을 화~악 그냥!!

"야, 임주인 넌 왜 웃는데!! 엉!! 확 입을 확 찢어벌라!!"

역시 부부는 일심동체였다. 남편 역시 주인 쉐이의 웃음이 비위에 거슬렸는지 주인 쉐이의 입을 찢어 버리겠다며 달려든다. 게다가 남편의 얼굴 역시 나처럼 붉어져 있다는 사실에 기분이 좋아진다. ^^

그렇게 정신없이 아침 식사를 마치고 주인이와 영웅 도련님은 서둘러 촬영장으로 나간 뒤 설거지를 하는 내 뒤통수에다 대고 거칠게 말하는 남편.

"야, 이거 입어!! 연인처럼 보여야 되니까!!"

뒤를 돌아보는 순간 내 얼굴을 향해 날아오는 노란색 티셔츠. -_-;;

"왜 던져요!! 그냥 거기에 두면 되잖아요!!"

"아씨, 입으라면 입지 무슨 말이 많아!! 십 분 내로 입고 준비해!!"

남편의 말에 툴툴거리면서도 방으로 들어와 옷을 갈아입는 나. 그런데 옷을 갈아입으면서 가만히 생각해 보니 나를 좋아한다던 남편의 말을 내가 안다는 사실을 남편은 모른다. 왜냐, 훔쳐 들었으니까! 게다가 나는 아직 남편을 좋아한다고 말한 적이 없다. 그렇다면… 남편은 아직 내가 자길 좋아한다는 걸 모른다. +_+ 생각이 여기까지 미치자 남편에게 오늘부터 확실히 복수하리라 다짐하는 나. 왠지 오늘 데이트(?)가 즐거워질 것만 같은 생각이 든다.

"야, 뭐가 그렇게 오래 걸려!!"

"지금 나가요!!"

남편의 독촉에 급하게 립글로스를 바르고 거실로 나가자 내 티와 같은 디자인의 하늘색 티를 입고 머리는 왁스를 칠해 날려준 튀는 패션을 너무나 잘 소화해 내는 잘생긴 나의 남편이 서 있다. +_+ 내가 벙찐 얼굴로 남편을 아래위로 훑고 있을 때 남편은 살짝 미소를 보인다.

"ㅋㅋㅋ 꼴에 화장까지 했냐?? 립글로스 번졌다, 야."

남편은 나를 비웃어주더니 아무렇지 않게 내 아랫입술에 손가락을 가져다 대고 번진 립그로스를 닦아낸다.

두근두근.

갑작스런 남편의 행동에 놀라 얼굴이 붉어진다. 그런데 내가 고개를 돌리는 순간, 언제 미소를 보냈냐는 듯 차가워진 남편의 시선이 느껴진다. 왠지 험악해진 남편은 노란 손수건 하나를 꺼내 쥔다. 그리고는 손수건을 대각선 모양으로 접는다. 갑작스런 행동에 놀라 한 발짝 뒤로 물러서는 나. 하지만 여전히 무서운 눈빛으로 내게로 다가오는 남편. 남편의 얼굴에는 살기가 느껴졌다. 계속 뒷걸음질치던 나는 벽에 부딪혔다. 순간 남편은 손수건을 내 목에 가져와 댄다.

"으악!!"

"왜 소리는 지르고 난리야? 제발 좀 오버하지 마. -_-"

남편의 손에 목 졸려 사망할 것이라는 나의 예상과는 달리 남편은 시끄럽다는 말과 표정으로 손수건을 내 목에 묶어준다. -_-;; 지금 보니 손수건과 내가 입은 티가 왠지 잘 어울린다. 남편의 패션 감각에 박수를 치며 감탄하며 거울을 보러 방으로 들어가려고 하자 빨리 나가자며 나를 잡아끈다. 그렇게 남편과 주차장으로 향했다.

"아유~ 예뻐라~ 신혼부부인가 보네……."

주차장으로 향하는 길에 뒤따라오던 아줌마들의 대화가 들린다. 우리를 지칭하는 듯한 신혼부부 소리에 남편과 나는 살짝 움찔하며 조용히 그들의 대화에 귀를 기울인다. 한데…….

"근데 남편에 비해 여자가 많이 딸리네."

아줌마들의 갑작스런 공격에 당황해 마지않는 나. 하지만 내 옆에 서 있던 남편은 얼굴 가득 퍼지는 웃음을 애써 참고 있다. -_-^

"남자는 너무 멀쩡한데… 어머!! 혹시 저 남자… 변태 아니야??"

"하긴 요즘엔 멀쩡하게 생긴 놈들 중에 변태가 더 많다던데……."

우리 뒤를 따라오며 계속되는 아줌마들의 정겨운 대화는 결국 남편을 변태로 만들어 버렸다. 순간 남편의 얼굴에 감돌던 미소가 사라지며 한쪽 눈썹이 살짝 올라간다. -_-;; 점점 험악해지는 남편의 표정이 참으로 무서워지는 나. 다행히 아줌마들은 주차장 앞쪽에 있던 사우나로 들어간다.

"씨발!! 내가 어딜 봐서 변태야!!"

많이 상처받은 듯한 남편의 외침. -_-;; 나야 변태라는 말이 익숙하지만 남편에겐 적잖은 충격이었던 거 같다. '첨엔 다 그런 거야' 라

며 남편을 위로해 주고 싶지만, 왠지 더 열받아 할 것 같아서 참기로
했다. 하지만 이제 운전을 하실 남편님이 아니시던가! 남편의 화려한
운전 경력을 알고 있던 나로서는 죽기 싫다면 남편의 기분을 풀어줘
야 했다. -_-^

"신경 쓰지 마요. 잘생긴 오빠가 나랑 다녀서 그러는 거예요. ^^;"

나를 비하시키며 극히 상투적인 방법으로 남편을 위로했다. 하지
만……

"그치? 네 생각도 그렇지? 그래, 그런 거야. 내가 어딜 봐서……."

내 말에 심하게, 그리고 재빨리 동의하는 남편. -_-^ 그리고 이
유치한 한마디로 기분이 풀린 듯 어느새 올라가 있던 눈썹을 내리고
차를 몰기 시작한다. 왠지 남편의 말에 상처받는 나, 우울해진다.

"야, 얼굴 펴. 안 그래도 못생긴 게 얼굴을 왜 구기고 있냐?"

남편은 주차장에 차를 세우며 인상을 쓰고 있는 내게 한마디 던진
다. 하지만 남편의 말에 구겨진 나의 얼굴이 아주 뭉개진다. -_-^

'죽었어!! 이성재…… 으득!! -_-^'

남편은 내 뭉개진 얼굴이 두려운 건지, 아니면 다시 변태로 오해받
기 싫은 건지 나와 조금 떨어져 걷는다. 마음 같아선 나 혼자 다니고
싶은 심정이지만 한 번도 와본 적 없는 제주도에서 길이라도 잃어버
리면 다시(?) 경찰서에 갈지도 모른다는 생각에 빠르게 남편의 뒤꽁
무니를 따라간다. 근데 길에 아이스크림을 파는 아저씨가 보인다.
+_+ 열받아 타 들어가던 속이 아이스크림을 몹~시 원츄 하고 있다.

"오빠!!"

아이스크림을 원하는 마음에 나는 나도 모르게 남편을 크게 불러 버렸다. 그러자 남편은 홱 돌아보더니 죽일 듯한 눈빛을 쏴대며 내게 다가온다.

"나 귀 잘 들리거덩!! 왜 소리를 지르고 그러는데!! +_+"

"나, 나 아이스크림 먹고 싶어요. =__="

차마 남편의 눈을 마주 보지 못하고 손가락으로 아이스크림 아저씨를 가리키며 말했다. 그러자 나와 아이스크림 아저씨를 번갈아 쳐다보던 남편.

"사 먹어!!"

너무나 친절한 남편의 말에 감동하고 있을… 리가 없지 않은가!! 하지만 여기서 멈추면 원하는 걸 얻을 수 없다. 어디서 그런 용기가 났는지 남편을 다시 한 번 불러 세우는 나.

"나, 돈 없어요."

남편은 고개만 살짝 돌려 나를 보더니 그냥 걸어가 버린다. 남편의 행동에 화가 치밀어 오른다. 그깟 아이스크림이 얼마나 한다고… 돈도 많은 놈이!! 이제 더 이상 사정 봐줄 필요가 없다. 마지막 방법이다.

"쪼잔한 놈!! 사랑하는 부인 아이스크림 사주는 게 그렇게 아깝니!!"

멀어지려는 남편의 뒤통수에다 대고 울상이 된 표정으로 전방 십 미터 이내에 있는 모든 사람들이 우리가 부부임을 인정하게 만들며 동시에 짠돌이 남편임을 알리는 말을 내질렀다. 순간 우뚝 서버린 남편과 동시에 남편에게로 쏟아지는 사람들의 시선. 난 남편의 사정 따위 모른다. 그저 아이스크림만 먹으면 된다. +_+ 남편은 잠시 생각에 잠기는 듯하더니 미끄러지듯이 뒷걸음질쳐 다가와 내 팔을 힘 주어 잡는다.

"아, 아파요."

내가 남편만 들릴 소리로 손을 놔주길 바라는 비명을 질러본다. 하지만 남편은 얼굴에 미소를 가득 머금으며,

"자기, 아이스크림이 그렇게 먹고 싶었어? 자기가 원하면 먹어야지. ^^"

정말 몇 번을 봐도 소름 끼치게 무서운 쉐이다. 한순간에 자신을 향하던 지탄의 시선을 '그럼 그렇지~ 저렇게 잘생긴 사람이 그럴 리 없지'라는 시선으로 깔끔하게 정리해 주는 남편. 남편은 나를 끌고 아이스크림 아저씨 앞으로 간다. 지금까지 우리의 모든 행동을 지켜보고 있던 아이스크림 아저씨는 남편이 다가와 아이스크림을 주문하자 흠칫 놀라더니 살짝 떨며 2덩이만 주는 아이스크림을 3덩이 준다. 남편의 더러운 인상이 쓸모있을 때도 있다고 생각하며 3덩이짜리 아이스크림을 받아 들고 행복하게 쳐다본다. 남편은 아이스크림 값을 지불하고 나서 나를 한번 쳐다보더니 나의 표정이 우스운 듯 피식 웃는다.

"치사하게… 이렇게 사줄 거면 그냥 사주면 덧나요?"

치사한 행동을 살짝 탓해보는데 별거 아니라는 듯 시큰둥한 남편. -_-;;

“재밌잖아.”

“무어?! 재미?!”

아이스크림을 먹기 위한 나의 투쟁이 남편에게는 재미였단 말인가. 혼자 키득거리며 앞서 가는 남편의 뒤통수와 내 손에 들려 있는 2단—1단은 이미 먹어버림. -_-;; —짜리 아이스크림을 번갈아 쳐다본다. 그 순간 남편을 처단할 기막힌 아이디어가 떠오른다. 나는 그동안 갈고닦은 포트리스 실력으로 정확한 각과 방향을 잡고 힘을 조절했다. 그리고,

“어머!!”

‘어머’ 라는 통쾌한 소리에 맞춰 있는 힘껏 아이스크림을 던졌다. 부~웅 하고 정확하게 날아간 아이스크림은 앞서 걷던 남편의 뒤통수에 정확하게 꽂혔다. 순간 남편은 가던 길을 멈추고 떨리는 손을 살짝 들어 뒤통수를 매만진다. 그리고 믿을 수 없다는 듯 손에 묻은 것을 눈으로 확인한다. 잠시 그 자리에서 굳어 있던 남편.

“여민주…… 너 진짜!! 주거써!!”

갑자기 내 이름을 부르며 달려오는 남편. 여기서 잡히면 정말 죽는다.

“아~악!! 오빠 실수예요!! 실수!! 악!!”

몇 바퀴 뛰지도 못하고 남편의 손에 잡힌 나. 남편은 뒤통수에 묻어 있던 아이스크림을 내 얼굴에 문댄다.

“즐못해푸!! 줄어으… 후!!”

그렇게 남편은 기분이 풀릴 때까지 아이스크림을 내 얼굴에 계속

문댔다. 하지만 어느 순간 남편의 짜증내던 목소리는 즐거운 웃음소리로 바뀌었고, 나도 남편과 함께 웃으며 서로의 얼굴에 아이스크림을 문댔다.

여기는 화장실. 원래 잘 안 하는 화장이지만, 오늘은 사진을 찍기 위해 특별히 신경 쓴 날이었는데 남편은 무참히도 내 얼굴을 뭉개 버렸다. 남편 역시 지금쯤 남자 화장실에서 아이스크림으로 얼룩진 머리를 감고 있을 것이다. 좀 전의 일들이 다시금 떠오르자 얼굴에 미소가 번진다. 그렇게 반쯤 실성한 듯한 표정으로 세수를 하고 목에 감고 있던 손수건을 풀어 얼굴을 닦아냈다. 그리고 다시 수건을 묶으려는데 목에 이상한 게 묻어 있다. -_-^ 물로 씻어내 보는데 지워지지 않는다! 헉!! 이것은!! 나는 재빨리 수건을 돌돌 말아 목을 졸라맸다. 그것은 복맨이 남긴 지저분한 흔적. 남편이 아침에 정색하며 목에 수건을 매준 것도 이것 때문인 듯하다. 순간 얼굴에 번지는 웃음을 애써 참으며 화장실을 나왔다. 남편은 먼저 나와 젖은 머리를 털며 나를 기다리고 있다.

"많이 기다렸어요? 미안해요. 빨리 들어가요."

나의 행동에 남편은 흠칫 당황하는 눈빛을 보낸다. 내가 또 무슨 짓을 할지 불안한 듯 여기저기를 살피는 남편. -_-;; 하지만 괜히 손수건 한 장에 기분이 업된 나는 남편을 잡아끌고 기분 좋은 발걸음으로 건물 안으로 들어갔다. 건물 안은 마치 커다란 비닐하우스 같은 분위기였다. 입구를 들어서자 옆으로는 이름 모를 선인장들이 있고, 그 사이로 난 굽이굽이 한 길을 따라 꽃이며 온갖 종류의 나무들이 화단처럼 꾸며진 곳에 끼리끼리 모여 있다. 처음 접하는 너무나 신선한 풍경들에 남편을 붙잡고 들어섰던 팔도 놔버리고 풍경들에 감탄하며 여기저기를 돌아다녔다.

"여민주, 사진 찍게 이리 와봐."

나와 떨어져서 여기저기 살피던 남편은 언제 찜을 한 것인지 붉은 꽃이 만발한 화단 앞에서 사진을 찍자며 나를 부른다. 순간 주위에서 구경을 하고 있던 여러 쌍의 신혼부부와 여자들이 남편을 쳐다보기 시작한다. 순간 괜히 내 기분이 으쓱해진다.

"야, 너 사진 안 찍어봤냐? 포즈가 그게 뭐냐?"

남편이 말한 곳에서 사진 찍기만을 기다리던 내게 남편은 포즈를 타박한다. 내 포즈가 어때서라고 생각하며 주위를 둘러보니 주변의 여학생들은 잡지에서 방금 튀어나온 것 같은 모습을 연출하고 있고, 신혼부부들은 그들의 상황에 걸맞게 에로틱과 로맨틱의 극(?)적인 장면들을 만들어내고 있었다. 그에 비해 나는 어정쩡하게 서서 그 유명한 V 자 포즈를 취하며 카메라를 향해 정확하게 45도 사선으로 서 있다. 이제야 촌스러운 포즈를 눈치 챈 나. 남편은 할 수 없다는 듯이 한숨을 내쉬더니 옆에 서 있던 신혼부부에게 사진을 찍어달라고 부탁하고는 카메라를 주고 내 쪽을 향해 뛰어온다. 그 모습은 슬로모션이 되어 보인다. 아무래도 남편의 손수건이 내게 마법을 건 듯하다. 남편이 더욱 멋져 보이게……. 남편의 모습에 두근거리는 가슴을 진정시키며 어색하게 웃어 보였다.

"촌스러운 표정 그만 좀 하지. -_-^"

어느덧 바로 내 앞까지 다가온 남편은 아까 그 포즈 그대로인 나를 향해 한마디 해준다. 하지만 남편이 말한 '촌'이란 말에 민감하게 반응하는 나. 남편은 내게 다가오자 내 팔부터 내리게 하고는 옆에 있던 커다란 돌 위에 걸터앉는다. 그러자 키 큰 남편의 머리가 내 가슴 아래쯤에 온다. 왠지 그냥 앉기만 했는데도 세련돼 보이는 남편의 포즈. 하지만 그걸로 끝난 것 같던 남편은 갑자기 내 쪽으로 돌아 앉더니 가만히 서 있던 내 몸을 홱 돌려 마주 보게 한다. 그리고는 내 허리에 손을 올려 자기 쪽으로 끌어당기더니 푹신한 나의 배에 머리를 기댄다.

"꺄악!!"

순간 주위에서 구경하던 여자들의 소리없는 비명 소리가 들린다. 나 역시 용케도 내 허리를 찾아낸 남편의 눈썰미에 감탄하면서도 너무나 대담한 포즈에 당황하고 있다, +_+ 나는 남편의 머리가 닿은 뱃살에 재빨리 힘을 꽈악! 줘본다. 그리고는 두근거리는 가슴으로 사진을 찍기 위해 기다리고 있는데, 주변에서 웅성거리는 목소리들이 들린다.

"남자가 아깝다."

"남자 스탈 끝장인데 여자는 너무 어설프다."

"어설픈 게 아니라 촌스러워. 왜 저런 여자랑!!"

오늘 유독 많이 듣게 되는 '촌스럽다'는 말과 질투로 가득한 여자들의 목소리. 그 말들에 나는 화~악 열이 받아준다. 그 순간 나도 모르게 내 배에 닿아 있는 남편의 머리를 꼬~옥 끌어안아 버렸다, 마치 내 거라는 걸 보여주려는 양. =__= 순간 이유를 알 수 없는 정적이 남편과 나를 둘러싼다. 그때서야 내가 무슨 짓을 했는지를 알아챈 내 심장도 미친 듯이 뛰기 시작한다. 하지만 나를 더 놀라게 한 것은!! 남편이 아무 말 없이 여전히 포즈를 취하고 있다는 것이다. 혹시 너무 놀라 심장 마비나 쪽팔림에 기절한 게 아닌지 남편의 상태를 살펴보려 했지만…….

"앗, 그 포즈 좋네요!! 찍어요!! 하나둘셋!!"

사진을 찍어주기 위해 한참을 기다리던 신혼부부는 서둘러 사진을 찍어버린다. -_-;; 사진을 찍자마자 나를 밀쳐 내는 남편. -_-^ 괜히 민망해지는 나. 구경하던 여자들의 키득거리는 웃음소리에 더 민망해진다.

"왜… 왜 밀어요!! 아, 아파라……."

살짝 기분이 상하기도 하고, 남편에게 밀리면서 바위에 손등이 긁혀 상처가 난 나는 짜증스럽게 말했다. 하지만 내 목소리를 전혀 듣지 못한 양 남편은 재빨리 카메라를 받아 들고는 사진을 찍어준 신혼부부에게 고맙다고 인사를 한 뒤, 아무 일 없었다는 듯이 나를 향해 걸어온다.

"뻔해. 저런 여자들은 얼굴이 안 되니까 몸으로라도 어떻게 꼬셨겠지."

계속 우리를 보고 있던 수학여행 온 여자 고등학생들의 목소리가 생각보다 크게 내 귀를 자극한다. -_-^ 카메라를 받아 들고 내 앞에 다가오던 남편 역시 그 소리를 들은 듯 멈칫하더니 내 표정을 살피고 있다. 하지만 여자들의 목소리는 점점 더 커진다.

"몸매도 별루야~ 완전 올챙이 몸매인데? ㅋㅋㅋ"

"몸매는 상관없잖아. 헤프고 테크닉 좋으면 오케이지. ㅋㅋㅋ"

내가 왜 이런 소리까지 들어야 하는지 너무 화가 난다. 더 이상 참지 못하고 한마디 소리치려는 순간,

"씨발!! 거기 생기다 만 것들!! 입 못 닥쳐!!"

억울함에 눈물이 가득 고인 나를 대신해서 나의 잘생기고, 싸가지 없고 욕을 사랑하는!! 완벽한 남편이 고등학생들을 처단하는 것이 아닌가. 갑작스런 남편의 말에 놀란 고등학생들은 우루루 도망치듯 사라졌다. 하지만 남편은 영 화가 안 풀리는 듯 씩씩거리고 있다.

"야, 저런 말 같지도 않은 것에 신경 쓰지 마!!"

남편은 내 어깨를 툭 치며 위로하는 듯한 말을 한다. 하지만 남편이 나를 대신해 소리친 순간 지금까지 화났던 것들이 사르르 풀려버렸다. =__= 이런 걸 '사랑의 힘' 이라고 하는가 보다. 러브… Power of LOVE. =_=

"민주야, 화 많이 났어?"

내가 '사랑의 힘' 에 감동하고 있을 때 남편은 걱정스런 눈빛으로 날 바라보며 묻는다. 그런 남편의 행동에 괜히 웃음이 난다.

"아뇨, 괜찮아요. ^^ 오빠가 화내줬잖아요. *^^*"

내가 웃으며 대답하자 남편은 조금 당황하더니 웃고 있는 내 모습에 얼굴이 붉어지며 미소를 짓는다. =__= 그리곤 내 머리를 한 번 쓰다듬더니 카메라를 챙겨 들고 다른 장소로 옮기자고 한다.

차를 타고 이십 분쯤 달려 도착한 곳은 어느 바닷가. 잘 닦인 시멘트 길을 걷다 보니 산에서 바다로 직접 떨어지는 폭포가 눈에 들어온다. +_+ 강원도에서 살 때 계곡에 있던 폭포는 본 적이 있지만 이렇게 긴 폭포를 실제로 보는 건 처음이다. 남편이 폭포 가까이로 가서 사진 찍을 장소를 찾는 동안 폭포의 크기에 놀라 조금 더 가까이 다가가 보려고 하는데…….

"야, 여민주! 빨리 안 튀어와!!"

남편이 나를 정답게 부른다. 할 수 없이 전력 달리기로 뛰어갔다. 남편이 가리키는 쪽으로 걸어가서 위치를 잡기 위해 애매한 크기의 돌덩이들을 징검다리처럼 밟으며 정확한 위치를 물어보았다.

"여기요?"

"좀 만 더 뒤로 가. 좀 만 더…….”

남편의 말에 더 뒤로 물러선다. 하지만 남편이 나를 바닷가에 빠지게 할지도 모른다는 생각이 든다. −_−;; 슬쩍 두려워진 나는 뒤를 돌아보았다. 잔잔하고 고요한 바다는 3~4미터 정도 뒤에 있다. 일단은 안심했지만 자꾸만 더 뒤로 가라는 남편의 의도가 궁금해지는 나.

"그냥 찍어요!! 왜 자꾸 뒤로 가래요!!"

남편을 향해 소리를 지르자 남편은 카메라 렌즈에서 눈을 떼며 말한다.

"한 발짝 더 가도 바다에 안 빠져!! 잔말 말고 뒤로 가!!"

나보다 더 큰 목소리로 말하는 남편의 기세에 할 수 없이 한 발짝 뒤로 뒷걸음질쳤다. 순간 돌을 잘못 밟아 균형을 잃고 돌덩이들이 모여 있는 바닥에 엉덩방아를 찧었다. 엉덩이가 으깨지는 것처럼 아프다. ㅠ_ㅜ 하지만 나의 불행은 여기서 끝나지 않았다. 어디선가 시끄러운 소음이 들리더니 고요하던 바다에 갑자기 거센 파도가 일어나 그대로 주저앉아 있던 나를 향해 덤벼든다.

위~잉!! 촤~아!! 철퍽!!

순식간에 바닷물을 뒤집어쓴 채 주저앉아 있는 나. 깜짝 놀란 남편도 내 쪽으로 달려온다. 하지만 남편의 표정은 웃겨 죽겠다는 얼굴이다.

"ㅋㅋㅋ 야, 너 진짜 재수 드럽게 없다. ㅋㅋㅋ"

"웃지 마요!!"

"ㅋㅋㅋ 갑자기 웬 보트가 지나가지? ㅋㅋㅋ"

남편이 가리키는 쪽을 바라보았다. 멀리 사라지는 하얀 모터보트. 알고 보니 갑자기 들렸던 소음은 보트의 엔진 소리였고, 내게 달려든 파도는 보트가 갑자기 방향을 바꾸며 물살을 내 쪽으로 튀기게 한 것이었다. ㅡ_ㅡ^

"야, 일어날 수 있어?"

미친 듯 웃던 남편은 이제 진정된 듯 나를 일으켜 세워주려고 한다. 내가 물을 뒤집어쓰고 주저앉게 된 책임의 반은 남편에게 있다. 하지만 나와 달리 너무 즐거운 남편. ㅡ_ㅡ^ 순간 머리를 스치는 기발한 아이디어. 나는 남편의 손을 잡고 일어서다 그대로 다시 자리를 잡고 주저앉았다. 내가 넘어지자 남편의 표정이 당황하는 표정으로 바뀐다.

"야, 너 왜 이래!! 다쳤어?"

나는 남편을 향해 최대한 아픈 표정과 애처로운 표정을 지어 보이며 남편은 벌게진 내 다리를 보더니 걱정스러운 듯 만져 보려고 한다.

"아, 아파요. ㅠ_ㅜ 저번에 다친 다리가 또 다쳤나 봐요. ㅜ_ㅡ"

손이 닿지도 않았는데 아프다며 소리를 질렀다. 그 바람에 남편의 표정이 더욱 어두워진다. 남편은 나를 바라보며 잠시 생각에 잠기더니,

"야, 사진은 나중에 찍고 우선 병원에 가자!! 업혀!!"

업히라는 말과 함께 내게 등을 들이미는 남편. +_+ 일단 속인 건 신나지만, 병원에 가면 거짓말이 들통날 거란 생각에 두려워진다.

"그냥 방에 가서 쉬고 싶어요… 옷도 젖었고……."

태연한 척 연기하며 방으로 가자고 말했지만 남편은 내 모든 말들을 무시하고 다시 한 번 말한다.

"업혀!!"

"예……. ㅡ_ㅜ"

할 수 없이 젖은 옷 그대로 남편의 등에 폴짝 올랐다. 남편은 내가 등에 닿는 순간 무거운 듯 살짝 움찔하더니 아무 일 없다는 듯 일어나 차를 향해 걷기 시작했다. 차가 있는 곳까지는 오르막길을 꽤 오래 걸어야 했다. 남편은 씩씩거리며 걸었다. 기력이 딸리는 듯 땀도 많이 흘리는 남편. 조금 미안해진다. ㅡ_ㅡ;;

"오빠, 무겁죠……."

미안함을 전달하기 위해 살짝 물어보았지만 남편의 대답은…….

"헉헉!! 말 시키지 말고 낼부터 당장 살 빼, 이 뚱땡아!!"

나를 민망하게 하는 남편. 하지만 일단은 나를 업고 걸어야 하는 남편이기에 참아주기로 한다.

오르막길을 다 올라 차가 있는 곳에 도착했을 무렵 남편은 땀으로 온몸이 젖어 있었고, 나는 바닷물이 말라 허연 소금이 보이고 있었다. -_-;; 둘 다 상거지의 몰골이었다. 하지만 그런 몰골에도 아랑곳하지 않고 마지막 남은 힘을 다해 차까지 걷는 남편. 그때 커다란 밴 한 대가 주차장으로 들어온다. +_+ 밴에서는 남녀 한 쌍이 매우 다정하게 차에서 내리는 모습이 보인다. 나는 고개를 살짝 돌려 그들을 계속 보았다. 나는 경악할 수밖에 없었다. 그 둘은 바로… 지누 씨와 박세림이었다. 갑자기 내 심장이 벌떡거리기 시작한다.

'두 사람이 왜 같이 있지? 그리고 여긴 또 어떻게… 너무 다정한 거 아냐? 박세림은 성재 오빠를 좋아한다며… 이게 어떻게 굴러가는 거야?'

바닷가 폭포가 있는 곳을 향해 사라지는 그들의 모습을 목이 꺾어져라 돌려보면서 머리 속이 복잡해진다.

"야, 여민주… 헉헉… 힘들거든… 가만히 좀 있을래?"

남편의 등에 업혀 있다는 사실을 망각하고 몸을 있는 힘껏 돌렸던 나를 남편은 지친 목소리로 살짝 나무란다. 다행히 남편은 그 장면을 보지 못한 듯하다. 점점 알 수 없는 지누 씨와 박세림의 관계 때문에 고민하는 나. 내 머리 속을 가득 메운 생각들 때문에 남편의 목소리와 표정이 점점 험악해짐을 느끼지 못했다.

"아씨, 무겁다구!! 좀 내려!!"

"헉!! 네!! o_O"

차 앞에 도착해 내가 등에서 떨어지기만을 간절히 바라던 남편은 내가 내리지 않자 소리를 버럭 지른다. 그 목소리에 화들짝 놀라 등에서 내려와 사뿐사뿐 뛰어가 차에 올라탔다.

"야!! 헉헉… 너 걸을 수 있어?! 헉헉……."

지누 씨와 박세림의 등장에 당황했던 나는 다리를 다쳐서 남편의 등에 업힌다는 설정을 깜빡 잊고 말았다. o_O

"오, 오빠… 자, 잘못했어요!! TOT"

"시끄러!! 너! 여민주! 너!!"

남편은 불같이 화를 내며 당장이라도 내 머리채를 휘어잡아 절벽 아래로 던져 버릴 것만 같다. 극으로 치닫는 지금 상황을 어떻게라도 무마시켜 보기 위해 남편의 다리를 붙잡고 빌기 시작했다.

"잘못했어요!! 용서해 줘요, 오빠!!"

"놔!!"

"아악!! 오빠, 용서해 줘요!!"

이수일과 심순애처럼 '오~빠!!', '놓~아라!'를 연신 반복하며 남편의 다리를 붙잡고 놓지 않는 나를 남편은 떨쳐 내려 안간힘을 쓰고 있다. 하나, 버티려고 노력했건만… 남편의 튼실했던 다리는 나를 끝내 내동댕이쳐 버렸다. 주차장 바닥에 돌처럼 나뒹구는 나. 하지만 이런 불쌍한 내 모습에도 인정머리라곤 약에 쓸래도 찾을 수 없는 남편의 목소리.

"널 어떻게 해야 내가 속이 시원할까? -_-^"

남편의 목소리에 고개를 들었다. 복수로 활활 불타는 남편의 눈동자에는 자비심이라곤 하나도 없다. 하지만 내게도 없다. 자존심 따위!!

"살려주세요……. T_-"

다시 한 번 애절한 눈빛으로 말해 보지만 나를 죽일 듯 노려보는 남편.

"두 가지 중에 선택해."

한참을 말없이 고민하던 남편이 드디어 말을 꺼냈다.

"여기서부터 호텔까지 걸어올래?"

여기서 호텔까지가 거리가 얼마나 되는지, 또 어디로 가야 하는지 아무것도 모르는 내가 걸어간다는 것은 말이 안 된다. 천천히 고개를 저었다.

"그치? 그건 불가능해. 그렇담 선택은 한 가지뿐!!"

남편이 조금은 나를 이해해 줄지도 모른다는 몹시 가녀린 희망을 가져 보았지만 어느 노래의 가사처럼… 신은 나를 버렸다.

"그럼 날 업고 다시 저 아래로 내려가. =__="

"헉!! o_O"

야비하게 웃으며 다가오는 남편. 할 수 없이 남편에게로 등을 돌리자마자 기다렸다는 듯이 부웅 날아올라 가뿐하게 내 등에 업힌다. 다 큰 남자가 가녀린(?) 여자 등에 업힌다는 수치심 따위는 이놈에겐 없는 듯하다.

"얼른 안 내려가!!"

등 뒤에서 재촉하는 남편의 말에 고막이 터져 나갈 것 같지만, 지금은 남편의 충성스런 기사임으로 후들거리는 다리로 발걸음을 옮겼다.

"야, 속도가 이게 뭐냐!! 30키로!!"

"헉헉!! 3… 30키로… 헉헉!!"

예전에 친구에게 부채를 쥐어주며 '1단! 2단! 3단! 태풍!'을 외치며 선풍기 놀이를 하듯이 남편은 내 등에 업혀 속도를 내라며 나를 독촉한다.

겨우겨우 남편을 업고 도착한 바닷가. 난 남편을 떨어뜨리듯이 놔버렸고, 덕분에 무방비 상태로 내 등 뒤에서 30키로!!를 외치던 남편은 돌덩이들과 함께 바닥에 나동그라졌다. -_-;;

"아얏!! 야, 말을 하고 내려야지!!"

"헉헉… 헉… 헉… 말, 기운 없어…… 헉헉……."

"그러니까 세상을 똑바로 살든지 똑똑하게 살든지 해!! 바보야!! ㅋㅋㅋ"

나를 약 올리는 남편의 말임에도 대꾸할 힘도, 싸우고 싶은 맘도 없다. 그대로 주저앉아 호흡을 조절하며 땀을 식혔다. 남편은 그런 나를 두고 바닷가로 걸어가 시원한 바람을 맞으며 주위의 경관을 즐기고 있다. -_-^ 그렇게 십 분쯤 쉬고 있을 때 갑자기 잊고 있던 중요한 사실이 떠오른다. 지금 이곳에 지누 씨와 박세림이 있다는 사실. 남편이 싫어하는 지누 씨와 사랑하는 박세림, 이 두 사람이 함께 있는 사실을 남편이 알게 된다면……. +_+ 빨리 이곳을 떠나야 한다, 남편이 이 사실을 알게 되기 전에.

"오빠, 이제 가요. 나 배고파요."

내게서 좀 멀리 떨어져 있던 남편에게 소리를 지르자 별다른 저항 없이 내게 온다. 남편이 가까이 오자 자리에서 일어나려는 다리에 힘이 풀려서 그대로 다시 주저앉았다. 정말이지 마치 내 다리가 아닌 듯 다리에 힘이 들어가질 않는다. 이런 내 모습을 가소롭다는 듯이 쳐다보는 남편. 그러면서 내 다리를 발로 살짝 건드리더니…….

"야, 안 속아. 그만 해."

하지만 정말 실제 상황이다. 의도하지 않게 떨리는 다리와 힘없이 늘어져 있는 내 발. 대꾸도 못하고 어이없게 남편을 바라보는 나를 보더니 남편은 상황이 장난이 아님을 알아차린다. +_+

"어! 너 진짜야?? 못 걷겠어?!"

"몰라요!! 오빠가… 흑흑… 오빠 때문에… 흑흑… 엉엉!"

흔들거리며 힘없게 늘어진 내 다리를 보니 억울하고 속상하다. 게다가 내 말을 믿어주지 않는 남편이 원망스럽고 밉다. T_-

"민주야, 울지 마. 미안해……."

"몰라요!! 흑흑흑… 나 이제 다리 못 쓰면 오빠 책임이야!! 엉… 흑흑……."

책임을 물을 거라며 대성통곡을 하는 나. 내 행동에 당혹스러워하는 남편. 어떻게 해야 할지 고민에 빠진다. 나는 그런 남편을 보며 더 크게!! 있는 힘껏!! 사력을 다해 울었다.

“무슨 일이세요?”

그때 힘 좀 쓸 것 같은 남자 하나가 다가와 말을 건다. 순간 뭔가 떠오른 듯한 표정의 남편은 미안한 표정을 지으며 그 남자에게 귓속말을 한다. 그러자 그 남자는 음흉하게 씨익 웃어 보이더니 남편과 함께 다가온다.

“흑흑… 뭐예요… 흑흑.”

“야, 업혀!!”

남편은 내게 업히라고 한다. 하지만 남편 역시 나를 업고 오르막길을 올라갔던 상태라 나를 다시 업고 간다면 탈진할지도 모를 상황.

“그러다 오빠도 쓰러져요… 흑흑흑…….”

“옆에 분이 도와주신다니까 일단 업혀!!”

무슨 생각인지 잘은 모르지만 남편이 시키는 대로 남편의 등에 업혔다. 남편은 심하게 떨며 나를 오르막길까지 데려가더니 옆에 있던 건장한 남자에게 나를 옮겨 업히게 한다.

“부탁 좀 하겠습니다. ^^;”

남편의 말에 나를 업고 힘차게 오르막길을 오르는 남자. ㅡ_ㅡ; 그 남자의 뒤에서 발걸음도 가볍게 걸어오는 남편. 하지만 전혀 모르는 남정네의 등에 억지로 업혀진 나는 온몸에서 두드러기가 돋는다. ㅜ_ㅡ 하지만 힘이 좋았던 남자는 나를 금세 주차장에 내려놓았다.

“신혼이라고 너무 무리하지 마쇼. =__=”

나를 내려놓으며 하는 남자의 말에 남편이 그 사람에게 뭐라 했는지 대충 짐작이 간다. 순간 얼굴이 벌겋게 달아오른다. 하지만 뻔뻔한 남편은 그저 고맙다며 연거푸 인사를 하고는 힘겹게 걸어와 나를 차에 태운다.

"휴~"

차에 시동을 걸면서 긴 숨을 내쉬는 남편. 그 모습이 얄미워진다. 이게 다 누구 때문인데… 순간 나도 모르게 한마디 쏘아붙였다.

"치~ 오빠가 한 게 뭐가 있다고 힘들어요!! −_−^"

"ㅋㅋㅋ 왜 이래?! 나도 너 업고 올라왔잖아!!"

"칫, 나도 오빠 업고 내려갔잖아요!!"

"내가 다시 편하게 올라오게 해줬잖아!! ㅋㅋㅋ"

"웃지 마요!! 도대체 그 사람한테 뭐라고 말했어요?"

"ㅋㅋㅋ 별말 안 했어. 어젯밤에 무리를 좀 했다고……."

"미쳤어, 진짜!! 웃지 마요!! 진짜 창피해 죽겠어!!"

"ㅋㅋㅋ 넌 안 웃기냐?"

차에 시동을 걸면서 웃어대는 남편의 얼굴을 보니 괜히 나도 우습다. 하긴 누가 들으면 미쳤다 할 것이다. 성질 드러운 남편을 속여 비탈길을 업혀서 올라온 나나 자길 속였다고 그 길을 다시 업혀서 내려간 남편이나 간밤에 무리한(?) 신혼부부를 위해 괜히 힘 빼고 날 업어다준 그 남자나 모두 정상이라기엔 무리가 있다. −_−;; 상황이 정리되자 괜히 웃음이 나서 나도 모르게 웃어버렸다. 순간 남편은 기다렸다는 듯이 한마디 한다.

"야, 여민주… 너 울다가 웃으면……. ㅋㅋㅋ"

다 말하지도 못하고 또다시 웃어버리는 남편. 괜히 얼굴이 붉어진다.

"그 딴 거 다 거짓말이니까 믿지 마요!! 상상도 하지 마요!!"

"근데 왜 얼굴이 빨개지냐? 크크크."

남편은 끝내 미친 듯이 웃어댄다. 아무래도 나 때문에 힘 빼다가 정신도 같이 빼내 버린 것 같다. −_−; 어쨌든 허파에 댓바람이 들어간 양 계속해서 웃는 남편을 보니 나도 웃음이 난다. 힘든 일을 함께 하면 친해진다는 옛말이 우리의 경우에도 적용되는 것 같다. 비록 서로를 골탕 먹이려다 이렇게 됐지만……. 나는 남편과 함께 한참을 웃은 뒤에야 콘도로 돌아올 수 있었다.

콘도로 돌아오는 차 안에서 나는 지누 씨와 박세림이 함께 있는 것을 남편이 보지 못했다는 사실이 떠올라 안도의 한숨을 내쉬었다. 콘도에 도착해 남편의 부축을 받으며 방으로 들어서자 영웅 도련님과 주인이가 우릴 보고 깜짝 놀란다.

"형수님, 무슨 일이에요?"

꼬질꼬질한 모습으로 방으로 들어서는 나와 남편의 몰골에 놀란 눈으로 우릴 바라본다.

"아, 아니에요, 아무것도. ㅋㅋㅋ"

내가 웃음을 참으며 대답하자 주인이도 뭔가 이상한 듯 되묻는다.

"아니긴 뭐가 아냐. 성재 너는 몰골이 왜 그 모양이냐?"

주인이의 질문에 남편도 대답없이 그냥 키득키득 웃어버린다. 남편의 그 모습에 나도 덩달아 웃어버렸다. 주인이와 영웅 도련님은 자기들의 질문에 대답도 없이 현관 바닥을 뒹굴며 웃는 우리를 어이없이 바라만 보았다.

"민주야, 다 됐으면 밥 먹으러 가자."

씻고 머리를 말리던 내게 남편의 목소리가 들린다. 아직 후들거리기는 하지만 걸을 수는 있기에 거실로 나갔다.

"걸을 수 있겠어?"

"그럼요. ^^"

식당으로 향하는 남편과 나의 대화에 뒤따라오던 영웅 도련님과 주인이는 야릇한 눈빛으로 우리를 바라보고 있다. 하지만 그 눈빛을 알아채지 못하고 계속 웃는 얼굴로 서로를 보면서 얘기하는 우리에게 주인이가 말한다.

"야, 너희 무슨 일 있었냐? 맨날 으르렁거리던 것들이……."

갑작스런 주인이의 말에 남편과 나는 동시에 주인이를 돌아보았다. 주인이의 말에 괜히 기분이 이상해진 나는 고개를 숙여 버렸지만 남편은 내 어깨에 자연스럽게 팔을 올리더니,

"왜? 떫어? -_-^"

두근두근.

남편의 대범한 말과 행동에 당황하는 주인이와 영웅 도련님. 하지만 그보다 더 당황한 내 심장이 터질 듯이 뛴다. 점점 더 붉어지는 얼굴에 어쩔 줄 모르는 나. 두근거리는 가슴을 진정시키면서 식당에 도착했다.

"배고프지? 넌 가만히 있어, 내가 가져다 줄게."

남편은 나를 강제적으로 의자에 앉히더니 음식을 가지러 간다. 내 코를 자극하는 음식 냄새에 빨리 음식을 가져오길 간절히 기도하며 혹시라도 나타날지 모르는 박세림을 견제하듯이 이리저리 주위를 둘러보았다. 그때 식당 문이 거세게 열리더니 카리스마 넘치는 발걸음으로 코디 언니가 들어온다. 순간 아침에서야 초췌한 몰골로 입술엔 립스틱이 뭉개져 돌아온 영웅 도련님의 모습이 떠오른다. -_-^ 원수는 외나무다리에서 만난다더니… 나는 이 식당에서 나의 모든 원수들을 다 만나는 것 같다.

"현재 어디 갔어요?"

잠시 생각하는 사이 내 앞에까지 와서 말을 거는 코디 언니. 영웅 도련님에게 어떤 짓(?)을 했을지 모를 짐승(?) 같은 코디 언니의 모습을 노려보고 싶다. 하지만 그 손아귀에 머리채를 휘어 잡히는 끔찍한 경험을 했던 나로서는 도저히 용기가 나질 않는다. T_-

"바, 밥 가지러요……. ^^;"

고향에 계신 어머니에게 하듯이 조신하게 대답했다. 살짝 미소도 흩뿌리면서……. ^^; 내 말에 언니는 멀리서 음식을 담고 있는 영웅 도련님의 모습을 발견하고는 잠시 시선을 고정한 채 회심에 찬 흐뭇한 미소를 보낸다. =_=

코디 언니의 미소에 간담이 서늘해지며 영웅 도련님께 그날 밤 무슨 일이 있었던 것인지 머리 속에 총천연 살색의 망측한(?) 상상들이 떠오른다. +_+ 괴로워하는 영웅 도련님이 나를 향해 도와달라고 손을 있는 대로 뻗어온다. 코디 언니가 무지 무섭지만 영웅 도련님을 구해내기 위해 괴로워하는 영웅 도련님을 향해 있는 대로 손을 뻗었다. 순간 내 손에 닿는 것은 차가운 비닐 재질의 손바닥만한 종이 뭉치였다.

"이것 좀 현재한테 전해줘요."

베일에 싸인 종이 뭉치, 이게 뭐냐고 물어볼 겨를도 없이 코디 언니는 식당을 나가 버린다. 식당을 빠져나가는 코디 언니의 뒷모습을 노려보고 있을 때 갑자기 돌아보며 윙크와 함께 씽긋 웃음을 보여주는 코디 언니. o_O

"현재한테… 어젯밤… 즐거웠다고 전해줘~요! 아주 만족스러웠다고!"

'어젯밤?! 즐거워?! 마, 만족?! +_+ 대체 뭘 했길래!!'

다시 총천연 살색 화면이 떠오르며 말로 다 하지 못할 상상들이 나를 너무 기분 좋게 −_−;; 쿨럭!! 어쨌든 언니가 사라지자 내 손에 쥐어진 의문의 종이 뭉치를 바라보았다. 나는 떨리는 손으로 비닐 속에 있는 종이를 꺼내본다. 그 속에 들어 있는 것은 사진!! +_+ 그렇다면 이것은 +_+ 영웅 도련님을 방으로 끌고 들어간 짐승(?) 코디와 영웅 도련님이 무슨 일이 있었는지를 말해 주는 증거물!! 순간 그날의 참상이 머리 속을 스친다.

─상상의 나래.

#1 끌려 들어온 영웅 도련님.

"누나, 용서해 주세요!!"

"가만히 있지 못해!!"

"누, 누나… 무서워요……. ㅜ_ㅡ"

"현재야, 무서워하지 마~ 예뻐해 주려는 거야~"

"흑흑… 잘못했어요… 누나……. ㅜ_ㅡ"

"뚜~욱!! 울지 말고 이리 와~아~"

"으… 으악!!"

#2 잠시 뒤. ㅡ_ㅡ;;

"흐흐흑."

"울지 마, 현재야. 누나가 책임(?)질게. 훗, 귀여운 것."

"흑흑흑… 몰라요… 흑흑흑."

"뚝!! 너 자꾸 누나 말 안 들으면 오늘 찍은 사진 다 뿌려 버릴 거야!!"

"흑흑… 누, 누나… 그것만은 제발……."

"그러니까아~ 앞으로 누나 말 잘 들어. 알았지? 흐흐흐."

"아, 알았어요… 누나… 흑흑."

"현재야, 이리 와봐~아!"

"왜, 왜 또 그래요, 누나……. 흑흑."

"누나 말 잘 듣기로 했지!! 이리 와~아!"

"흑흑… 누, 누나…… 읍!!"

머리 속을 스치는 주책맞은 상상에 절대로 그럴 리 없다고 내심 불

안해지는 나를 다독였다. 하지만 코디 언니가 준 사진을 확인해서라
도 영웅 도련님이 어떤 고초(?)를 겪었는지를 알아내서, 악의 구렁텅
이에서 구해내야 한다는 가족(?)으로서의 책임감이 든다 +_+ 나는
떨리는 손으로 사진을 한 장 한 장 넘겨보았다. 그런데 내 예상과는
달리 사진 속에는 아주 아리따운 아가씨가 황홀한 미소를 보내고 있
는 게 아닌가. 가발임이 틀림없는 핑크 빛 머리와 뽀샤시 화장이 흰
피부와 조화를 잘 이루고 있다. 분위기 역시 청순함이 넘치지만 어딘
지 모르게 섹시하다. 어디선가 본 듯하지만 어디에서도 본 적 없는…
아름답다면 남녀를 가리지 않는 나의 버릇(?) 때문에 나는 넋을 잃고
살짝 침까지 흘리며 그 사진을 보고 있었다.

　"야, 뭘 그렇게 넋을 잃고 보고 있냐?"

　그때 언제 음식을 가져온 것인지 남편과 주인이 내 옆에 와 있었
다. 그리고 영웅 도련님은 멀리서 전화를 받고 있는 모습이 보인다.

　"저, 저기요… 이 사진, 코디 언니가 도련님 드리라고……."

　아무 생각 없이 사진들을 남편에게 건넸다. 그때였다. 내가 사진을
건네는 동시에 멀리서 전화를 받고 있던 도련님이 우리 쪽을 보며 영
화에나 나올 것 같은 표정으로 외친다.

　"아~안~돼~에~!!"

　정말 처절한 소리를 지르며 달려오는 영웅 도련님. 하지만 이미 사
진은 남편 손에서 부들부들 떨리고 있다.

　"현재 너!! 술 먹지 말랬지!!"

　"혀, 형아!! 자, 잘못했어요!! T_T"

영웅 도련님은 자신이 대한민국 최고의 스타란 사실은 잊은 것인지 남편의 바짓가랑이를 붙잡고 바지가 찢어져라 매달리며 아까 바닷가 주차장에서 내가 했던 행동과 똑같은 행동을 한다. -_-;;

"형아… 제, 제발!! 엄마한테는… 비밀로 해주세요!! ㅠoㅠ"

정말 무슨 일인지 알 수가 없다. 하지만 뭔가 아는 것처럼 아침보다 더 오버해서 웃고 있는 주인이. -_-;;

"주인아, 너 무슨 일인지 알아?"

도련님과 남편이 실랑이를 벌리는 동안 주인이 옆에 살짝 다가가 물어보았다. 그러자 주인이는 겨우겨우 웃음을 참으며 내게 말해 준다. '현재가 세상에서 제일 싫어하는 게 여장인데……'로 시작하는 주인이의 말은 도련님은 술만 먹으면 너무 섹시해져서 주위에 있는 여자들과의 수많은(?) 일들이 생겼었다고 한다. 하긴 그 외모에 따르는 여자가 얼마나 많았을 것인가. 그래서 도련님에게 금주령이 내려졌고, 그 금주령을 지키지 않으면 도련님이 가장 싫어하는 여장을 하게 한다는 것이다. 하지만 그것은 매니저과 코디 언니, 그리고 남편만이 아는 사실이고, 만약 어머니(즉 나의 시어머니)께 이 사실이 알려진다면, 영웅 도련님은 더 이상 연예 활동은 할 수 없을뿐더러 머리 깎고 중이 돼야 할지도 모른다는 것이다. 지금까지 몰랐던 놀라운 사실에 할 말을 잃은 채… 여전히 남편의 다리에 매달려 눈물, 콧물로 애원하고 있는 영웅 도련님을 바라보았다. 이제 남편의 신발까지 미끄러져 내려가 거의 바닥에 엎드려 통곡을 하고 있었다. 남편 역시 그런 영웅 도련님의 모습이 보기가 안타까웠는지……

"이번만 용서하는 거야!! 담번에 또 그럼 너… 진짜!! +_+"

남편의 말에 바닥에서 통곡하고 있던 영웅 도련님은 눈물이 그렁그렁한 눈으로 남편을 올려다보며 고마움이 가득한 표정을 지어 보인다.

"형아, 고마워요!! ㅜ_ㅜ 저, 정말 다시는 안 그럴 거예요!!"

"됐어!! 일어나서 밥 먹어."

이렇게 영웅 도련님의 여장 사진 사건은 도련님의 처절한 통곡으로 무마되는 듯 보였다. 하지만 집요한 남편은 밥을 먹는 내내 영웅 도련님의 여장 사진을 한 장 한 장 넘겨보면서 화장이 어떠하다는 둥 옷이 어떻다는 둥 자꾸만 잊고 싶어하는 영웅 도련님을 괴롭힌다. ㅡ_ㅡ^ 이런 악덕한 남편의 행동에 영웅 도련님은 연거푸 기침을 해가면서 밥도 제대로 먹지 못한 채 울상이 되어 남편을 바라본다. 하지만 계속되는 남편의 행동에 이젠 주인이까지 합세했다. 그런 남편과 주인이의 행동에 기분이 나빠진 나는 나라도 영웅 도련님의 편이 되어드려야 한다는 막중한 책임감이 들었다.

"그만 좀 해요!! 도련님도 잘못했다잖아요!! 밥은 먹어야죠!!"

어디서 그런 용기가 났는지 남편과 주인이를 향해 소리를 질렀다. 그 순간 내 목소리에 놀란 남편은 영웅 도련님 구박하는 것을 멈추고 나를 쳐다보았다. 주인이 역시 미친 듯이 웃던 것을 멈추고 나를 쳐다본다. 하지만 그 순간 누구도 예상치 못한 일이 벌어졌다.

"어, 그래, 현재야, 이제 그만 할게. 밥 먹어. ^^;"

내 말이 떨어지기가 무섭게 남편은 영웅 도련님 괴롭히기를 딱! 멈추며 고운 목소리로 밥을 먹으라고 말하는 하는 것이 아닌가. 갑작스런 남편의 행동에 주인이가 회~엑! 고개를 돌려 남편을 본다. 영웅 도련님도 나를 향하던 눈빛을 재빨리 남편 쪽으로 돌린다. +0+ 나 역시 남편의 말에 놀라 숟가락을 떨어뜨렸다.

"왜들 그래? 자, 다들 밥 먹어."

모두가 당황해 마지않지 않는 이 순간에도 태연히 밥 먹으라는 말을 하고 밥을 먹기 시작하는 남편. 하지만 남편도 사람인지라 갑작스런 평소답지 않은 행동에 얼굴을 살짝 붉히며 부끄러워한다. 그런 남편의 표정을 보자 나 역시 얼굴이 붉어진다. =__= 하지만 우릴 가만히 두고 보지 않는 주인이 뭔가 눈치 챈 듯 남편과 나를 번갈아 보더니……

"야!! 너희 뭐야? 분위기 묘한데? ㅡ_ㅡ^"

주인이의 질문에도 모든 말을 밥과 함께 씹어먹는 남편과 나. 조용히 밥 먹는 데만 열중한다. ㅡ_ㅡ;; 그러자 주인이의 입가에 살짝 미소가 지어지는 듯하더니 더 이상 질문을 하지 않는다.

허둥지둥 식사를 마치고 방으로 가기 위해 엘리베이터를 기다리고 서 있었다. 그때까지도 남편을 비롯한 나와 영웅 도련님, 그리고 주인이는 어색하기 짝이 없는 표정으로 서로를 슬쩍슬쩍 훔쳐보았다. 누가 먼저랄 것도 없이 서로의 시선을 피하며 괜히 어색해하는 사이 엘리베이터가 도착했다. 나는 어색함을 떨치기 위해 엘리베이터 문 앞에 바짝 다가섰다. 엘리베이터 문이 열리면서 엘리베이터에서 내리던 남자와 눈이 마주쳤다. 그런데 갑자기 남자의 눈빛이 떨리더니 잠시 멈칫한다. 나도 어디선가 본 듯한 남자의 눈빛에 잠시 멈칫한다. 남자는 순간적으로 눈을 돌려 영웅 도련님과 남편을 번갈아 보더니 나를 남편 쪽으로 확!! 밀치고 도망을 간다.

"악!!"

낯선 남자가 나를 밀치고 도망가자 갑자기 영웅 도련님이 그 남자를 뒤따라 달렸다. 주인이도 눈을 한번 번뜩여 주더니 덩달아 뛰어나간다. 갑자기 밀쳐져 정신 못 차리던 나는 다행히 특별한 부상은 없는 듯하다. 멀리 사라져 버린 날 밀친 남자와 나의 추종자들(?) 나를 밀쳤다는 이유만으로 도망자가 되어버린 그 남자의 명복을 빌어보는데… 순간 기분이 살짝 나빠지려고 한다. 나 때문에 주인이와 영웅 도련님은 남자를 쫓아갔는데 나의 남편이라는 작자는 무엇을 하고 있단 말인가?! -_-^ 한참 흐뭇한 미소를 흩뿌리고 있던 나는 남편의 행동에 화가 나 남편을 향해 홱!! 돌아보았다. 순간 민망함이 몰려온다. 한참 전부터 등이 따뜻하고 푹신하다는 것을 이제야 눈치 채는 나. 내 등 뒤에는 밀려서 넘어지려는 나를 온몸으로 받아내며 딱딱한 대리석 재질의 벽과 만만찮은 무게의 '나' 사이에 눌려 비명조차 못 지르고 표정이 일그러진 남편이 보인다. +_+ 재빨리 남편에게서 떨어지는 나. 그리곤 왠지 미안해서 한마디 건넸다.

"괘, 괜찮아요?"

"괜찮아 보이냐!"

물어본 내가 바보였다. 나를 보며 독하게 한마디 하는 남편. -_-;; 하지만 일은 이미 벌어졌고 어찌 아픔을 달래줄 방법도 없으므로 남

편이 휘두를지도 모를 폭력에 대비해서 은근슬쩍 세 걸음 정도 물러
났다. -_-; 잠시 뒤, 여전히 투덜대는 남편과 내 눈에 건물 밖으로 사
라졌던 주인이와 영웅 도련님이 나타났다. 뛰어나갈 때의 날쌨던 모
습은 간데없이 허탈한 걸음으로 터벅터벅 걸어온다.

"잡았어?"

남편은 주인이와 영웅 도련님이 보자마자 다급하게 물어본다. 그
러자 힘없이 고개를 저어 보인다.

"아니."

"차가 대기하고 있었나 봐요."

"현재야, 그놈이 확실해?"

남편의 물음에 도련님은 말없이 고개를 끄떡인다. 그러자 남편은
미간을 찌푸리며 생각에 잠긴다. 그때 주인이가 말을 이어간다.

"차가 기다리고 있었던 걸 봐선 계획된 게 아닐까?"

"계획적인 일이었다면 우리랑 마주치지도 않았겠지."

고개를 살짝 내저으며 대답하는 남편. 여기까지의 대화를 들은 나
는 나를 제외한 모두가 아는 대화 내용에 소외감을 느낀다.

"무슨 일인데요? 도대체 왜 나만 몰라요!!"

아무 말 없이 대화를 듣고 있던 내가 살짝 삐친 듯 말하자 남편과
주인이, 그리고 영웅 도련님은 동시에 나를 바라본다. 하지만 이들은
나를 바라보기만 할 뿐 아무 대답이 없다. 그러던 남편이 입을 연다.

"주인아, 현재랑 먼저 방에 가 있어. 내가 얘기할게."

"어, 그래."

남편의 말에 주인이는 영웅 도련님과 함께 방으로 올라간다. 그러자 남편은 나를 데리고 건물을 빠져나와 건물 뒤편으로 향한다.

우리가 도착한 곳은 전에 지누 씨를 만났던 그 해변. 어두워지기 시작하는 붉은 바다에는 갈매기들이 바다 위를 날며 고기를 잡고 있고, 멀리 보이는 통통배 한 척이 그림 같다. 바닷가를 거니는 몇몇의 연인들의 다정한 모습과 아이들과 함께 거닐고 있는 가족 여행객들이 행복해 보인다. 잠시 백사장에 앉아 바닷가의 행복한 모습에 취해 있을 때 남편은 어느새 내 옆에 나란히 앉는다. 정면을 응시하고 무언가를 생각하는 남편의 옆모습. 처음 보았을 때도 숨넘어가게 잘생겼다고 느꼈다. 하지만 지금 내 눈에 보이는 남편의 얼굴은 잘생겼다는 말만으로 표현하기에는 무언가 부족하다. 맘속에서 느껴지는 수많은 감정들을 잘 정리해 말로 표현해 내려니 쉽지 않다.

남편의 얼굴을 바라보며 잠시 생각에 빠져 있던 내게 살짝 웃어 보이는 남편. 더는 아니라고 말하기가 민망한 남편에 대한 내 마음. 처음보다 많이 친해진 우리 사이, 그리고 나에게 좀 더 친근해진 남편의 태도. 순간 남편도 나를 좋아한다는 고백이 떠올랐다. 나는 지금 내 생애 최고의 용기를 내본다. 은근슬쩍 옆에 앉아 있던 남편의 어깨에 미끄러지듯이 기댔다. 잠시 망설이는 듯이 보이는 남편은 잠시 뒤 내 어깨를 살짝 감싸 안아준다. +_+ 암암리에 서로의 마음을 확인하는 우리… 그렇게 서로의 체온을 느끼며 말없이 앉아 있었다.

띠리리디디리리이리~

갑자기 울리는 남편의 전화 벨소리에 화들짝 놀라는 우리. -_-;;

그 순간 자세가 흐트러지고 서로 각자의 머리와 옷매무새(?)를 매만져 본다. 그리고 남편은 짜증난 듯 한쪽 눈썹을 치켜세우고는 거칠게 전화를 받는다.

"누구야!!"

빨리 누군지 말하지 않으면 씹어 먹을 것 같은 남편의 목소리. 전화를 건 상대방이 잠시 움찔하는 듯하다. -_-;; 하지만 계속되는 대화를 보니 전화를 건 사람도 대단한 용기를 가진 사람임에 틀림이 없다. +_+

"어, 형수랑 얘기하는 중이야!! 금방 들어갈게!! 끊어!!"

그리곤 최대한 간결한 통화를 마치고 전화를 받을 때처럼 거친 목소리로 전화를 끊고 나를 바라보는 남편. 그러더니……

"야, 다시 기대!!"

다시 나를 끌어당겨 어깨에 기대게 하는 남편. 무방비 상태였던 나는 그대로 남편의 어깨에 다시 기댔다. =__= 그리곤 처음처럼 내 어깨에 팔을 두르는 남편. -_-;;

"지금부터 내가 하는 얘기 잘 들어……."

갑자기 심각해진 남편의 목소리. 내 어깨를 감싼 남편의 손이 살짝 떨림을 느낀 나는 지금부터 남편이 하려는 얘기가 장난이 아님을 느끼고 조용히 남편의 말에 귀를 기울인다.

"전에 서재에서 봤던 사진 있지?"

"오빠랑 쌍둥이였던 분이랑 찍은 사진이요?"

"그래. 두 명 중 한 명은 쌍둥이였던 나랑 민재, 한 명은 현재, 그리고 한 명은……."

남편은 말을 이어 나가다 마지막 한 명에서 잠시 숨을 고른다. 그리고 천천히 하지만 정확하게 말을 이어 나간다.

"한지누야……."

"네? 지, 지누 씨요?"

남편의 얘기에 화들짝 놀라 남편에게 다시 물었다. 말없이 고개를 두어 번 끄덕이는 남편. 그렇다면 어릴 때부터 지누 씨와 남편의 형제들은 사진을 같이 찍을 정도로 친했었다는 것인데… 지금의 이들의 사이를 생각해 볼 때 상상하기 힘든 일이다.

"처음부터 우리가 사이가 안 좋았던 건 아냐. 지누는 내가 일곱 살, 현재가 네 살 되던 해에 한 비서가 입양한 아이지."

"이, 입양이요? 한 비서 아저씨요? +_+"

남편의 말이 이어질수록 놀라운 사실들에 경악을 금하지 못한다. 남편은 나를 감싸 안은 손에 조금 힘을 주며 계속 이야기를 풀어 나간다.

그날 어머니는 민재와 나의 유치원 입학 기념으로 정원에서 사진을 찍어주신다고 하셨다. 나와 민재는 신이 나서 어머니의 말에 따라 유치원 복과 모자, 그리고 가방까지 챙겨 들고는 동생 현재까지 데리고 정원으로 뛰어나갔다. 그런데 너무 신이 난 나머지 우리보다 작은 현재를 생각하지 못하고, 현재의 손을 잡고 마지막 남은 계단 두 칸을 뛰어내리고 말았다. 그 탓에 현재는 그만 잔디가 막 돋아나기 시작한 정원에 그대로 머리부터 곤두박질치고 말았다.

"으앙!! 으앙!!"

목이 터져라 울어버리는 현재. 아버지와 어머니가 카메라를 가지러 들어가신 사이 두근거리는 가슴으로 빨리 현재를 진정시켜야 했다.

"현재야, 울지 마."

민재가 먼저 현재를 달래고 얼러보았지만 현재는 좀처럼 울음을 멈추지 않았다. 오히려 더 크게 울기 시작한다. 괘씸한 녀석. -_-^ 할 수 없이 민재와 나는 아끼던 유리구슬을 한 개씩 현재에게 줬다. 그러자 어려서는 무척 영악했던 현재는 울음을 뚝!! 멈추면서 구슬 두 개를 주머니에 챙기곤 배시시 웃어 보인다.

우리가 안심을 하며 한숨을 돌리고 있을 때 어머니와 아버지가 카메라를 가지고 나오셨다. 그리고 우리는 어머니와 아버지가 시키는 대로 정원에서 가꾸던 꽃 앞에 자리를 잡았다. 각각 한 명씩 독사진을 찍고 둘, 혹은 셋이서 사진을 찍었다. 그리고 막 어머니와 사진을 찍으려고 하는데 대문이 열리며 한 비서 아저씨가 들어온다.

"아저씨~"

유난히 한 비서 아저씨를 좋아하던 민재가 아저씨의 모습이 보이자 아저씨에게 뛰어가 안겼다. 나 역시 아저씨와 친했던 민재가 부럽기도 해서 아저씨를 향해 뛰어가 아저씨의 다리에 매달렸다.

"성재야, 잘 있었니?"

"네~ ^0^"

아저씨는 샘 많은 어린 나의 맘을 아시는 듯 나를 향해 환하게 웃으며 인사를 해주셨다. 그런데 아저씨 뒤에 가려 잘 안 보이던 작은 물체가 보인다. 아저씨 등 뒤에서 아저씨의 옷자락을 잡고 있는 내 또래의 남자 아이. 수줍음 많아 보이는 아이는 아저씨 뒤에 숨어 좀처럼 얼굴을 보여주질 않는다. 나는 아저씨 뒤로 돌아가 남자 아이를 바라보았다.

"안녕!! 난 성재야, 이성재!!"

내가 먼저 그 아이에게 인사를 하고는 손을 내밀었다. 아이는 수줍은 듯 계속 아저씨 뒤에 숨어 나를 바라보다가 한 비서 아저씨를 한번 쳐다본다. 아저씨는 웃으며 아이의 등을 토닥여 주신다. 그러자 아이는 살짝 미소를 지어 보이더니 내 손을 잡는다.

"이 아인가 보군, 한 비서."

"네, 오늘 데려왔습니다."

"아이가 참 똑똑하게 잘생겼네요. ^^"

그 아이와 내가 인사를 하자 어른들은 신이 난 듯 누가 먼저랄 것도 없이 저마다 한마디씩 하신다. 나는 어른들이 말씀하시는 사이 그 아이를 민재와 현재에게 데려가 인사를 하게 했다.

"애들아, 사진 찍자~"

어느새 말씀을 끝내시고는 어머니가 우리 곁으로 다가온다. 그리곤 그날 처음 만난 기념으로 우리는 그렇게 사진을 찍었다. 지누는 그렇게 자연스럽게 친구로 받아들여졌다. 그날 이후 지누는 거의 매일 우리 집에 놀러와 또래였던 우리와 형제처럼 지내게 되었다. 그렇게 친했던 우리가 멀어지기 시작한 때는 우리가 철이 들면서부터였을 것이다. 철이 들면서 많이 방황했던 나는 말투나 성격이 곱지 않았다. 누구에게나 반말을 했고, 주먹이 앞섰다.

그러던 어느 날 나는 평소처럼 아무 생각 없이 한 비서에게 반말을 하면서 화를 내고 있었다. 그런데 지누가 그 장면을 목격해 버렸다. 그때까지도 한 비서는 한 비서일 뿐 지누의 아버지라는 인식이 없었던 내게 그날 지누의 표정은 정말 충격이었다. 나는 여러 차례 지누에게 사과도 해보고 약속도 해보았지만… 지누는 내 사과를 받아주면서도 그날 이후 우리와는 좀처럼 어울리지 않았다. 그렇게 우리는 서로 모르는 사람처럼 무관심하게 시간을 보내고 고등학생이 되었다.

남편은 잠시 말을 멈추고 내 어깨에서 손을 내리더니 주머니에 있던 담배 한 개비를 꺼내 물고 불을 붙인다. '담배를 피우면 폐가 썩어요!!' 라고 외치고 싶지만 떠올리기 싫은 과거 때문인지 남편의 표정이 많이 힘들어 보이기에 참기로 한다. 한참을 그렇게 남편의 힘들어 보이는 모습을 바라보다가 작은 힘이라도 되어보려고 남편의 손을 살며시 잡아보려는데 갑자기 남편은 담배를 백사장에 비벼 끄며 말을 이어간다.

"괜한 얘길 많이 했다."

백사장에 담배를 비벼 끄며 아직 들어야 할 게 많은 나의 호기심을 자극하기만 하고 더 이상 이야기하지 않는 남편. 갑자기 말을 돌린다.

"어쨌든 중요한 건 아까 그 남자 말인데……."

남편은 사뭇 걱정스런 표정으로 이야기를 시작한다.

"전에 너 골목에서 현재가 구해줬던 적 있지?"

"네."

"그리고 저번에 화장실에서… 한지누가……."

"네……."

남편은 떠올리기 싫었던 기억들을 하나하나 곱씹으며 떠올리게 하더니 잠시 생각을 하고 다시 말을 이어간다.

"아무래도 동일 인물인 것 같아."

"누, 누가요? 골목길 변태랑 화장실 복맨??"

"그리고 아까 그 엘리베이터 남자까지……."

"네에?!"

남편의 말에 깜짝 놀란다. 골목길의 변태랑 화장실 복맨, 그리고 엘리베이터 남자가 모두 한 사람이라니……. -_-;; 그리고 보니 목소리라든지 힘이라든지 하는 전체적인 행동과 실루엣들이 비슷한 것도 같다. 그런데 남편은 그걸 어떻게 아는 거지? 그리고 갑자기 꺼낸 과거 속의 지누 씨는 무슨 관계지? 갑자기 머리 속에 수많은 생각이 소용돌이친다. 남편은 금방이라도 머리가 터질 것 같은 나를 눈치 챈 것인지 얼른 말을 이어간다.

"예전에 골목에서 현재가 널 구해줬을 때, 그때 그 변태 놈의 얼굴을 정확하게 본 모양이야. 그래서 다시 마주쳤을 때 어디선가 본 것 같은데 순간적으로 기억이 안 났었나 봐. 나중에야 우연히 한지누와 함께 있는 걸 보고 얼굴을 기억해 냈어. 그래도 잘못 본 걸 수 있다고 생각하고 그냥 넘어 가려고 했는데… 약혼식 날 다시 너한테 그 복면 한 놈이 나타났고, 기다렸다는 듯이 한지누가 나타나서 너를 구해줬지. 그게 너무 이상했어. 또 이번에도 갑자기 온 제주도에도 또다시 그 남자가 나타난 거야. 그것도 한지누와 함께……."

너무 놀랍고 황당한 이야기. 남편 말대로라면 지누 씨가 일부러 내게 나쁜 짓을 꾸미는 것이 아닌가. 가만히 생각을 해보니 골목길에서 봉변을 당할 뻔한 날도 그리 멀지 않은 곳에 지누 씨가 있었고, 약혼식 날도 정말 정확한 타이밍에 나를 구해준 건 지누 씨였다. 그리고 갑자기 오게 된 제주도에서도 지누 씨를 볼 수 있었다. 지금까지 내가 위험할 때마다 나타나서 나를 구해주었기에 지누 씨를 '정의의 사도'로 여기던 내게는 정말 충격적인 일이다. 하지만 지누 씨가 하필 내게 왜 그런 행동을 할까 하는 의문이 생겼다.

"하지만 왜 하필… 나를……."

왠지 답을 알고 있을 것 같은 남편에게 물었다. 남편은 잠시 또 생각에 잠기더니 이내 대답을 한다.

"그건… 네, 네가 내… 여자라고 생각해서일 거야……."

"오, 오빠의 여자요?"

남편의 입에서 나온 '내 여자'라는 말이 몹시 설레게 한다. 순간 벌어지려는 입에 억지로 힘 주어 참는다. 그런 나의 행동을 눈치 채지 못한 듯 남편은 다시 말을 이어간다.

"내가 가족이 아닌 누군가에게 맘을 연 건… 세림이가 처음이었
어."

'처음 마음을 연 사람'이라니… 이미 알고는 있었지만 이렇게 면
전에다 대놓고 하다니… 나는 남편에게 짜증난 목소리로 말했다.

"갑자기 세림 언니는 왜요!!"

나의 예민한 반응에 남편은 살짝 놀란 듯 고개를 돌려 나를 본다.
나 역시 남편의 눈빛에 대항하기 위해 눈에 불을 켜고 남편의 눈을
노려본다. 그런데 남편도 내 반응이 재밌는 듯 미소를 보이며 말을
이어간다. -_-^

"세림이는… 정말 예뻤어. 나한테도 잘하고, 성격도 좋고, 착했
지……."

으득!! -_-^

아직도 미련이 남은 듯한 남편은 계속 박세림을 칭찬하는 말을 한
다. 점점 기분이 나빠지는 나. 게다가 왠지 몽롱해진 남편의 표정, 더
이상 참지 못한 나는 자리에서 벌떡 일어나며 외쳤다.

"그렇게 착하고 좋은 여자면 놓치지 말지 왜 놓쳐요, 왜!!"

버럭 화를 내주고는 돌아서려는 남편은 앉은 자리에서 재빨리 손
을 뻗어 내 팔을 잡는다. 안 그래도 잘 넘어지는 나는 그대로 남편 쪽
으로 넘어졌다. 그러자 얼굴에 한가득 웃음을 뿌리며 나를 안전하게
잡아내는 남편. 이젠 익숙해질 만도 한 남편의 가슴팍인데… 남편에
게 안기듯 쓰러진 나는 또다시 떨린다. =__= 두근거리는 가슴 때문
에 내가 화가 났다는 사실을 잠깐 잊었지만 남편이 꺼내는 말에 다시

정신이 번쩍 든다. +_+

“야, 삐쳤냐? ㅋㅋㅋ”

남편의 웃음 짓는 표정과 말에 그제야 남편이 박세림을 이용해 나를 놀렸다는 걸 알아챘다. 화가 나서 남편을 심하게 밀치고 일어선다. 하지만 또 남편에게 잡히는 망할 놈의 내 손목!!

“야, 그냥 해본 소리야. ㅋㅋㅋ 뭘 삐치냐, 그런 걸로. ㅋㅋㅋ”

“놔요!! 그리고 누가 ‘야’ 예요!! 민주요, 민주!! 그리고 삐치긴 누가!!”

붉어진 얼굴로 잔뜩 약이 올라 소리 지르는 나를 지긋한 눈으로 한참을 바라본다. 나 역시 질 수 없어 남편을 노려보았다. −_−^ 어두워지는 바닷가에서 손에 손을 맞잡고 서로를 노려보는 남편과 나. 한참을 노려보던 남편은 끝내 미소를 보이며……

“삐치지 마. 넌 웃는 게 예뻐. ^^ 하하하하.”

웃는 게 예쁘다는 말을 남기고 미친 듯이 웃어버리는 남편. 자기도 스스로 민망했는지 잡고 있던 손을 놓아버리고 나무토막처럼 뻣뻣하게 걸어간다. 나 역시 남편의 말에 얼굴 근육이 여름날 엿가락 늘어지듯이 늘어지며 나도 모르게 배시시 웃어버리는 형상이 된다. −_−;; 예쁘다는 말… 남편에게선 처음으로 듣는다. 하지만 다시 생각해 보니 ‘웃는 얼굴에 침 못 뱉는다’는 옛말이 떠오르면서 웃는 게 안 예쁜 사람이 있을까라는 생각이 든다. −_−^

“여민주, 빨리 와!!”

어두워진 바닷가에서 백사장을 노려보며 ‘예쁘다’는 말에 대해 깊이 생각에 빠져 있던 나였지만 나를 부르는 남편 목소리에 몸을 돌려 남편이 있는 쪽으로 경쾌하게 발걸음을 옮겼다. 남편과 방으로 향하는 길, 하지만 여전히 무언가 듣다가 만 것처럼 찜찜하다. 그때 남편이 닫혔던 입을 연다.

"앞으로 한지누랑 될 수 있으면 연결되지 마……."

갑자기 가던 걸음을 멈추고 말하는 남편. 하지만 지누 씨 얘기를 하는 질투가 섞인 듯한 남편의 목소리에 나의 장난기가 살짝 발동한다. +_+

"왜요? 난 지누 씨 좋은데. 그리고 증거도 없잖아요, 다 짐작이지."

몸을 비비 꼬며 놀리듯이 말하자 금방이라도 나를 잡아먹을 듯한 이글거리는 눈으로 나를 노려보는 남편. 하지만 멈추지 않는 나의 장난. =__=

"게다가 얼마나 친절한데요~ 말도 곱게 하고, 잘 챙겨주고, 게다가……!!"

퍽!!

몸을 비비 꼬며 말하던 나를 살짝 밀며 벽에다 나를 갖다 붙이는 남편. 나는 꼼짝도 못한 채 남편의 양팔 사이에 갇혔다. 그러자 약간 거만한 눈빛으로 나를 내려다보는 남편. 하지만 거만함 속에는 여전히 '질투'라를 소심함이 느껴진다. =__=

"너, 한지누가 그렇게 좋아?"

"누가 좋데요? 친절하고, 고맙다는 거지……."

남편의 살짝 굳어진 표정으로 내게 물었지만 난 살짝 미소 띤 얼굴로 대들었다. −_−;; 그러자 남편은 약간 어이없는 듯,

"내가 진짜… 아유, 어이가 없어서……."

남편은 자신의 행동에 어이가 없는 것인지, 아님 나의 행동이 어이가 없는 것인지 여전히 나를 자신의 팔 안에 가두고는 여기저기를 노려보며 흥흥거린다. −_−;; 남편의 질투하는 표정을 보며 나도 비슷하게 표정이 변해가고 있을 무렵 갑자기 미소가 사라진 원래의 남편의 표정이 된다. 그러더니 나를 묘한 눈빛으로 쳐다보는 남편.

"여민주……."

"왜, 왜요!! −_−;;"

남편의 눈빛에 살짝 쫄아 순간 나는 말을 더듬는 실수를 범해 버렸다. 나의 페이스가 흔들릴지도 모르는 위기일발의 순간!! 조금씩 얼굴을 내 쪽으로 가까이 하며 여전히 묘한 눈빛의 남편이 말한다!

"내가 너를 어떻게 하는 게 좋겠니?"

"뭐, 뭐를 어떻게 해요!! o_O"

남편의 얼굴이 가까워 올수록 이전과는 다른 압박. 이전에는 그냥 남편이 무서웠다면… 지금은 남편의 표정이 섹시하다. +_+ 그런 남편의 표정에 완전히 페이스가 휘말리며 남편에게서 헤어 나오기 위해 노력해야만 했다.

"너… 왜 자꾸 나를 도발하는 거냐? 응?"

"도, 도박이요? 제가 무슨……."

남편은 더 뜨거운 눈빛으로 나를 보며 점점 내 얼굴 쪽으로 조금씩

다가온다. 점점 다가오는 남편의 섹시한 얼굴에 정신이 없는 나. 어찌할 바를 모르고 고개를 이리저리 돌려보는데… 어느새 코앞까지 다가온 남편의 얼굴에 놀라 눈을 질끈 감아버렸다. X_X 무언가 입술에 닿을지도 모른다는 기대감에 숨을 멈추고 기다렸지만 한참이 지나도 아무 일(?)도 일어나질 않는다. 그러더니 갑자기 내 귀에 들리는 남편의 목소리.

"'도발' 이라구… '도발' ……."

남편의 말에 너무 창피한 나는 감았던 눈을 확 뜨며 말했다.

"왜 장난하고 그래… 읍……!! o_O"

순간 남편의 입술이 내 입술에 닿는다. 모든 것이 정지해 버린다. 너무 가까워서 보이지 않는 남편의 얼굴만이 흐릿하게 보이는 것도 같다. 시간이 어느 정도 지나자 비워진 머리 속에서 한 가지 생각이 떠오른다.

'내가 남편이랑 지금 뭐, 뭐 하는 거지…….'

스스로에게 아무리 물어보아도 대답은 하나, 나는 지금 남편과 키스하는 중이시다!! +_+ 순간 시계소리처럼 들리던 내 심장 소리는 비행기 엔진 같은 굉음을 내며 터져 나갈 듯 심하게 날뛴다. +_+ 갑작스러운 남편의 키스에 정신이 없는 나. 처음 하는 키스가 아님에도 불구하고 남편의 키스는 지금까지와는 차원이 다른… 가슴을 울렁이게 하고 들뜨게 하는 느낌이다. +_+ 처음엔 놀라서 움찔하며 남편을 밀어내 보려 했지만 남편의 힘을 이기지 못한 건지, 아님 남편의 키스가 좋았던 건지 그저 눈을 꼭 감고 남편의 하는 대로 가만히 두고 보기로 한다. -_-;; 처음에 너무 놀라 느껴지지 않았던 남편의 키스, 조금씩 정신이 들면서 부드럽기도 하고 간지럽기도 한 남편의 입술이 내 입술에 닿는 느낌이 생생하다. +_+ 때론 아이스크림을 핥아먹듯이 입술에 닿는 남편의 혀가 조금은 짐승같이 느껴지기도 한다. 이젠 슬슬 키스를 즐기고 있는 나. =__= 남편이 자꾸만 내 입술을 간질이는 바람에 자꾸만 움찔거리며 웃음이 나려는 걸 억지로 참고 있다. -_-;; 남편은 내가 인상을 쓰며 입술에 힘을 주자 갑자기 멈칫하더니 입술에 뗀다. 순간 둘 사이에 침묵만이 가득 찬다.

"내가 키스해서 싫어?"

휘~익!! 휘~익!!

아차차!! 또 빨랐다. -_-;; 남편의 질문에 너무 빨리, 그리고 거세게 머리를 흔들어 버렸다. 나의 행동을 후회하며 머리를 쥐어박고 있을 때,

"그럼 키스 처음 하냐?"

남편의 계속되는 황당 질문 퍼레이드. -_-;; 나와 주인이의 썸씽(?)을 이미 알고 있는 남편이 아닌가. 하지만 그렇기는 해도 방금 퍼스트 키스를 끝낸 면전에 대구 '에이~ 당신의 베스트 프렌드 주인이랑 했던 거 알잖아요'라고 말할 수도 없는 노릇이지 않은가. 한참을 고민하던 나는 남편의 얼굴을 쳐다보지도 못하고 가만히 고개를 끄떡이며 뻥을 쳐보았다. 그러자 남편은 고개를 갸우뚱하면서 나를 바라본다. -_-;;

"너 전에 주인이랑 했다며!! -_-+"

　이 시점에서 나는 알면서도 묻는 놈이 나쁜 건지, 사실을 알고 있는 놈에게 뻥을 친 내가 미친 건지 하는 소박한 의문이 생긴다.

　"아, 알잖아요!! 그건 주인이가……."

　궁지에 몰리면 쥐가 고양이를 문다고 남편에게 뻥치다 걸린 나는 남편의 얼굴을 똑바로 보면서 고개를 쳐들고는 주인이의 일방적인 행동임을 주장해 본다. 그런데 어이없게도 어느새 알고 있다는 듯한 표정의 남편은 내 눈을 똑바로 바라보며 웃고 있다. -_-;; 순간 남편에게 놀림당했다는 사실에 얼굴이 붉어지는 나. 하지만 왠지 남편의 얼굴을 똑바로 볼 수가 없어 다시 고개를 숙여 버렸다. 왜냐하면 방금 전에 저토록 섹시한 남편의 입술이 내 입술에 닿았다는 상상만으로도 몸서리가 쳐진다. +_+ 그때 누군가를 죽이겠다는 남편의 말이 들린다.

　"다른 남자랑 키스하면… 죽는다."

　하지만 좀처럼 이해가 되질 않는다. 다른 남자랑 키스하면 나를 죽인다는 것인지 그 남자를 죽인다는 것인지, 그것도 아님 느낌이 죽인다는 것인지. 쿨럭. 남편 말에 살짝 질문을 던져 본다. -_-;;

　"뭐, 뭘 죽여요?"

　"너랑 그놈 둘 다."

　"딸꾹!!"

　간단하고 명료하며 재빠른 남편의 대답에 나는 바로 입을 닫았다. -_-;; 확실히 느낌이 죽이지는 않는 것 같다.

　어쨌든 날 죽이겠다는 무서운 남편의 대답에도 불구하고 왠지 풀이져 버리는 내 얼굴 근육을 남편에게 들킬세라 여전히 나를 가두고 있는 남편의 팔을 빠져나와 부끄러운 몸짓으로 폴짝폴짝 뛰어서 방으로 향하려 했다. 그러나 남편이 재빨리 나를 잡아채 다시 팔 안에 가둔다. 다시 좀 전의 상황이 되풀이되려는 것 같다. 왠지 모를 기대 감에 마른침을 꼴깍!! 삼키며 살짝 입술에 침을 묻혀본다. 남편은 그런 나를 지그시 바라보더니 얼굴을 다시 한 번 내게로 가까이 가지고 온다. 그러고는 아까 같은 행동을 한다. +_+

"너… 표정 진짜 웃겨……. ㅋㅋㅋ"

남편은 갑자기 내 표정이 웃긴다는 말을 남기고 바닥을 뒹굴며 웃기 시작한다. -_-^ 남편의 행동에 살짝 기분이 상한 나는 바닥을 구르는 남편을 두고 먼저 방으로 들어와 버렸다. 방으로 들어서자 주인이가 맥주를 마시고 있고, 영웅 도련님은 콜라를 마시는 모습이 눈에 들어온다. 방으로 들어서는 나를 보자 주인이가 나를 향해 소리를 지른다.

"한지누 피해 다니라는 얘기가 뭐 이렇게 오래 걸려!!"

"시끄러!! 들어왔으면 되는 거 아냐?"

"야!! 뭐 묻었다!! +_+"

주인이의 말에 놀라 입술을 가렸다. 그러자 주인이가 미소를 씨익 지어 보인다. 주인이의 미소를 보자 뭔가 안 좋은 느낌이 든다. -_-;; 그 순간 현관문이 열리면서 남편이 들어온다. -_-;; 하지만 여전히 남편의 입술을 향하는 내 시선. +_+ 촉촉하고 붉은 편의 입술은 섹시하기만 하다. o_O

"야, 이성재 넌 왜 입맛을 다시냐??"

아무 생각 없이 방으로 들어서던 남편은 주인이의 말에 살짝 당황하더니 입술을 가리고 있는 나에게 눈빛을 있는 대로 쏴댄다. 마치 내가 지랑 키스했다고 떠벌린 양 취급해 버리는 남편.

"뭘 그렇게 봐요!! 나 아무 말도 안 했어요!!"

"근데 주인이가 어떻게 알아!"

"저놈 무당이에요!! 진짜 잘 맞춰요!!"

"말이 된다고 생각해!!"

"오빠가 먼저 키스해 놓고 왜 나한테 신경질이에요!!"

남편과 나의 말싸움은 마침내 우리가 늦게 들어온 것만으로 넘겨 짚기를 했던 주인이의 사악한 계략에 빠져 스스로 키스했음을 시인해 버리고 말았다. -_-;; 키스라는 말에 놀란 영웅 도련님은 입에 물고 있던 콜라를 뿜어댔고, 주인이는 소파를 뒹굴며 웃기 시작했다. 순간 남편과 나의 얼굴이 벌게진다. 나는 왠지 사고칠 것 같은 남편을 피해서 방으로 들어와 버렸다. 내 방문이 닫히자마자 거실에서는 무언가가 날아오르는 소리가 들린다. 그리고 지독한 고통을 호소하는 신음 소리와…….

"형아, 참아요!! 주인이 형 죽어요!!"

너무 애절한 영웅 도련님의 목소리도 들린다. -_-;; 하지만 이 모든 소리를 무시한 채 홀로 화장대 앞에 앉아서 입술을 매만지며 거울을 보고 있는 나. 아까는 정신이 없어서 몰랐지만 드디어 좋아하는 사람과 첫키스를 했다. 첫키스라는 거 별 느낌 없다고들 하는데 거짓말이다. 가슴이 그렇게 미칠 듯이 뛰는데 어떻게 별 느낌이 없을 수가 있단 말인가. -_-;; 거기에 촉촉하고 부드러운 입술의 감촉. 아름다운 남편의 얼굴과 귀여운(?) 나의 얼굴이 맞닿자 한 폭의 그림처럼 떠오른다. =__= 정신을 못 차리고 좀 전의 상황을 상상하다 남편이 내 표정에 대해 말한 것이 생각난다. 나는 거울에 비친 내 모습을 확인해 보기로 했다. 남편과 키스하던 그때 표정을 똑같이 연출하고는 가늘게 눈을 떠 거울 속 내 표정을 확인했다. 순간 나는 절망해야 했다. 상상했던 귀여운 나의 얼굴과는 달리 바보처럼 코가 벌렁거리고, 얼굴을 붉게 상기되어 있고, 닭똥집처럼 퉁퉁 부어오른 입술을 동글게 말아서는 쭈~욱 내밀고 있는 너무나 바보 같은 모습. T_- 그렇게 고개를 숙이고 거울 앞에서 절망하고 있을 때 어느새 조용해진 거실에서 영웅 도련님이 부르는 소리가 들린다.

"형수님, 이제 나오세요!! 나와서 같이 TV 봐요!"

사랑스런 영웅 도련님의 목소리에 얼굴을 가다듬고(?) 거실로 나간다. 언제 싸웠냐는 듯이 소파 위에 나란히 앉아서 키득거리고 있는 남편과 주인이. 하지만 처절했던 상황을 말해 주는 피 묻은 휴지들과 아직까지 눈물에 젖어 있는 영웅 도련님의 눈동자가 보인다. 그런 영웅 도련님이 안쓰러워 그 옆으로 가 앉았다. 마침 TV에서는 연예 정보 프로그램이 한창이었다. 제주도로 촬영을 떠난 영웅 도련님과 박세림에 대한 독점 보도를 해준다고 떠들고 있다. -_-;; 순간 남편을 향해 눈을 돌렸다. 그런데 남편도 나를 본다. 그리고는 나를 향해 눈을 '찡긋' 윙크를 하는 남편. +_+ 너무 놀란 나는 얼굴을 TV 쪽으로 돌렸다. 리포터를 비추던 카메라가 어느덧 촬영이 한창인 촬영장을 비추며 계속해서 옷을 갈아입으면서 촬영을 하던 박세림과 영웅 도 련님은 촬영 틈틈이 인터뷰에 응하면서 환한 모습을 보여준다. 자꾸 만 웃으면서 말하는 박세림의 모습이 보기가 싫어진다. TV에서 눈을 돌린 나는 손을 뻗어 맥주 캔을 집었다.

"오~ 여의주, 술 마시게?"

오랜만에 들어보는 여의주. -_-;; 내가 맥주 캔을 집자 나를 보며 히죽거리는 주인이. 그런 주인이를 째려보며 맥주를 단숨에 들이켰 다.

"크~으~윽!!"

온갖 요란한 소리를 내며 맥주를 마시는 나. 탄산은 목을 따갑게 하며 몸속으로 흘러가 뇌에까지 도달해 머리 속을 띵~ +_+하게 울 린다.

"오~ 여의주 술 많이 늘었네?? ㅋㅋㅋ"

"시끄러. 넌 좀 TV나 봐. -_-;;"

나를 부러운 눈빛으로 바라보는 영웅 도련님과 술이 늘었다고 입 술에 침이 마르게 칭찬하는 주인 쉐이. 이들 사이에서 내게 시선을 고정시킨 채 맥주 한 모금을 삼키는 남편은 TV 속 박세림이 아닌 나 를 보고 있다. 남편의 눈빛에 움찔하며 다른 맥주를 집어 들고는 또 다시 원샷. =__=

"형수님, 천천히 마셔요."

나를 걱정하며 한편으론 부러운 듯 한마디 하는 영웅 도련님.

"영웅 도렴임!! 걱정 마쉐여!! 저 양주 더 먹어봐떠여!! +口+"

순간 주인이는 쿠션으로 얼굴을 가리고 소파를 뒹군다. 영웅 도련님은 나를 보며 살짝 미소를 지어 보이는 듯하다. 난 손에 들려 있던 맥주를 마지막 한 방울까지 깨끗하게 마시고 벌떡 일어나 내가 자야 할 방으로 들어가서 이불을 뒤집어쓰고 침대에 누웠다. 너무 어지럽고 얼굴에서 열이 난다. 무거워지는 눈꺼풀에 나는 잠시 눈을 감고 침대에 누워 있기로 했다.

"이성재, 천천히 마셔. 너 벌써 여섯 캔째야!"

"됐어!! 내가 그거에 무너질 것 같아?"

"형아, 그만 마셔요!"

"자식, 너나 마시지 마! 넌 콜라도 취해……."

밖이 시끄럽긴 하지만 목소리와 웃음소리가 즐겁게 들린다. 눈을 떠보고 싶지만 너무 피곤하다. 그때 남편의 주인이를 부르는 목소리가 들린다.

"야, 임주인!!"

"왜, 이성재. ㅋㅋㅋ"

"웃지 말고 잘 들어……. 미안하다……."

순간 남편의 말에 나조차도 당황한다. 그리고 침묵이 흐른다. 갑자기 남편은 평소에는 잘 하지 않아 사람들을 민망하게 하던 말을 아주 큰 소리로 외친다. +_+

"야, 너 취했냐? 그만 마셔."

침묵을 깨며 주인이가 조금 낮아진 목소리로 말한다.

"주인아… 미안해……."

남편은 다시 한 번 주인이를 부르며 미안하다고 한다. 도대체 뭐가 미안한 건지 남편을 다그쳐 물어보고 싶지만 지금 나는 너무 졸리고 눈을 뜨기가 힘들다.

누군가 조심스러운 손길로 나를 들어 올린다. 그리고 잠시 하늘을 떠다니는 듯한 기분이 든다. 그리고 다시 포근한 어딘가에 나를 내려 놓는다. 순간 눈을 뜨고 싶지만 눈꺼풀에 붙어서 좀처럼 눈이 떠지질 않는다. 손으로 비벼 겨우 눈을 떠보니 여전히 침대에 누워 있는 나. 그렇다면 좀 전의 그 손길 꿈인가? 하지만 너무 선명했었는데…….

침대에 앉아 잠시 멍한 표정으로 있다 보니 어젯밤에 술을 먹었던 게 기억이 나며 동시에 두통과 갈증이 몰려온다. 물이라도 한 잔 마셔야 한다는 생각에 침대에서 빠져나와 부엌으로 나가서 냉장고를 향하는데 문을 나선 내 눈에 내가 쓰던 방 방문이 보인다. -_-;; 분명 방금 내 방에서 나왔거늘 어찌 뒤가 아닌 앞에 방문이 보이는 것일까? 별로 좋지 않은 예감에 뒤를 돌아보니 이곳은 남편과 주인이가 쓰던 방!! +_+ 잠시 놀란 마음을 진정시켜 본다. 그리곤 확인차 방문을 열고 침대 위를 보니… 결이 고운 머리칼을 베개에 뭉개며 웃통을 벗어 던진 남편이 보인다. 그렇다면 어젯밤 꿈이… 꿈이 아니라는 말인가?? 그럼 누가 나를 이곳으로 옮겼다는 거지?? 궁금함과 급한 마음에 침대 위로 뛰어올라 가 남편을 깨워보려는데… 웃통을 벗어 던지고 계신 남편의 몸에 쉽게 손을 댈 수가 없다. 게다가 몇 번 더듬어본 적도 있는 가슴팍이거늘 역시 떨린다. -_-;; 어쨌든 남편 가까이로 조용히 다가갔다. 남편의 자는 얼굴을 이렇게 가까이에서 보는 건 처음이다. 매끄러운 선으로 이루어진 이마, 짙은 눈썹, 긴 속 눈썹, 넘어가는데 반나절은 걸릴 것 같은 오똑한 콧날, 그리고 붉고 도톰한 입술. +_+ 누가 뭐래도, 어딜 내놔도 외모에서는 한 치도 밀림이 없는 남편. 이런 남편이 나를 좋아한다니 믿어지질 않는다. 난 내 볼을 꼬집어본다. 아침이라 부어서 그런지 잘 꼬집어지지도 않은 내 볼따구. -_-;; 할 수 없이 남편의 볼을 꼬집어본다. 하지만 힘 조절이 안 되어 남편의 볼을 꼬집어 뜯게 되는 나. 내 손이 볼에 닿자 눈을 번쩍 뜨는 남편. +_+ 공포 영화에서 관 속 시체가 번쩍!! 눈을 뜨듯이 남편은 눈만 번쩍 뜨고 나를 본다.

"아악!!"

"아씨, 왜 소리를 질러!!"

귀신같은 남편의 행동에 놀라서 뒤로 넘어가 버린 나. -_-;; 하지만 남편은 내 목소리에 더 놀라는 것 같다. 남편도 숙취에 머리가 아픈 듯 잠시 머리를 감싸고 생각에 잠긴다. 그리고 주위를 두리번거리던 남편은 상황 파악이 된 듯 나를 바라보며 말한다.

"네가 여기 왜 있냐? 응큼하게!!"

"나도 그게 궁금해요!! -_-;;"

잠시 놀라서 이성을 잃었던 나도 그것이 궁금해 남편을 깨우러 왔던 사실이 생각난다. 남편은 내 말에 별일 아니라는 듯 다시 침대에 누워버린다.

“민주야… 나 물 좀……."

아무렇지 않게 침대에 누워 물을 달라면서 목이 마른 듯 입술에 침을 묻히는 남편의 모습이… 굉장히 섹시하다. +_+ 그 표정에 얼마나 정신이 혼미해지는지 안 당해본 사람은 모를 것이다. 한동안 멍하니 서서 남편의 얼굴을 뚫어지게 바라보았다. 한참을 그러고 있자 살짝 기분이 나쁜 듯 나를 보는 남편. 순간 정신이 번쩍 든다.

“아, 물!! 잠깐만요!"

남편의 눈빛에 잽싸게 주방으로 뛰어나와 냉장고를 열려는데 냉장고 문에 익숙한 노란색 종이가 한 장 붙어 있다.

〈우리 아침 비행기로 먼저 서울 간다.〉

주인이의 필체인 듯 보이는 단정한 글씨. -_-;; 그렇다면 남편과 나를 버리고 심지어는 영웅 도련님을 데리고 서울로 올라가셨다는 얘기!! -_-^

“어? 주인이랑 현재 올라간 거야?"

내가 물을 가져오길 기다리던 남편은 그새를 못 참고 반바지 하나만 꼴랑 입은 지극히 도발적인 옷차림으로 나와 병째로 물을 들이킨다. 남편은 시원하게 물을 들이키더니 나를 지긋한 눈빛으로 한 번 노려봐 주고는 물병을 살짝 흔든다. 마시라는 말인 것 같다!! +_+ 오늘따라 이상하게 남편의 행동 하나하나에 정신이 자주 혼미해지는 나. -p- 남편에게 다가가 물병을 받은 후 벌컥벌컥 마셔 버렸다.

"우선 우리 아침부터 먹자."

내게 등을 돌린 채 말하는 남편을 바라보았다. 그 긴 팔을 위로 뻗어 올리며 스트레칭을 하고 있다. 그런데 남편 반바지의 허리 선 안쪽으로 하얀색의 무언가가 보이는데… 그것은!! 남편의 하얀 빤쮸였다!!

"푸~우~웁!"

나는 그대로 남편의 등에 입에 물고 있던 물을 뿜어버렸다. 하지만 스트레칭을 하다 물벼락을 맞은 남편은 천천히 뒤돌아 나를 본다. 그리고 눈에선 오랜만에 보는 레이저를 쏴대고 있다.

"너… 미쳤어!! 망나니야!! 왜 사람한테 물을 뿌리는 건데!!"

남편의 말에 갑자기 머리를 풀어헤치고 커다란 칼에 물을 뿜는 내 모습을 상상하니 의외로 어울린다는 생각에 잠시 슬퍼지려고 한다. ㅜ.- 하지만 그도 잠시 남편은 저벅저벅 내게 다가와서 하얀 무언가를 던지며 말한다.

"닦아!!"

널찍한 등을 들이밀며 말하는 남편. +_+ 깔끔한 근육이 숨어 있는 남편의 듬직한 등판에 또다시 이성이 마비되는 듯하다. -p- 지금이라도 남편의 등판에 얼굴을 부비부비하고 싶으나 그 후에 남편에게 변태 취급당할 것을 생각하니 맘이 싸~악 가신다. -_-;;

"안 닦냐?"

남편의 협박에 할 수 없이 떨리는 손으로 수건을 들어 등판을 닦는 나. 온갖 두려움에 등을 닦고는 있지만 그래도 수건 아래로 남편의 등판이 만져질 때마다 손끝이 찌릿찌릿하다.

"야, 간지러워!! 세게 빡빡 닦아봐!!"

남편의 말에 있는 힘껏 아래에서 위로 닦아냈다. 위아래로 닦다 보니 남편의 반바지 허리 선이 걸기적거린다 싶더니 내 의도와는 전혀 상관없이!! 아래로 흘러내리는 남편의 반바지. 순간 남편과 나는 둘 다 당황해서 그 자리에 경직되어 버렸다. 하지만 나보다 조금 더 놀란 남편이 먼저 정신을 차려 방으로 뛰어들어 가며 바지를 올려보지만 무릎께에서 바지가 걸리면서 거실 바닥을 나뒹굴었다. 하지만 몸의 아픔보다 정신적인 충격이 더 큰 듯 남편은 벌떡 일어나 아무 일 없다는 듯이 방문을 쾅 닫고 들어가 버린다. -_-;; 남편은 방으로 도망을 갔고 난 여전히 남편이 사라진 방문을 바라보며 멍청하게 서 있다. 햐얀색 스판형 사각 팬티와 오동통한 엉덩이. 으흐흐. +_+ 지금 이 순간의 모습을 카메라로 찍듯이 머리 속에 기억해 두기 위해 모든 힘을 쏟아본다.

남편의 빤쮸를 머리 속에 그려보며 화장실로 가 깨끗이 씻고 아침 먹으러 갈 준비를 했다. 그리고 서울로 돌아갈 짐도 미리 싸두었다. 모든 준비를 마치고 거실로 나오니 남편도 처음처럼 커다란 가방을 들쳐 메고 나갈 준비를 다 마친 후 기다리고 있다.

"뭐가 그렇게 오래 걸려!!"

남편은 나를 보자마자 소리부터 한번 질러주더니 밖으로 나가 버린다. -_-;; 조금 황당하긴 하지만 귀까지 벌겋게 변한 남편이므로 내가 조금 참아주기로 했다. 서로 아무 말 없이 식당으로 향하는 우리. 밥을 먹고 바로 공항으로 가 서울로 가야 한다. 내일부터는 학교에 좀 가줘야 하지 않을까 싶다. 먼저 식사를 마친 남편은 어디론가 전화를 걸어 한참을 통화를 하더니,

"3시 비행기야. 지금이 열 시니까 다섯 시간이나 남은 거네. -_-;;"

"그때까지 뭐 하고 있죠?"

남편은 내 말에 잠시 고민에 하는 듯하더니 바로 웃어 보이며 가방에서 카메라를 꺼내 살짝 흔들어 보인다.

"에이~"

사진을 찍기로 결정하고 남은 식사를 하는데 남편의 한탄 소리가 들린다.

"충전을 안 해서 못 찍겠다. 일회용이라도 사야겠다."

몇 번 찍지도 않은 카메라가 왜 벌써 약발이 떨어졌는지 모르겠지만 사진은 반듯이 찍어야 함으로 사진기를 사기 위해 편의점으로 향했다. 편의점에서 카메라를 사서 나오는데 편의점 입구를 따라 난 유일한 통로를 걸어 들어오는 유난히 눈에 띄는 남자와 여자. 순간 나보다 남편이 먼저 잠시 멈칫한다. 내가 알아봤는데 남편이 모를 리가 없다. 내가 그렇게 마주치지 않기를 바랐건만… 우리의 맞은편에서 너무나 다정하게 걸어오는 그 남녀는 다름 아닌 지누 씨와 박세림이었다. 행복한 표정으로 지누 씨를 바라보는 박세림, 그리고 귀여운 강아지를 보는 듯이 부드러운 지누 씨의 표정. 그렇게 두 사람은 우리가 앞에서 굳어짐을 의식하지 못했다. 바로 코앞까지 다가와서야 겨우 우리를 알아차린 그들. 잠시 멈칫하는가 싶더니 아무렇지도 않

은 듯 씽긋 웃으며 말하는 박세림.

"오빠, 아직 있었네. ^^"

박세림의 깡은 어디까지인가. -_-;; 연기자라서 그런지, 아님 성
격이 원래 뻔뻔한 건지 내 상식으론 이해되지 않는 행동을 서슴없이
하는 박세림. 이미 굳을 만큼 굳은 남편의 표정에도 아랑곳하지 않고
미소를 지으며 남편에게 다가와 나를 살짝 밀치고는 팔짱을 끼면서
인사를 한다. 그러자 더 돌덩어리처럼 무표정하게 변하는 남편. 지누
씨를 한번 쏘아보고는 박세림을 지누 씨 쪽으로 밀쳐 버린다.

"아얏!!"

"너란 애는 정말 안 되겠다."

정말 질린 듯한 남편의 말에 박세림의 표정이 변한다. 그리고 남편
은 옆에 서서 구경하던 내 손목을 거칠게 잡아채더니 통로를 빠져나
왔다.

"아, 아파요!! 놔요, 좀!! ㅜ.-"

소리를 치며 팔을 거세게 흔들자 남편은 이제야 정신이 드는 듯 멍
한 표정으로 나를 한번 바라보고는 손에서 힘을 뺀다. 남편의 손에서
겨우 벗어난 내 손목엔 멍이 들어 있다. ㅜ_-

남편과 나는 잠시 로비에 앉아 있었다. 표정은 아까보다 조금 안정
이 된 듯하지만 여전히 심각해 보이는 남편.

"민주야, 우리 서울 가기 전에 바다나 구경 가자!!"

갑자기 남편은 자리를 박차고 일어나 바다 구경을 가자고 한다. 아
직 시간이 많기는 했다. 남편은 말이 끝나기가 무섭게 짐을 꾸려서

주차장 쪽으로 먼저 가버렸고, 나도 가방이랑 일회용 카메라를 챙겨서 남편을 뒤따라갔다. 오늘이 마지막이 될 파란 스포츠카가 멀리 보인다. 남편은 익숙한 솜씨로 어디론가 차를 몬다.

오 분쯤 달리자 널찍한 초원과 바닷가들이 보인다. 바다의 색깔이 너무 아름답다. 내가 살고 있는 대한민국이란 이 땅에 이렇게 아름다운 곳이 있다니… 향긋한 흙 냄새와 바다 냄새에 취해서 달리다 보니 남편은 작은 이층 통나무집 앞에 차를 세운다. 익숙하게 집 안으로 들어서는 남편을 따라 안으로 들어섰다.

"어머, 성재 아니야?"

"누나, 안녕하세요? ^^"

남편이 들어서자마자 요란하게 남편을 반기는 한 여자. 남편과는 친분이 있어 보인다. 부드러운 여자의 인상에 나도 모르게 살짝 목례한다. 여자는 우리를 전망이 탁 트인 자리로 안내한다. 바다와 절벽, 그리고 하늘까지 멋지게 조화를 이뤄 커다란 창문에 한가득 펼쳐져 있다. 남편은 한참을 주방 쪽에서 주인 여자와 얘기를 나누는가 싶더니 직접 쟁반에 파르페와 따뜻한 커피 한 잔을 들고 나온다. 하지만 서비스가 너무 좋으면 가격이 비싼 것!! 남편을 의심 어린 눈초리로 노려보며 한마디 던진다.

"뭐, 뭐예요? -_-;; 왜 오빠가 서빙을 해요? -_-^"

"왜? 내가 하면 안 돼? -_-^"

남편의 말에 안 될 것도 없지 싶다 생각을 하며 손을 뻗어 파르페를 집으려는 순간!! 남편의 손이 재빨리 파르페를 자기 앞으로 당겨

놓는다.

"나 파르페 먹을래요."

"넌 커피 먹어. 파르페는 내 거야."

"물어보지도 않고 오빠가 그냥 가져왔잖아요!!"

"파르페는 내 거야!!"

고장난 라디오처럼 '파르페는 내 거야!!'를 반복하며 모든 힘을 동원해 끝까지 파르페를 사수한다. -_-;; 삐진 얼굴로 남편을 노려보며 커피를 마실 무렵… 남편의 표정이 점점 어두워진다 싶더니 결국 먹는 것을 멈추고 창문 넘어 멀리 보이는 파란 하늘 지긋한 눈빛으로 바라본다. 잠시 뒤 남편은 멀리 보던 시선을 거두어 나를 바라보며 말을 시작한다.

"여기 원래 우리 별장이었어……."

부자라서 다르다는 생각과 함께 두 눈을 휘둥그레 뜨고 여기저기를 둘러보는 나. 남편은 다시 한 번 하늘인지 바다인지 모를 먼 곳을 바라본다. 왜 저렇게 쓸쓸하고 고독한 표정을 짓는 건지… 순간 말을 꺼내는 남편.

"민재가 참 좋아했었어… 여길……."

두근두근.

민재… 남편의 죽은 쌍둥이 동생. 아직까지 자세하게는 한 번도 들은 적 없다. 단지 남편 대신 죽었다는 것… 그것 역시 거의 중얼거림에 가까운 목소리로 들어서 확실하지는 않다.

남편은 또다시 한참을 아무 말이 없다. 극도의 궁금함과 남편의 슬픈 감정 사이에서 갈등하며 혼자 고뇌하던 나는 머리를 뒤흔들며 궁금증을 떨쳐 내보았다. 그때 남편은 나를 불쌍한 표정으로 바라보더니 파르페를 내 쪽으로 밀며 씨익 웃어 보인다. -_-;;

"한입만 먹어봐."

파르페가 먹고 싶어서 미친 행동을 한다고 생각했나 보다. -_- 비록 파르페 때문은 아니었지만 그래도 먹고 싶음으로 남편의 스푼을 빼앗아 파르페를 듬뿍 떠서 먹었다. =__= 맛 좋은 과일과 아이스크림과 쿠키가 입 안에서 소용돌이친다. 눈을 감고 파르페의 맛을 즐기고는 다시 눈을 뜨니 깨끗하게 잘도 닦여 있는 스푼. 참으로 깨끗하다. 그리고 이어지는 비위 상한 듯한 남편의 표정이 보인다. 하지만 그 순간 나의 뇌리를 스치는 단어.

'간접키스.'

이미 대놓고 키스한 사이에 간접키스 따위에 움찔할 필요는 없지만, 왠지 신경이 쓰이므로 스푼을 가만히 내려놓았다. 스푼을 내려놓자마자 파르페를 자기 쪽으로 확!! 당기는 남편. 남편의 파르페를 당기는 행동에 갑자기 빈정이 화~악 상한다. 그리고는 방금 전의 간접키스라는 상황은 끝나고 오로지 파르페를 먹어야 한다는 의지만을 불사르는 나. 나는 날쌔게 주인 언니가 있는 곳으로 튀어가 스푼 하나를 잽싸게 챙겨온다. 내가 튀어가는 순간 남편은 무언가 위협을 느낀 건지 매우 빠른 손놀림으로 파르페를 공략한다. -_-;; 하지만 이에 질세라 남편과 마주 앉아 있던 나는 남편 옆 자리로 달려들어 파르페를 먹었다.

일 분 뒤… 옷 여기저기에 아이스크림과 초코시럽이 묻어 있는 나와 얼굴 여기저기에 딸기시럽과 아이스크림이 묻은 남편이 서로를 노려보고 나란히 앉아 있다.

"무슨 기지배가 이렇게 먹는데 집착을 해!!"

"첨부터 뭐 먹을지 물어봤음 좋잖아요!! 배려라곤 코딱지만큼도 없어요!!"

"네가 먹고 싶음 발딱발딱 말해야지, 일일이 물어보냐?!"

"여기에 백 명이 있어요, 천 명이 있어요!! 한 명인데 물어보면 덧나요!!"

"덧나!! 어쩔 건데!!"

"약 바르면 되지 뭘 걱정해요!!"

우리의 혈투는 마침내는 말싸움으로 이어졌고 우리를 지켜보고 있던 주인 언니는 가만히 우릴 지켜보다가 아무 소리 없이 주방으로 들어가신다.

"이게 진짜!! 한마디를 안 지고 꼬박꼬박 대드네!!"

"나이만 많으면 뭘 해!! 하는 행동은 막내 동생뻘인데. -_-^"

더 이상 참지 못 참겠다는 듯 자리에서 벌떡 일어서는 남편. 그 순간 주방에 들어갔던 주인 언니가 아주 큰 대접에다가 파르페를 만들어 나오신다.

"자~ 싸우지들 말고 많이 먹어. ^^"

남편은 벌떡 일어선 자세로 주인 언니가 들고 나온 특대형 파르페를 바라보고 있고, 나 역시 남편에게 움찔하는 자세 그대로 파르페를 쳐다본다. 주인 언니가 테이블에 파르페를 두고 등을 돌릴 무렵 남편과 나는 한 스푼이라도 더 먹으려고 파르페로 달려들어 주걱으로 밥 푸듯이 푹푹 퍼서 입속에 집어넣고 있다. −_−;; 그 속도가 어찌나 빨랐던지 특대형 파르페는 단 삼 분 만에 아작이 났다.

"무슨 기지배가 먹는 게 돌쇠처럼 먹냐!!"

남편의 말에 갑자기 고향 마을에서 우리 옆집에 살았던 돌쇠 아저씨가 생각난다. −_−;; 참 좋은 아저씨였는데……. 하지만 다시 한 번 벌떡 일어서는 남편의 행동 때문에 깜짝 놀라 남편 쪽으로 시선을 고정시킨다.

"밖으로 나가자!!"

더 이상의 싸움은 원치 않은 나도 남편을 따라 바깥으로 나갔다. 시원한 바람, 아니, 날아갈 것 같은 바람이 우리를 반긴다. *^^* 시원한 바람에 들떠서 나도 모르게 남편을 향해 말했다.

"오빠, 날아갈 것 같아요~!!"

'너 같은 뚱땡이는 절대 그럴 리 없어!!' 라고 외치고 싶은 듯 잠시 나를 바라보는 남편. 하지만 그런 시선에 익숙해진 만큼 별 신경 쓰지 않고 미친 말처럼 여기저기를 뛰어다녔다. 이런 걸 자유라고 말하는 걸까 참으로 자유롭고 날아갈 듯하다. 그런데 바람이 차가워지는가 싶더니 갑자기 맑았던 하늘에 먹구름이 끼는 것 같다. 그러더니 갑자기 굵은 빗줄기의 소나기가 내린다. −_−;; 카페에서 꽤 멀리 떨어진 곳까지 왔던 남편과 나는 우선 가까이에 있던 커다란 나무 아래에 몸을 피했다. 나무는 꽤나 우람하고 잎이 무성해서 비를 피할 수는 있었다. 하지만 나무까지 뛰어오는 동안 둘 다 폭삭 젖어버렸다. -_-;; 얇은 셔츠 하나만 입고서 날아가기 놀이를 하던 나는 비에 폭삭 젖어서 몸이 덜덜 떨린다. -_-;; 남편은 폭삭 젖었지만 방금 격렬한 운동을 끝낸 운동 선수가 땀이라도 흘린 것처럼 터프하고 섹시하게 보인다. 지금 내 눈앞에 있는 남편의 모습이 좀 전에 파르페로 나와 격전을 벌이던 사람과 동일인이라니 도무지 믿어지질 않는다. 비에 젖은 머리를 아무렇게나 흔들어 털던 남편은 덜덜 떨고 있는 나를 보며 말을 했다.

"민주야, 추워?"

"덜덜덜… 아으… 아, 아니요… 덜덜덜."

금방 들킬 거짓말을 하는 건 나의 주특기인 듯하다. -_-;; 아니라고 말하는 입조차 덜덜 떨리면서 나의 대답을 강하게 부정하고 있다. -_-;; 그 순간 어디선가 구렁이 담 넘어가듯이 남편은 내 옆으로 가까이 다가온다. 그리고는 팔로 나를 꼭 감싸 안아준다. -p- 달콤하게 느껴지는 남편의 향기와 열기는 취해 버리는 나.

벌떡!! 벌떡!!

이렇게 근사하고 섹시한 남편이 나를 안고 있다는 사실이 뇌에 전달되는 순간 내 심장은 재빨리 반응하며 벌떡거리기 시작했다. -_-;; 남편에게 안긴 내 몸을 부끄러운 듯 뒤로 빼내면서 추워하는 나를 안아준 행동을 좋게 평가하고 있을 때 남편은 내게 가만히 있었으면 좋을 말을 한다.

"으~ 추워. 야, 좀 바싹 좀 붙어봐."

그랬다. 남편은 지가 추워서 나를 안고 있었던 것이다. −_−;; 하지
만 남편을 밀치고 싶은 맘과는 달리 기다렸다는 듯이 남편 쪽으로 밀
착하는 나의 몸뚱이 너무 덤빈 것인지 남편은 흠칫하면서 슬쩍 몸을
빼는 듯하지만 너무 추워서인지 일단 그대로 둔다. −_−;; 그렇게 우리
는 서로의 온기로 추위를 이겨내며 경치 좋은 주변 풍경들과 잘도 어
우러진 한 폭의 그림이 되어 비가 그치기만을 기다려야 했다. −_−;;
서로의 온기로 추위를 견딘 지 언 십 분, 하지만 비는 그칠 생각조차 안
한다.

“오빠… 비… 안 그치네요… 덜덜덜.”

“그, 그러네… 덜덜덜. 민주야… 아직도 많이 춥냐? 덜덜덜.”

남편은 나를 안고 있던 손에 살짝 힘을 주면서 내게 말한다.

“네… 오빠 우리 차라리 카페까지 뛰어갈까요? 덜덜덜.”

내 말에 어느새 떨림이 멈춘 남편이 지긋한 눈빛으로 나를 내려다
본다. 그러더니 한숨을 푸~욱 내쉬며.

“에휴~ 그래요 뛰자구요… 미련 곰팅이 같은 민주 양. −_−^”

남편은 안고 있던 나를 놓아주더니 자리에서 벌떡 일어난다. 남편
에게 몸을 기대고 앉아 있던 나는 남편 쪽으로 푹!! 하고 쓰러진다.
−_−;;

“그렇게 갑자기 일어나면 어떡해요!! 그리고 곰팅이!! −_−+”

“여기 좀 있어!!”

남편은 내가 지르는 소리에도 불구하고 여기에 계속 있으라는 말
을 남긴 채 날쌘 몸놀림으로 카페를 향해 빗속을 질주하기 시작한다.

"혼자가면 어떡해요!!"

"거기서 나오면 죽인다!!"

빗속을 뛰어가는 상황에서도 내가 따라오지 못하게 하기 위해 뒤돌아 나를 보며 오랜만에 죽인다는 말을 남기더니 다시 잽싸게 카페로 뛰어간다. 남편의 죽인다는 말에 몸을 덜덜 떨며 홀로 나무 아래의 흙바닥에 '성재 바보' 라는 글씨를 쓰며 앞으로 나의 갈 길에 대해 생각했다. -_-;;

"누가 바보라는 거냐? -_-^"

언제 다시 온 건지 남편은 특이한 모양의 우산을 쓰고 나무에서 일 미터 정도 떨어진 곳에서 나를 보고 있다. O_O 놀라서 벌떡 일어났다. 그와 동시에 발로 잽싸게 남편의 이름을 지워본다.

"벌써 다 봤다! 아유, 많이도 써놨네. 이럴 땐 재빠르다니까. -_-^"

남편은 나무 쪽으로 바짝 붙어 서 있는 내게 다가오며 말한다. 남편이 한 발씩 다가올 때마다 두려움에 몸이 부들부들 떨려온다.

"추우니 이거 입어."

남편은 가져온 남방을 내게 입히고는, 특이한 모양의 우산을 잡아들더니 나를 향해 멋쩍은 듯한 미소를 보낸다.

"이 우산밖에 없어서… 나한테 딱 붙어!!"

자세히 보니 우산은 비참하게 눌려 있다. -_-;; 하지만 지금은 모양이 중요한 게 아니었다. 지금 남편의 품에 포~옥 안겨서 마치 영화 속의 연인처럼 다정히 빗속을 질주하는 나. +_+ 물론 남편은 먹어주는 얼굴이므로 그럴싸하지만 그 옆에 서 있는 게 나라고 생각하니 마

치 영화는 주인집 도련님과 바람난 철없는 종년의 얘기로 전락하고
마는 듯하다. 그때 남편이 손에 힘 주어 나를 자기 쪽으로 바~짝 끌
어당기더니 카페를 향해 발걸음을 재촉했다. 남편의 머리카락을 타고
흐르는 빗방울이 나의 가슴을 떨리게 한다. 비록 집안의 강요로 어쩔
수 없이 약혼을 한, 법적으로만 부부인 우리였지만 어찌저찌하여 첫
키스까지 한 상황⋯ 이대로 이것이 사랑이 되어 모든 게 진짜가 되기
를 진심으로 빌어보았다.

"우선 이층으로 가서 씻고 있어. 내가 갈아입을 옷 가져갈게."
라는 말을 하고 뛰어나가는 남편. 나는 주인 언니의 안내를 받아
이층으로 올라갔다. 곧장 젖은 옷을 벗고 따뜻한 물을 가득 채운 욕
조 안에서 몸을 녹였다. 잠시 뒤⋯ 문이 열리며 짐을 내려놓는 소리
가 들린다.
"민주야, 욕실에 있니? 나야!!"
남편의 목소리에 깜짝 놀라 허둥지둥대다 미끄러져 욕조 속에 잠
수!! 한참을 철푸덕거리다 빠져나와 목소리를 가다듬고 남편에게 말
했다.
"품!! 네엑! 욕실에 있어요!! 문 열면 안 돼요!! 품!!"
그때 키득거리는 웃음소리와 함께 심하게 떨리는 목소리가 들린
다.
"아, 알았어. ㅋㅋㅋ 옷은 문 앞에 둘게. ㅋㅋㅋ"
아마도 철푸덕거리는 소리와 물을 내뱉는 듯한 '품!!' 소리가 우리

남편을 즐겁게 하는 모양이다. -_-;; 잠시 뒤 샤워를 마치고 욕실 문을 살짝 열고 팔을 뻗어 잡히는 옷을 입고 나왔다.

"그럼 언제쯤 가능할까요? 음… 그럼 내일 아침 걸로 두 장 예약할게요."

옷을 입고 방으로 나오자 대강 물기만 닦고 마른 옷으로 갈아입은 남편이 누군가와 통화를 하고 있다.

"무슨 예약이에요?"

"어, 우리가 타려던 비행기가 결항이 됐다네, 날씨 때문에."

"그럼 언제나 가능하대요?"

"좀 전에 들었잖아, 내일 아침이라고. -_-^"

"아, 예……."

"주인이 자식… 깨워서 같이 데려가지 둘만 가냐……."

여기까지 대화를 나눈 나는 누군가의 마수에 걸려든 듯한 기분이 들며 어디선가 비열한 주인이의 웃음소리가 들려오는 듯하다. -_-;;

"나 누나한테 숙박한다고 말하고 올게."

남편이 방에서 나가자 재빨리 전화기를 찾아 들고는 주인 쉐이에게 전화를 걸어보는데…….

[여보세요!!]

"야!! 임주인 너~!!"

주인 쉐이가 전화를 받자마자 소리부터 질러보는 나. -_-;; 하지만 전혀 미동도 없이 내게 안부를 물어오는 뻔뻔한 주인 쉐이.

[아니, 민주 양 아니신가?! ㅋㅋㅋ 그래, 첫날밤은 어떠셨는가?]

첫날밤!! +_+ 그렇다면…….

"날 옮겨놓은 게 너냐?"

[무~지 고맙지? 내가 사랑의 큐피트 아니냐. ㅋㅋㅋ]

멀쩡한 처녀를 단숨에 아줌마로 만들어 버리는 만행을 저지른 놈이 바로 주인 쉐이였다.

"-_-^ 으득!! 너 살고 싶지 않은 게로구나!!"

주인 쉐이를 향해 저주를 한 방 날려주며 앞으로의 생사 여부에 대해서 진지하게 물어본다. 하지만 지 할 말만 계속하는 주인 쉐이.

[그나저나 비행기 없지? 갑자기 날씨가 왜 그런대? ㅋㅋㅋ]

"날씨 안 좋은 걸 네가 어떻게 알아?"

[넌 일기 예보도 안 보냐? 바보. ㅋㅋㅋ]

"너, 그럼… 이거 다……. -_-^"

[일기 예보도 안 보는 네가 잘못한 거지, 왜 남의 탓을 하냐~ 어쨌든 어제 아무 일 없었다면 오늘이 진짜 첫날밤이 되겠네. ㅋㅋㅋ]

"무어!! 첫날밤!! o_O"

'첫날밤' 이라는 말에 정말 당황하는 나. 생각해 보니 지금까지 남편과 내가 한방에서 같이 잔 적이 있긴 하지만 그땐 정말 무서워서… 아님 다른 사람이 있거나 할 때였다. -_-;; 그렇지만 남편과 키스까지 한 상황에서 남편과 이 한방에서 단둘이 밤을 지새워야 한다니… 아무리 생각을 돌려보려고 해도 머리 속은 '첫날밤' 이란 말이 머리 속을 떠나지 않는다. -_-^ 그때 전화에서 반가운 이의 목소리가 들린다.

[형수님~ ^0^]

"앗, 영웅 도련님!! -p- 잘 올라가셨어요??"

도련님의 목소리에 잠시 나의 처지를 잊고 행복에 젖어본다. 그리고 반갑게 인사도 건네보는데,

[네, 형수님. *^^* 오늘 형아랑 좋은 시간 보내세요~ ^0^]

영웅 도련님의 말에 그대로 굳어버리는 나.

[첫날밤 잘 보내고 내일 새로운(?) 모습으로 보자. ㅋㅋㅋ 바이~ ^^]

지 할 말만 하고는 재빨리 전화를 끊어버리는 주인 쉐이. 어떻게든 이 상황을 빠져나가야 하는데… 문 두드리는 소리가 들린다.

"첫… 아니아니, 누구세요!!"

"네, 여기 주인인데요, 내려와서 저녁 드세요! 성재가 기다려요."

상냥한 주인 언니의 말에 머리 속을 떠나지 않는 주인이의 목소리를 애써 떨치며 남편이 기다리는 일층을 향해 뛰어내려 간다. 일층으로 도착하니 먼저 저녁 먹고 있는 남편이 보인다. 그새를 못 참고 혼자 밥을 먹다니… -_-;; 괜히 기분 상하는 나. 하지만 신성한 식사 시간에 방해되지 않게 조용히 다가가 앉았다. 그곳엔 내 것인 듯한 음식이 놓여 있다. 그런데 매정한 남편 놈은 바로 옆에 사랑스럽고 귀엽고 깜찍한 부인(?)이 앉았음에도 불구하고 내 쪽으론 시선 한 번 보내지도 않고 한쪽 벽을 보면서 계속 멍한 표정으로 밥만 먹는다. 한쪽으로 고정된 남편의 시선을 따라 내 시선도 옮겨보니 그곳에는 한쪽 벽면이 모두 영화 스크린으로 꾸며져 있다. +_+ 나는 그 스크린 크기에 한 번 놀라고 화면에 비춰지는 여배우의 미모에 다시 한 번 놀랐다.

영화는 '로미오와 줄리엣' 이라는 비극적인 사랑 얘기. 예전에 현대물로는 봤었지만 원작으로 보는 것은 이번이 처음이었다. 그렇게 남편과 나는 밥을 다 먹고 후식으로 나온 따뜻한 코코아를 마실 때까지 아무 말 없이 영화를 보았다. 하지만 영화가 끝나고 나서도 남편은 여전히 말이 없다. -_-;; 멍청한 표정으로 예쁜 여주인공을 생각하는 모양이다. 살짝 질투도 나고 기분이 언짢아진다. -_-^

"오빠, 왜 그래요?"

"내, 내가 뭘?"

손을 뻗어 남편의 팔을 잡고 남편을 흔들자 살짝 더듬으며 나와 눈을 마주치지도 않는 남편. 정신도 없어 보이고 얼굴도 상기되어 있다.

"오빠, 어디 아파요? 감기 걸린 거 아네요? 좀 봐요."

남편의 이마를 짚어보았지만 특별히 열이 있어 보이지는 않은데…….

"아, 아픈 거 아냐!! 나 화장실 좀… 흠흠."

남편은 내 손을 조금 힘을 주어 끌어내리더니 화장실을 간다며 급하게 자리를 뜬다. -_-;; 남편이 자리를 비운 사이 주인 언니는 서비스라며 칵테일 두 잔을 가져다 주었다. 오렌지 빛깔의 군침 도는 과일 향이 꼭 오렌지 주스 같은 것과 체리 향이 가득한 붉은색 칵테일이었다.

"이래 봬도 술이니까 너무 급하게 먹지 마요. ^^"

원샷을 날려보려고 맘먹고 있던 내게 언니는 천천히 마시라는 경고와 예쁜 미소를 날려주고는 주방으로 유유히 사라진다. -_-;; 천천히 먹겠다고 약조는 했지만 향긋하게 내 코를 자극하는 칵테일. 참으려고 했지만 내 손은 칵테일 잔을 집어 들었고 시원하게 벌컥벌컥 들이켜 버렸다. =__=

"캬아~ 맛있다!!"

소주라도 마시듯 소리를 내며 내 몫의 칵테일을 모두 비워냈다. 목소리가 컸는지 주위에서 느껴지는 시선에 살짝 민망함을 느끼며 고개를 숙이고 남편을 기다리는데… 화장실을 만들어서 볼일을 보고 오는 것인지 삼십 분째 소식이 없는 남편. 혹시 고질병 변비일지도 모를 남편에게 힘과 용기를 주기 위해 화장실로 향한다. 아까부터 이상했던 남편의 행동과 붉었던 얼굴 때문에 왠지 남편이 걱정되어 빠른 발걸음으로 남자 화장실 앞에 도착했을 때 이층으로 올라가는 계단에서 남편의 목소리가 들려온다.

"임주인 너 이 자식!! 죽을래!!"

주인이와 통화를 하는 듯한 남편은 몬가 심기가 불편해 보인다. 순간 첫날밤이라던 주인 쉐이의 참으로 도발적인 말이 떠오른다.

"너 진짜 !! 확!! 머리통을 뽀사뻘라!! 시끄러!!"

순간 남편은 무지하게 화가 난 듯 소리친다. 하지만 뒤에 이어지는 말은…

"안 자!! 안 한다고, 새꺄!! 나를 뭘로 보는 거야!! 내가 애나 덮치는 짐승이냐?? 내가 욕구 불만이냐구?!"

거의 절규에 가까운 남편의 목소리에 뒷걸음질치며 도망치듯이 자리에 돌아와 앉았다. 망할 놈의 주인 쉐이. 나한테도 첫날밤이니 어쩌니 하면서 부끄럽게 하더니 남편한테는 조금 더 과격한(?) 표현으로 자극을 주는 것 같다. 잠시 홀로 앉아서 생각에 잠겨보려는 나. 놀란 심장은 입으로 튀어나올 것 같고 온몸에선 식은땀이 흐른다. 얼굴도 화끈거리고 그때 남편 자리에 놓여 있는 약간 붉은빛의 칵테일이 내 시선에 들어온다. 그 순간 나도 모르게 손을 뻗어 잔을 들어 조금 마셔본다. 그렇게 남편을 기다리며 남은 칵테일까지 모두 마셔 버렸고 다음 순간 불행히도 필름이 끊겨 버렸다.

"누나, 고마워요. 워낙 술을 못하는 애라. ^^;;"

"너무 적극적인 부인이던데. ㅋㅋㅋ 귀여웠어~"

"놀리지 마요, 누나. ^^;;"

"진심이야, 귀여워~ ^^ 쉬어라, 나 내려갈게."

"네. 누나, 고마워요. ^^ 휴~"

누나가 문을 닫고 내려가자 한숨부터 터져 나오는 나. 도대체가 지금 내게 무슨 일이 일어난 건지 알 수가 없다. -_-;; 저녁을 먹으려고 기다리고 있을 때 갑자기 전화벨이 울려서 전화를 받았다. 주인이다. -_-;; 다짜고짜 소리부터 질러주었지만 주인이는 살짝 웃어주면서 말을 한다.

"야, 이 의리없는 자식!! 혼자만 가냐!!'

[이게 진짜 우정이다!! 그래, 첫날밤은 아직이냐?]

"얼어죽을!! 무슨 첫날밤이냐!! 젠장!!"

주인이의 말에 심장이 발바닥까지 떨어지는 느낌이다. 그리곤 카페 안에 꽤 많은 사람이 있음에도 불구하고 나도 모르게 당황해서 냅다 소리를 질러 버렸다. -_-^ 순간 주위의 시선에 미안한 듯 목례를 하며 인적이 드문 곳으로 옮겨 계속 통화를 했다.

"너 도대체 무슨 말을 하는 거야!!"

[당황하는 걸 보니 꿍꿍이가 있었군. 잘해봐. 민주도 기대하던데. ㅋㅋㅋ]

"뭐, 뭐라구?? 민주가 기대를??"

주인이의 말에 당황했다. 아무것도 모르는 순진한 얼굴을 한 민주가 나와의 첫날밤을 기대한다니 그런 일이 있을… 리가 없지 않은가!! -_-^

"임주인!! 헛소리하지 마!! 자꾸 헛소리하면 머리통에 구멍날 줄 알아!!"

[어, 내 말 안 믿네? 방금 민주랑 통화했어.]

주인이의 말에 심장이 미친 듯이 뛰어 아무 말도 못하는 나.

[오늘 밤이야, 잘해봐~ 술 먹지 말고. 짐승으로 변할라. ㅋㅋㅋ]

"야!! 임주인 너!!"

뚝!!

주인이는 잘해보라는 말을 남기고 전화를 잽싸게 끊어버린다. 주인이와의 통화에 무지 열받은 나는 호흡을 조절하며 머리 속을 정리해 보는데… 다시 생각나는 '민주도 기대하던데!!' 라는 말에 가슴이 쿵쾅거린다.

'인간 이성재… 막 나가는구나, 막 나가. ㅜ_ㅡ'

그때 갑자기 위층에서 누군가가 뛰어내려 오는 소리가 들린다. 나는 잽싸게 뛰어내려 와 내 자리에 앉아서 당황한 모습을 감추기 위해 영화 스크린에 시선을 고정시키고 민주와 같이 먹으려고 기다리던 음식을 먼저 먹기 시작했다.

잠시 뒤 민주는 나를 쭉 훑어보는가 싶더니 이내 아무 말 없이 밥을 먹는다. 그리고 나처럼 시선은 스크린을 향해 있다. 곁눈질로 슬쩍 쳐다본 민주의 옆모습은… 영화 속에 푸~욱 빠져 있는 것처럼 보인다. 특히 남자 주인공인 로미오가 등장하는 장면에선 눈에서 '광선' 같은 것이 '번뜩' 거리는 것 같다. ㅡ_ㅡ;; 살짝 기분이 나쁘지만 지금은 그것보다 주인이와 통화한 이후로 민주만 보면 이상 반응을 보이는 내 심장이, 그리고 자꾸 민주를 만지고 싶어하는 내 손이 더 문제였다. 그런데 갑자기 민주가 내게 무슨 일이 있냐며 말을 건다. 그리곤 어디가 아프냐며 손을 뻗어 내 이마에 손을 얹는다. 순간!! 민주의 손길에 당황하는 나. 이대로 민주를 안아버릴 수는 없지 않은가. 할 수 없이 민주의 손을 끌어내리고 화장실에 간다며 자리를 떴다. 그리고 나를 이렇게 만든 주인이 자식에게 다시 한 번 전화를 걸어본다. 전화에 신호가 간다.

"야!! 이 망할 자식아!! 너 때문에 나 자꾸 의식하잖아!!"

[어, 성재구나. 그래서 뭐…….]

전화를 받자마자 소리부터 한번 질렀다. 그런데 망할 놈의 주인이 자식은 전혀 동요없는 목소리로 마치 기다렸다는 듯이 전화를 받는다.

"뭐, 뭐라고? 이 자식 네가 한 짓을 모른단 말야??"

오히려 주인이의 말에 당황한 내가 말을 더듬었다. 그러자 주인이 이제야 떠오른 듯 감탄사와 함께 말을 이어간다.

[아, 민주 얘기 하는 거냐? 그게 왜? 난 사실을 말했을 뿐이야.]

"임주인 너 이 자식!! 너 죽을래!!"

[뭘 신경을 써, 확 저질러 버리면 되는 거지! 부분데 뭐 어때, 안 그래?]

하나도 틀릴 말은 없다. 심지어 앞뒤가 딱딱 들어맞는 게 논리정연하다. 하지만 그렇다고 어린양을 잡아먹을(?) 수는 없지 않은가. 하지만 이상하게 원츄 +_+ 하는 내 본능을 억제하기 다시 한 번 소리를 질렀다.

"너 진짜!! 확 머리통을 뽀사뺄라!! 시끄러!!"

원래 한 번 흔들리기 시작하면 정신없이 흔들려 버리는 나. 그런 내 성격을 아는 주인이는 가장 친한 친구이자 무서운 적수였다. -_-;; 마지막으로 주인이는 깔끔하게 나를 도발한다.

[뭐가 시끄러? 네가 알아서 결정해. ㅋㅋㅋ]

순간 굳이 하고 싶지 않은 상상이 머리 속에 펼쳐지기 시작한다! 마지막 발악으로 있는 힘껏 소리치는 나.

"새꺄!! 나를 뭘로 보는 거야!! 내가 애나 덮치는 짐승이냐?? 내가 욕구 불만이냐구?!"

[그래, 그럼 맘대로 해! 난 바빠서 이만 끊는다.]

툭!!

발악을 하며 소리를 치는 나를 버려두고 그냥 전화를 끊어버리는 주인이. 머리 속에는 마지막 나의 말들이 메아리처럼 울려 퍼지고 있었다. 주인이에게 하긴 했지만 그 말들은 내 속의 응큼한 무언가를 억제하려는 나의 마지막 발악이었는지도 모르겠다. -_-;;

한참을 그곳에 앉아서 생각을 정리해 보았다. 하지만 너무 오랫동안 민주를 혼자 두었다는 생각이 들어 아무것도 정리된 것 없이 일어나 자리로 향했다. 멀리 민주의 머리통이 보이자 다시 가슴이 뛰기 시작한다. -_-; 어색하지 않게 민주에게 인사를 하려고 두근거리는 가슴과 떨리는 입술에 힘을 주어 말한다.

"미안… 많이 기다렸지……."

"우디 가따 이제 오냐!!"

민주의 말에 잠깐 당황한 나. 상황 파악을 위해 주변을 둘러보았다. 테이블을 보니 두 개의 빈 칵테일 잔이 보인다. 그리고 살짝 풀어진 눈빛과 붉은 기운이 감도는 얼굴의 민주. 취했다. -_-;;

"이거 네가 다 마셨어?"

"그래, 네 거 내가 먹었다!! 치사해!! 사주면 되잖아, 이 욕구 불만 짐승아!!"

사람들도 꽤 있던 카페에서 하늘 같은 남편을 한낱 '욕구불만 짐승'으로 취급해 버리는 건 조금 심하다 싶다. -_-;; 하지만 이미 제

정신이 아닌 민주를 어떻게든 수습해서 이층으로 가려고 하는데 갑자기 민주가 소리를 지르며 내게로 달려든다.

"악!! 오빠 목이 왜 이래!! 오빠 목 돌아가요!!"

내 목을 빼내려는 듯이 내 목에 매달려 소리를 고래고래 지른다. 하지만 잠시 뒤 두 팔을 올려 내 목을 감더니 나를 올려다보며 흐뭇한 얼굴의 민주. 그런 민주의 행동에 주책맞게 벌렁거리는 내 심장.

"표정은 재수없지만, 정상인으로 돌아왔다!! 와, 헤헤헤."

하지만 역시 취한 민주. -_-;; 자꾸 이상한 소리를 한다. 하지만 여기까지는 애교였다. 갑자기 눈을 부릅뜨고 나를 바라보며 소리를 질러댄다.

"악!! 오빠, 네 오늘 왜 이러는 거야!! 눈, 입이 왜 돌아가!! 악!!"

순간 내 목을 붙잡고 겨우 서 있던 민주는 갑자기 그 손을 놓아버린다. 깜짝 놀라 그대로 뒤로 넘어가는 민주를 재빨리 끌어안았다. 이런 상황에서도 두근거리는 정신 나간 내 심장. -_-;; 하지만 더 정신 나간 민주는 갑자기 두 손으로 내 눈을 가린다. 그리고 계속 알 수 없는 말들과 괴성을 지른다. 그 순간 내 입술에 무언가 와 닿는다. 이것은!

"으!! 으므즈!! 애랩!! 르르지 마!! 으(야!! 여민주!! 왜 이래!! 이러지 마!! 야)!!"

말려보려고 했지만 민주의 입술이 내 입술을 가로막는다. 그리곤 그대로 진하게 키스를 한다. +_+ 말려보려고 말을 할수록 더욱 격렬해지는 민주의 입막음(?). 할 수 없이 더 이상 반항하지 못하고 민주가 하는 대로 둘 수밖에 없었다. 그리고 잠시 뒤 있는 대로 사고치고 기절해 버리는 민주. 그런 민주를 안고 서 있는 넋 빠진 표정의 나. -_-;; 하지만 카페 안의 손님들이 우리의 행동에 시선을 집중하고 있다. 순간 태어나서 지금까지 단 한 번도 느끼지 못했던 막강 쪽팔림이 내 온몸을 휘감는다. 난 할 수 있는 최대한의 스피디한 몸놀림으로 민주를 들쳐 업고 잽싸게 이층으로 올라와 버렸다. 대형 사고를 친 사람이라기엔 너무 천진한 표정으로 잠들어 있은 민주. 그런 민주를 보고 있자니 괜히 웃음이 나고, 좀 전의 막강 쪽팔림은 그저 에피소드처럼 느껴진다. 순간 살짝 괴로워하며 얼굴을 일그러뜨리는 민주. 술을 먹어서 속이 뒤틀리는 모양이다.

"약이라도 먹여야 하는데……."

지금 약을 안 먹으면 아침에 무지 속이 아플 것이다. 할 수 없이 누워 있는 민주를 깨우기 위해 다가가 본다. 그런데 갑자기 조용히 누워서 잠을 자던 민주는 누워 있는 자세 그대로 하늘을 향해 손을 뻗으며 소리친다.

"성재 오빠!! 내가 구해줄게요!!"

주정인지 잠꼬대인지 모를 말을 정말 실감나게도 한다. -_-;; 하지만 그래도 나를 구해주겠다니 기특하고 예쁘다. =__= 그렇게 자고 있는 민주의 얼굴을 들여다보던 나는 민주의 이마에 살짝 입맞추고 민주 옆에 나란히 누워서 문제의 첫날밤(?)을 보냈다. -_-;;

＊

갑자기 눈이 번쩍 떠진다. 잠에서 깬 나는 멀뚱히 눈을 뜨고 고개만 돌려서 주위를 살핀다. 그때 갑자기 내 머리로 날아드는 누군가의 팔.

'앗… 머리야… …. ㅜ_ㅡ'

누군가의 팔인지 생각할 겨를도 없이 깨질 것 같은 두개골 안쪽의 뇌와 방금 팔에 맞은 머리가 동시에 울린다. -_-;; 두 손으로 머리를 부여잡으며 진정시키면서 옆으로 시선을 돌려보았다. 그런데 그곳엔 나의 잘난 남편이 섹시한 포즈로 자고 있는 것이 아닌가!! 하지만 평소의 남편과 달리 옷을 모두 입고 심지어 양말까지 신고 자고 있다. 무슨 일이 있었는지 생각해 보는데 아무것도 떠오르질 않는다. -_-;; 유일하게 떠오르는 건 뱅뱅 돌아가는 남편의 얼굴과 어디론가 질질 끌려가는 남편. -_-;; 시계를 보니 새벽 여섯 시. 어차피 아침 비행기라서 일어나야 함으로 남편을 흔들어 깨워본다.

"오빠, 일어나 봐요!! 네?! 오빠!!"

살짝 흔들면서 남편을 불러보았지만 별 반응 없이 그냥 입맛만 몇 번 쩝쩝 다시는 남편. 조금 세게 흔들어봤지만 여전히 무반응. 할 수 없이 남편의 목이 꺾어져라 마구 흔들었다. 그러자 벌떡 일어나 앉는 남편.

"아~악!!"

깜짝 놀라 작게 소리를 질렀다. 하지만 남편은 여전히 잠결인지 나를 잡아당겨 안더니 도로 이불에 누워버린다. 그리곤 다시 곤히 잠드

는 남편. 역시 잠결의 남편은 무섭다. 나는 할 수 없이 남편의 베개가 되어주었다. =__=

조금 시간이 지나자 등이 결린 나는 남편 쪽으로 살짝 돌아누웠다. 그 순간 내 눈앞으로 남편의 야들야들한 목 선과 말끔하게 떨어지는 턱 선, 그리고 오늘따라 유난히 붉어 보이는 남편의 입술이 보인다. 하지만 위로 올려다보는 이 장면이 왠지 익숙하다고 생각하며 남편을 다시 한 번 깨워본다.

"오빠, 일어나 봐~요!! 서울 가야죠, 네?? 오빠!"

꿈쩍도 안 하고 시체처럼 잠들어 버린 남편을 깨워보려는 그 순간!!

"민주야… 왜 이래… 이, 이러지 마……."

잠결이지만 흐느끼는 목소리로 애절하게 부탁하는 남편. ﹣_﹣;; 도대체 내가 남편을 어쨌길래… 순간 조각조각나 있는 필름 몇 개가 이어지더니 남편이 주인이와 통화를 하던 게 기억이 난다. 그 통화 내용에 놀라 자리로 돌아와 오빠의 칵테일까지 깔끔하게 원샷!! 생각 나는 필름은 깔끔한 원샷까지였다. ﹣_﹣;; 그 이후의 상황은 도무지 떠오르질 않는다.

"악!!"

그때 남편이 소리를 버럭 지르며 자리에 일어나 앉는다. 그 순간 옆 자리에 누워 남편을 올려다보는 나를 발견하더니 갑자기 자신이 입고 있던 옷의 가슴팍을 부여잡고 엉덩이 걸음으로 벽 쪽으로 가서 붙는다. ﹣_﹣;; 살짝 기분이 나빠진 나는 벽에 붙어 원망스러운 눈빛으로 날 째려보는 남편에게 소리쳤다.

"왜 그래요!! 내가 오빨 덮치기라고 했어요!! 반응이 그게 뭐예요!! -_-^"

"…쳤어."

"네? 뭘 쳤다구요??"

내가 되묻자 남편은 좀 전보다 더 힘 주어 옷을 부여잡고 소리친다.

"덮쳤어!! 네가 나를!! 어젯밤에 사람 많은 카페에서!! 찌~인하게!!"

순간 남편을 덮쳤다는 말에 어젯밤에 빙글빙글 돌아가던 남편의 입이 떠오르며 지금 내게 소리치는 남편의 입술이 살짝 부어 있는 게 보인다.

"마… 마, 말도 안 돼!! o_O"

더 이상 아무 말도 하지 않는 남편. 나 역시 아무것도 물어볼 수는 없었다. 자꾸만 생각나려는 어젯밤의 기억을 잊기 위해 안간힘을 쓰면서 아침 식사를 하러 남편과 함께 일층으로 내려갔다. 우리가 등장하자 식사를 하던 사람들의 묘한 미소로 인사를 한다. 그들에게 일일이 눈인사를 해주고 있자니 스타라도 된 기분이다. -_-;;

"좋겠네, 인기인이라서. 어젯밤 환호성이 더 죽여줬는데. -_-^"

옆 테이블의 사람들과 눈인사를 하자 남편은 내 귀에만 들릴 작은 목소리로 날 부끄럽게 한다. 남편의 말에 귀까지 빨개지고 마는 나.

"미안해요… 알았으니까 그만 해요!! 다신 술 안 마셔요!! 됐죠??"

"되긴 뭐가 돼!! 내 입술 퉁퉁 부운 거 안 보여!! 어떻게 책임질래?! −_−^"

"기억도 안 나는 걸 내가 왜 책임져요!!"

"뭐야… 그렇게 가지고 놀고 이제 와서 오리발이야?! 엉!! 흐흑……."

눈물까지 글썽이며 소파 팔걸이를 부여잡고 흐느끼는 남편. 그런 남편을 애써 무시하며 아침을 먹는데 남편 역시 어젯밤 상처가 깊은 듯 계속해서 나를 갈군다. −_−^

어떻게 아침을 먹었는지 소화도 안 되고 속이 거북하기만 하다. 비행기 시간 때문에 아침 일찍 공항으로 가야 했다. 카페를 나서며 주인 언니께 사과를 했다. −_−;;

"죄, 죄송해요. 정말 너무 죄송해요. ^^;;"

"괜찮아. 그럴 수도 있지. 네가 그럴수록 성재만 좋겠지만. ㅋㅋㅋ"

"누나!! −_−^"

"ㅋㅋㅋ 얼렁 가. 비행기 시간 늦겠다. ㅋㅋㅋ"

버릇없는 남편은 언니가 말씀하시는데 끼어들어 인상을 구겨준다. −_−^ 우리의 차가 사라질 때까지 카페 앞에 서서 빠빠이를 해주시는 언니. 참 좋은 이미지로 남을 것 같다. 남편과 나는 공항까지 가면서 한마디도 하지 않았다. 딱히 할 말이 없기도 했고 나 역시 속이 더 부룩해서 될 수 있으면 말을 하고 싶지가 않았다.

공항에 도착해 남편이 티켓팅을 하는 사이 남편에게 수신호로 화장실에 다녀오겠다고 말하고는 급하게 화장실로 뛰어들어 갔다. 마침 한 자리가 비어 있던 화장실. 급하게 화장실에 뛰어들어 가 볼일을 보고 손을 씻으며 거울을 보았다. 어젯밤 대체 남편에게 무슨 짓을 한 것일까? 순간 어렴풋이 입술에서 뭔가 움찔거리는 느낌이 생각난다. 혼자 생각에 빠져 남편이 있던 곳으로 터벅터벅 걸어갔다.

"빨리 오라는데 왜 기어오는 건데!! 시간없으니까 일단 뛰어!!"

잠시 생각에 빠져서 어슬렁거리며 걸어오던 나를 남편은 뒤통수를 한 대 후려치고는 내 손을 잡고 뛰기 시작한다. 그런 남편의 뒷모습을 보면서 나도 모르게 혼자 중얼거려 본다.

'이 사람… 정말 내 남편이 될 수 있을까.'

아슬아슬하게 비행기에 올라탔다. -_-;; 조금은 좁게 느껴지는 좌석에 자리를 잡은 남편과 나. 그 때문인지 자꾸만 남편과 나의 어깨가 부딪치며 스파크를 낸다. 평소 같으면 아무렇지도 않은 일이 괜히 신경이 쓰이는 나. -_-;; 그때 출발을 알리는 방송과 함께 스튜어디스 언니들의 기념 쇼가 진행되었다. +_+ 스튜어디스 중에 최고 미모의 언니가 양팔 허우적거리며 출입구를 안내해 주고, 긴급 상황시 안전등을 따라 어쩌고저쩌고하라는 내용이었다.

잠시 후 출발을 알리는 방송이 나오고 나는 시키는 대로 안전벨트를 한 뒤, 혹시나 있을지도 모를 사고에 대비하여 출입구와 산소 마스크의 위치 등을 확인해 본다. -_-;; 물론 옆에서 노려보는 남편의 시선을 못 느낀 건 아니었지만, 신기한 건 신기한 거니까. 다음 순간 얼굴 근육이 뒤로 당겨지는 느낌이 나고 속이 '울렁~' 해주더니 비행기는 하늘로 날아올랐다. 하늘로 날아오른 비행기 위에서 아래를 내려다보니 정말 잘 만들어놓은 지도를 보는 기분이다. 얼마 뒤 스튜어디스 언니들이 음료수를 나눠주기 시작한다. 하지만 스튜어디스 언니들은 유독 우리 좌석 쪽에 뜨거운 시선을 보낸다. 그 시선의 끝에는 나의 잘난 남편이 계신다. -_-;; 남편은 주변의 뜨거운 시선에도 아랑곳하지 않고, 시선을 즐기면서 영문 잡지책을 읽는 척!!한다. -_-^

"읽지도 못하면서 왜 읽는 척이에요? -_-^"

남편에게 태클을 걸면서도 스튜어디스들에게 은근히 친분을 과시하기 위해서 최대한 남편 가까이에 얼굴을 가져다 대며 말했다. 그 순간 남편을 향하던 멍한 시선들이 일제히 살기를 뿜어대며 내게로 향한다.

"내가 너냐? 그래도 사장인데 영어는 필수 아냐? -_-;;"

자기를 무시하는 말투에 살짝 인상을 구겨주고는 거칠게 다음 페이지로 넘기면서 글을 읽어 내려간다. -_-;; 생각해 보니 우리 남편이 바비하우스의 진짜 사장님이셨다. 그사이 미소를 띤 스튜어디스 언니가 다가온다.

"음료는 무엇으로 하시겠습니까?"

그러자 남편은 잠시 시간차를 두어 읽고 있던 잡지책을 접더니 시선을 돌려 그녀들을 한번 쳐다본다. 그리고는 살짝 미소를 지으면서 말한다.

"생수 주세요. ^^"

"네. *^^*"

둘이 뭔가 통한 눈빛이다. 순간 기분이 살짝 나빠진다. -_-^

"언니는요? -_-^"

"저는 그냥… 콜라요."

살짝 도전적인 터프한 목소리로 내게 묻는 스튜어디스. -_-^ 살짝 기분이 나쁘다. 하지만 얼굴로 보나 몸매로 보나 성질로 보나 내가 밀리는 게 확실하므로 얌전히 대답했다. -_-^ 그때!!

"여민주, 콜라 먹지 마. 살쪄."

옆에 앉아 관심없는 듯 꼬부랑 잡지를 보고 있던 남편이 내 이름을 부르며 살찐다는 핀잔까지 한다. -_-^ 그 순간 무지하게 티나게 웃어주는 스튜어디스들. 그녀들의 입을 화~악 찢어주고 싶다.

"저기 '우리 자기' 는 주스 주세요, 100% 오렌지 주스요."

남편은 스튜어디스 언니들보다 훨씬 예쁘게 웃어주더니 '우리 자기' 라는 닭살 멘트를 흩뿌리며 웃고 있던 언니들의 면상을 구기게 만들어준다. 당황한 스튜어디스들은 기름칠이 안 된 로봇마냥 엉거주춤하더니 '100% 오렌지 주스' 를 주고는 급히 사라진다. 내게 불리한 상황에서 나의 편이 되어준 남편, 처음으로 진심 어린 감사의 마음을 전했다.

"오빠, 고마워요. ^^"

"바보처럼 참지 말고 하고 싶은 말은 하고 살아."

하지만 남편은 살짝 눈살을 찌푸리면서… 어딘지 불만스러운 듯 말한다. 하지만 진심으로 나를 위해서 해주는 말인 것 같다. 더 이상 말하지 않고 남편의 말에 대해 깊이 생각해 본다.

잠시 뒤 비행기가 서울에 도착하자 우리는 짐을 챙겨 들고 출구로
향했다. 남편의 뒤를 따라 출구로 향하던 나. 그런데 출구가 열리는
순간 남편이 그 자리에 우뚝 서버린다. -_-;;

퍽!!

"앗!!"

남편 뒤를 바짝 따라 걷던 나는 그대로 남편의 등에 얼굴을 부딪쳤
다. 하지만 그 충격에도 우뚝 서서 미동도 하지 않는다.

"왜 안 가요!! 빨리 나가요!! 왜 안 나가……."

남편을 밀면서 앞으로 나서는 순간,

"형아, 형수님, 빨리 나오세요!! ^O^"

우리 영웅 도련님은 사태의 심각성을 파악 못하고 기쁘게 우리를
부르며 우리가 그들이 준비한 '행사'의 주인공임을 만천하에 알린
다. -_-;; 그 순간 굳어 있던 남편이 천천히 움직이기 시작한다.
+_+ 고개를 푹 숙인 채 내 손을 잡아끄는 남편. 남편이 움직이자 기
다렸다는 듯 팡파레가 울려 퍼진다. 그리고 남편과 내가 걷고 있는
길 위로 반짝거리는 예쁜 종이 가루를 날려주는 사람들. 살짝 옆을
보니 나의 사랑스런 영웅 도련님과 남편의 부모님, 그리고 나의 무서
운 어머니와 사랑하는 네 남자가 즐거운 모습으로 우리에게 꽃가루
를 뿌리는 것이 보인다. 오빠들과 아버지는 눈물까지 글썽이고 있다.
-_-;; 하지만 아직 남편은 가족들을 보지 못한 듯 조금을 빠른 걸음
으로 나를 끌고 걸어간다. 그런데 갈수록 태산이라는 말을 확인이라
도 시켜주려는 듯 우리가 마지막으로 통과해야 할 고지에는…….

〈경축!! +_+ 첫날밤!! 아이~ 부끄러워~〉

　망할 놈의 주인 쉐이가 손수 준비한 듯 보이는 심히 낯 뜨거운 현수막을 높이 치켜들고 소리를 지르면서 있는 대로 흔들어댄다. 그리자 주위에 있던 영웅님의 팬클럽으로 보이는 학생들이 '행복하세요!!', '부러워요!!' 같은 순수한 플래카드와 '좋았어요? =__=' 같은 도전적인 플래카드를 들고 꺅! 소리와 함께 주변 사람들의 이목을 집중시켜 주고 있다. -_-;; 그 덕분에 지나가던 사람들도 무슨 일인지 발걸음을 멈추고 우리를 지켜보다가 연예인 뺨치는 남편의 외모에 일단 플래쉬를 터뜨리며 사진을 찍는다. 하지만 남편은 이 모든 걸 무시한 채 내 손을 끌고 무작정 문을 향해 당당하게 걸어갈 뿐이었다. 그렇게 남편은 멈추지도, 도망도 치지 않고 주인 쉐이를 향해서 계속 걷는다. 끝내 주인 쉐이가 있는 곳에 도착한 남편. 주위를 얼어붙게 할 것 같은 표정으로 주인 쉐이를 노려보는 남편. 이제 주인 쉐이는 죽을 일만 남았다. 가족들과 영웅 도련님의 팬클럽까지 끌어들여 이런 일을 벌이다니… 한편으론 주인 쉐이의 명복을 빌며 다른 한편으로는 남편이 처절하게 주인 쉐이를 처단하기를 빌었다. -_-^

　"주인아, 고맙다. 이런 걸 다 준비해 주구!! +_+"

　헉!! 이게 어찌 된 일인가!! 남편이 지금 때려죽여도 시원치 않을 주인 쉐이에게 고맙다는 인사와 포옹을 건네고 있다. o_O 하지만 나는 안다. 주인 쉐이의 점점 굳어지는 얼굴을 보아 남편은 또 웃는 면상으로 복화술을 해대고 있을 것이다.

“형수님, 즐거우셨어요? *^^*”

부둥켜 안은 남편과 주인 쉐이를 흐뭇한(?) 눈초리로 바라보던 내게 영웅 도련님이 달려오신다. ^0^ 그 미소에 내 주변에 있던 영웅 도련님의 팬들은 모두 쓰러지기 일보 직전이다.

“네. ^^;; 그런데 이게 어찌 된 거예요?”

“아, 그게 제 사이버 팬클럽 회장님이 계획하신 모양이에요. ^^”

“네?? 주인 쉐… 아니, 주인이가 한 게 아니구요?”

“주인 형님이요? 에이, 아니에요. 형님은 그냥 플래카드만 흔들었어요!”

주인 쉐이가 전체적인 일을 꾸민 건 아니지만 어쨌든 저 민망한 플래카드는 주인 쉐이의 소행임이 확인되며 남편이 처치하지 못한 주인 쉐이를 내 손으로 처치하는 즐거운 상상에 빠지는 나. 그때 영웅 도련님이 자랑하듯 말을 잇는다. ^0^

“가족들은 제가 연락했어요!! 이 기쁜 날 가족들이 빠지면 안 되죠. ^^”

“아, 예~ -_-;;”

그때 남편과 주인 쉐이가 나란히 내 쪽으로 터벅터벅 다가온다. 동시에 부모님들이 우리에게로 다가온다. 가장 먼저 말을 꺼내는 우리 어머니.

“그래 여행은 즐거웠나?

“예… 자, 자… 장모님. -_-;;”

남편이 활짝 웃는 낯으로 우리 어머니께 대답을 한다. 하지만 환한 미소와는 달리 얼어버린 혀로 떠듬떠듬 힘들게 장모님이라는 말을 한다. 닭살 호칭의 사용과 함께 분위기가 살아나는 것도 같다. 하지만 남편의 얼굴을 보고 있자니 너무너무 웃음이 난다. 힘들게 웃음을 참고 있는 그 순간!! 내게도 시련이 다가왔다.

"그래, 아가야, 성재가 잘해주든? ^^"

엄해 보이지는 시아버지의 공격이 부드러운 미소를 타고 나를 향했다. 순간 정신을 집중한 뒤 완벽한 함박웃음을 아버님을 향해 날려주며,

"그럼요, 아버님~ 이이가 얼마나 잘해주는지… 호호호. ^^;;"

남편과는 달리 한 치의 망설임도 없이 '아버님'이란 말로 시아버지를 녹였고 '이이'라는 말로 남편의 온몸에 소름이 돋게 했다. -_-;; 어차피 쳐야 하는 사기라면 확실하게 하고 싶었다. 순간 엄격해만 보이던 시아버지의 눈에는 기쁨이 넘친다. 나 역시 시아버지의 눈을 보고 있자니 기분이 좋아진다. =__= 남편은 어느새 내게 어깨동무를 하며 부모님들뿐만 아니라 누가 보더라도 사랑하는 사이임을 과시한다. -_-;; 남편이 내 어깨에 손을 올리는 순간 주변의 영웅 도련님 팬들은 일제히 '꺄~!'를 외치며 환호인지 야유인지 모를 소리들을 낸다. -_-^ 그렇게 짧은 인사를 마치고 영웅 도련님과 가족들은 팬클럽 임원인 듯한 등치 좋은 애들이 팬클럽을 통솔해서 질서정연하게 공항을 빠져나갔고, 모두가 썰물처럼 빠져나간 공항엔 나와 남편, 그리고 주인이만 덩그러니 남았다. 순간 시간을 보니 수업 시간이 얼마

남지 않았다. 집에 들러서 옷도 갈아입고 책도 가져가야 하는데 시간이 촉박하다.

　"오빠, 나 학교가야 되는데 시간이 너무 촉박해요. ㅜ_-"

　할 수 없이 나는 남편에게 도움을 청했다. 남편이라면 뭔가 뾰족한 수가 있을 것 같았다. 하지만…….

　"그래? 음……."

　잠시 생각에 잠겨 있던 남편은 눈을 번쩍 뜨며 사람을 놀라게 하더니,

　"주인아!! 우리 가방 좀 집으로 옮겨줘. 그리고… 여민주… 뛰어!!"

　"야!! 이성재!!"

　주인이가 목놓아 남편을 불렀지만 남편은 얼굴에 미소를 지으며 나를 잡아끌어서 지하철역으로 향한다. 남편은 지하철이 가장 빠를 거라 생각한 모양이다. 하지만 내겐 너무 복잡하기만 한 지하철 노선이기에 남편을 놓치면 미아가 될 것이다. 갑자기 겁이 난 나는 남편의 옷자락을 힘 주어 잡았다.

　"야, 놔!! 옷 늘어나!!"

　남편의 목소리에 주변 사람들이 모두 우리를 쳐다본다. -_-;;

　"왜 소리는 지르고 그래요!! 창피……. -_-;;"

　"뭐? 창피? -_-^"

　"그래요, 창피!! 사람이 왜 이렇게 개념이 없어요!!"

　"어~ 그래? 그럼 혼자 가시든지! -_-^"

　"허… 어……."

‘혼자 가라’는 말로 내 말을 막는 남편. 내가 여기서 혼자 집까지 간다는 건 확실히 무리다. 아직 한 번 더 갈아타야 하고 게다가 나의 지하철 패스가 남편 손에 있다. -_-;; 이렇게 되면 어쩔 수 없다. 집에는 가야 할 것이 아닌가.

“미, 미안요. 손 잡으면 되죠? -_-^”

“그래, 차라리 손을 잡아.”

미안하다는 말을 최대한 짧은 존대로 구사해 주고는 남편의 손을 덥석 잡았다. 그러자 남편도 차라리 손을 잡으라며 내 손을 덥석 잡는다!! 얼떨결에 덥석 잡아버린 남편의 손을 통해 따뜻한 체온이 느껴진다.

“야, 다음에서 내려야 해. 정신 차려.”

“아, 알았어요.”

남편의 말에 지하철에서 내리려고 문으로 향하는데… 그때 마침 사람들이 문 쪽으로 화~악!! 몰려온다. 잘못하다간 낄지도 모를 상황. 순간 남편은 튼실한 양팔 사이에 내가 서 있을 공간을 마련해 준다. 남편의 양팔 사이에 서본 경험은 있지만 그때는 자신의 입술로 나를 처치(?)하기 위한 목적이었고, 지금은 나를 보호하는 목적이 아니가. 게다가 여기는 공공장소!! 나도 모르게 붉어지는 얼굴에 배시시 미소가 번진다. 나는 남편은 내 뒤에 있으므로 내 얼굴을 볼 수 없다는 것을 확인하고는 씨~익 웃어 보았다.

“야, 너 어디 아프냐? 너 목까지 빨개졌어. -_-^”

순간 남편의 말에 얼굴이 더 화~악 달아오른다.

“어? 점점 더 빨개져. 야!!”

“조… 조용히 좀 해요.”

“어? 계속 빨개지네. 진짜 신기하다. 만화 영화 같아, ㅋㅋㅋ”

“아이 참~ 진짜……. ㅠ_ㅠ”

연실 빨개진다며 신기해하는 남편의 목소리와 그만 좀 하라고 투정 부리는 나의 목소리는 집에 도착할 때까지 계속되었다. -_-;;

오랜만에 돌아온 집. 학교에 늦지 않아도 된다는 안도감과 이제는 편히 쉴 수 있다는 포근함에 맘이 가볍다. =__= 하지만 열린 현관문 앞에 우뚝! 서버리는 남편. 불안한 기운이 몰려온다. 남편을 살짝 옆으로 밀고는 그 사이로 얼굴만 집어넣고 확인해 본 집 안은……!! 지금까지 살았던 집이 아닌 전혀 다른 곳이 되어 있었다. 누가 보아도 말끔하고 세련됐던 가구들과 인테리어는 온데간데없고 온 집 안에 인형의 집을 방불케 하는 현란한 색들로 가득하다. 분홍과 흰색, 거기에 진보라색의 풍선들이 온 집 안에 들어차 있고 거기에 보기에도 민망한 빨간색 하트 인형들이 각자 맡은 바 글자를 하나씩 붙이고 모습도 탐스럽게 천장에 대롱대롱 매달려 있다. -_-;; 누구의 행동인지는 말하지 않아도 알 것 같다. 어디선가 미친 듯이 웃고 있는 주인 쉐이의 목소리가 들리는 것만 같다.

“경축! 첫날밤! 자기 나이스~!”

남편은 보기에도 민망한 것들은 한 글자 한 글자 또박또박 읽어본다. 남편 옆에서 얼굴만 들이밀고 엉거주춤하게 서 있던 나는 아주 가까이에서 들리는 남편의 목소리에 귀를 틀어막으며 절규한다.

“악!! 귀에 대고 그런 말 하지 마요!!”

내가 소리치자 남편은 나를 향해 눈빛을 아래로 쏘아대면서 말한
다.

“첫날밤은 밤이지 뭘 그래. -_-;;”

“그래도 그렇게 태연한 얼굴로 그러지 마요! 징그러워요!!”

남편은 징그럽다는 내 말에 눈썹을 씰룩거린다. 그러면서 내 한쪽
볼따구를 뚫어버릴 듯 한 시선을 보낸다.

“술 먹고 사람들 앞에서 키스하는 게 더 징그러워!!”

“아~악!! 그 얘긴 왜 꺼내요!! 그건 내가 아니야!!”

“아니긴, 너였어!! 지금이랑 표정도 똑같았어!!”

“악악악!! 그만 해요!! 자꾸 왜 그래요!! 나 학교 갈 거예요!!”

남편의 말에 얼굴이 화끈거리면서 나도 모르게 남편을 향해 있는
대로 소리를 지른다. 하지만 우리 남편 성질에 소리친다고 가만히 듣
고 있을 위인이 아니다. 한마디도 안 지고 점점 더 날 부끄럽게 한다.
할 수 없이 기 싸움에서 밀려 버린 나는 학교를 가야 한다는 말로 꼬
랑지는 내리고 급하게 가방을 챙겨 화려한 마이 스위트 홈을 나가려
는 순간,

“야, 기다려. 데려다 줄게.”

남편의 단 한 마디에 그 자리에 서버리는 자존심도 없는 나의 망할
다리. -_-^ 남편은 그런 내 모습에 소리나게 피식 웃더니 방으로
들어가 차 키를 들고 나온다.

겨우 도착한 학교, 차에서 내려 막 달리려고 하는데 남편은 뛰어가

는 내 뒤통수에 대고 소리친다.

"민주야, 끝나고 바비하우스로 와!!"

"거긴 왜요!!"

"일해야지, 일!!"

잊고 있었던 기억이 새록새록 떠오르며 주인이가 나의 감각에 대해 운운하며 알바를 권한 생각이 난다. -_-;; 게다가 그곳에 가면 나의 영웅 도련님도 덤으로 볼 수 있다는 생각도 잊지 않고 떠오른다. 그런데……

"오빠. 저 가는 길 몰라요……."

"아, 음…… 그럼 끝나면 전화해, 내가 모시러 올게. ^^"

갑자기 내게 친절한 남편. 여행 가서도 자주 친절한 모습을 보이기는 했지만 친절함을 가장해서 나를 가지고 논 것뿐이었다. 왠지 모를 미심쩍음에 다시 확인해 보는데. -_-+

"그, 그래도 돼요?"

"그래도 돼. 빨랑 튀어 들어가라. 수업 시작했겠네."

잠시 수업이 있음을 망각하고 있었다. 남편에게 허접한 '빠빠이'를 하고는 강의실을 향해 전력 달리기로 뛰어들어 갔다. 하지만 나를 기다리는 건…….

〈휴강!!〉

그렇게 목숨 걸고 달려왔건만 휴강이라니… 갑자기 맥이 탁 풀려

버린다.

꾸~루~룩~!!

때마침 울리는 나의 배꼽시계. 아침 먹은 지 얼마나 됐다고 벌써 다 소화시켜 버린 나의 위장은 또다시 밥 달라고 난리다. 남편에게 먼저 연락을 해볼까도 했지만 어차피 가면 일만 할 텐데 밥이라도 먹고 가자는 생각으로 학교 식당으로 향했다. 길을 따라 늘어선 푸른 나무들이 한층 싱그러움을 더해주고 그 길을 다정한 포즈로 거니는 커플들. -_-;; 그 사이를 굶주린 하이에나처럼 걸어가는 내가 너무나 초라하다. 주머니에 손을 넣고 터벅터벅 걸어가던 내 손에 느껴지는 건, 나의 쭈~욱 밀어 올리는 전화기. 전화기를 꺼내 들고 이리저리 저장된 번호를 찾아본다. 제일 먼저 뜨는 번호 0번. 나의 남편이시다. -_-;; 잠시 망설이던 나는 0번을 지그시 누른다. 잠시 뒤 남편이 전화를 받는다.

[어? 벌써 수업 끝났냐?]

"아뇨, 휴강이라 강의가 없는데요. ㅠ_ㅠ"

[그래서 지금 어디야?]

"학교요. 근데 오빠… 저……."

[뭐! 빨리 말해!]

남편에게 밥을 같이 먹어달라고 말하자니 너무나 뻘쭘하다. 하지만 남편의 독촉에 마지못해 말을 꺼내보는데…….

"저, 무지… 배고픈데 혼자 먹기 뭐하고… 아는 사람도 없고……."

힘들게 말을 꺼냈건만 내 말에 어이없어서 말문이 막히신 건지, 아

님 너무 놀라 심장 마비로 돌아가신 건지 한참을 아무 말이 없으시다. -_-;;

[…그래서 지금 나한테 학교까지 와서 너랑 같이 밥 먹자는 거냐?]

기분 상해하는 좌~악 깔린 남편의 목소리. 남편의 성질에 올 턱이 없지 않은가. 그때!!

[빨리 식당으로 튀어와!! 너 기다리다 배고파서 학교 식당이다!!]

"오빠 학교예요?? 나 기다린 거예요?? o_O"

[빨랑 안 튀어오면 버리고 혼자 먹는다!!]

혼자 먹는다는 말에 정신이 번쩍 든다. 빨리 가지 않으면 나를 골탕 먹이기 위해서라도 식당의 음식을 모조리 먹어버릴 수도 있는 남편이다.

"악!! 지금 가요!! 식당 어디쯤에 있어요!!"

[식당에 들어와서 유난히 빛나는 분을 찾으면 돼!! 끊어!!]

정말 전화 예절이라곤 약에 쓸래도 없는 인간. 지 할 말만 하고 전화를 툭 끊어버리다니. 근데 빛나는 분이라니… 혹시 대머리?! =__= 대머리가 된 남편의 모습을 상상하며 발걸음도 가볍게 학교 식당으로 달렸다.

헐레벌떡 달려서 도착한 학교 식당에는 늦은 점심 시간임에도 불구하고 많은 사람들로 붐비고 있다. 그렇게 많은 사람들 속에서 나는 멀리에 있는 테이블에 앉아서 두 개의 식판을 나란히 놓고 젓가락으로 식판을 신경질적으로 딱딱 치면서 식판을 노려보는 남편을 찾아냈다. -_-;; 하지만 남편보다 먼저 내 눈에 보이는 건 남편의 가까이

에 앉아서 맛나게 밥을 먹고 있는 머리를 맨질맨질한 머리통!! 이제
야 남편의 말이 이해가 된다. =__=

"야, 여민주!! 남편 굶겨 죽이려고 해!! 빨리 못 튀어와!!"

식판을 노려보던 남편은 나를 발견하고 소리를 친다. 맞는 말임에
도 너무 크게 외친 '남편'이란 말에 왠지 민망해진다. 잽싸게 달려가
남편의 옆 자리에 앉았다.

"공공장소에서 큰 소리 치는 거 아니죠. 알 만한 양반이. -_-;"

큰 소리 친 남편에게 아직 완성하지 못한 어설픈 복화술을 선보였
다. 그러자 앞에서 밥을 먹고 있던 맨질맨질은 남편과 나를 향해 씨
익 한번 웃어주고 자리에서 일어나 가버린다. -_-;;

"야, 차라리 그냥 말해. 볼 떨린다. 흉해. -_-;;"

"내 볼이 무슨……."

"배고파. 밥 먹고 얘기하자."

나의 말을 무참히 씹어버리고 밥을 먹기 시작하는 남편. 그 모습이
어찌나 걸신들린 걸신 같던지. -_-;; 그 잘생긴 남편도 배고픔 앞
에서는 한낱 굶주린 하이에나에 불과했다.

"배 많이 고팠어요?"

"그엄!! 우적우적!! 아임움엄!! 우적!! 암어뭄멈대!! 우적!!"

도대체 뭐라는 건지 알아듣기는 힘들지만 무척 배가 고팠던 것임
에는 틀림없다. 남편의 먹는 모습에 탄력을 받아 밥을 먹기 시작했
다. 그런데 생각해 보니 미리 내 밥까지 준비하고 테이블에 앉아서
먼저 먹지도 않고 나를 기다린 게 아닌가. 싸가지없기로 둘째간다면

바로 주먹 올릴 우리 남편인데. 믿어지지 않는 사실에 옆에서 밥을 먹고 있는 남편을 바라보았다. 왠지 가슴 한구석이 짠~해진다. 모르긴 몰라도 분명 감동이란 걸 받은 모양이다. −_−;; 하지만 내 반찬까지 호시탐탐 노리는 남편의 모습에 정신을 번쩍 차리고 재빨리 밥을 먹기 시작했다. −_−;; 마치 땅을 파는 군인의 삽자루처럼 재빨리 움직이는 나의 숟가락!! 그렇게 남편과 나는 미친 듯이 산처럼 쌓여 있던 밥들을 십 분도 안 되는 시간에 해치워 버렸다.

"끄~윽!!"

남편은 다 먹은 식판을 흐뭇하게 바라보며 시원하게 트림한다. 나도 뭔가 발산하고 싶지만 여자라는 이유로 참아야 함이 너무 억울한 그 순간 자기 식판을 내 식판 위로 턱하니 겹쳐서 올리는 남편.

"치우고 물 좀 떠와라."

막 치솟아오르는 트림을 애써 누르며 남편을 한번 올려다보는데… 생각해 보니 밥값을 낸 것도 밥을 준비한 것도 남편이다. 내가 치우고 물쯤은 떠와야 하는 듯하다. 별 대꾸 없이 식판을 들고 일어서자 거만하게 앉아 날 보고 있던 남편은 흠칫하며 자세를 고쳐 앉더니 놀란 눈빛으로 나를 바라본다. 그런 남편의 눈빛에 '나도 제법 나긋나긋한 여자예요'라는 세침한 눈빛을 한번 쏴주고 식판을 들고 돌아서려는데,

"성재야, 점심 맛나게 먹었어?"

"그래, 덕분에 잘 먹었다. 이렇게 준비까지 해주고."

"뭘, 네가 학교에 나와주신 것만으로도 땡큐지!! ^^"

몹시 사랑스러움이 넘치는 여자의 목소리에 지금까지 남편에게 고
마웠던 감정이 싸~악 사라진다. 그 지지배와 남편을 향해 식판을 날
려 버리고 싶은 강렬한 욕구가 나를 사로잡는다. 하지만 내가 여기서
걸음을 멈추고 식판을 던진다면 남편에게 내가 질투하고 있음을 알
리게 된다. 애써 무시하며 남편에게서 둘의 대화에 귀를 기울였다.

"네 덕분에 이번 축제도 잘할 수 있게 됐는데… 이 정도는 당연하
지. ^^"

"동아리 멤버로서 당연한 거 아냐?? ^^;;"

"어쨌든 담 주부터는 동방 자주 들여야 하는 거 알지??"

"걱정 붙들어 매세요, 아가씨!! 책임감 하난 끝장이니까. ^^"

식판을 정리하면서 남편 쪽으로 온 신경을 곤두세우고 있는데 남
편과 여자애의 대화는 진짜 선후배 관계로 느껴진다. 살짝 안도하는
맘으로 물을 떠서 몸을 돌리는 순간 내 눈에 들어오는 건 언젠가 본
적이 있는 몹시 쭉쭉빵빵한 여인네와 그 여인네의 입술에 한쪽 볼따
구를 제공해 주고 있는 남편이었다.

〈2권에 계속…〉

임은희

82. 05. 28(음력)

장안대학교 문예창작과 재학 중

대표작:나는 그놈의 전부였다

어린 엄마, 여왕의 기사,

그 애는 나를 친구라 부른다

러브리걸의 소설나라

http://cafe.daum.net/8096

『나는 그놈의 전부였다』 2부

사회와 부딪치면 부딪칠수록 현실적인 회사원 준희와

그런 준희 앞에서 이상을 꿈꾸는 대학생 준성.

알 수 없는 불안과 오해의 조각들로 멀어지는 두 사람.

마음을 잡지 못하는 준희 앞에 나타난 능력맨 이 대리!!

아직도 준희뿐인 준성이 앞에 나타난 야심찬 십대 얼짱!!

이 대리vs고딩 얼짱. 그 기막힌 사연!

"니가 싫어졌으면 얼마나 좋을까?

어느 날 문득 니가 헤어지자고 해도 슬프지 않게……."

18+23=6 그놈과 나의 사랑은 6살입니다.

도서출판 **청어람**

부천시 원미구 심곡1동 350−1 남성빌딩 3층 우420−011　☎ 032−656−4452　FAX 032−656−4453

E−mail : eoram99@chol.com

임은희

82. 05. 28(음력)

장안대학교 문예창작과 재학 중

대표작:나는 그놈의 전부였다

어린 엄마, 여왕의 기사,

그 애는 나를 친구라 부른다

러브리걸의 소설나라

http://cafe.daum.net/8096

『내 앞으로 100m 이내 접근 금지』 1~2

"네 슬픔 내가 사면 안 될까."

사랑을 가슴에 묻은 채 살아가는 세 젊음의 가슴 아픈 러브스토리.
그들이 간직한 슬픔의 길이. 그것은 100미터.

돌이켜 보면 안타까운 애잔한 그리움이었습니다.
되새기면 되새길수록 아픈 이름이었습니다.
몇 번이고, 몇 만 번이고 세상을 향해 외치고팠습니다.
처음 사랑하고, 처음 심장을 뺏긴 사람입니다.
하나, 이제는 기억의 저편으로 묻어두어야 하는 사람입니다.
이별이란 것은 하지 않았으면 좋겠던 사람입니다.

도서출판 **청어람**
부천시 원미구 심곡1동 350-1 남성빌딩 3층 우420-011

E-mail : eoram99@chol.com
☎ 032-656-4452   FAX 032-656-4453

지선영

84. 10. 11
대전대학교 경호비서학과 재학 중
대표작:깡들의 연애방식
놈보다 강한 Girl

King Fan 미녀
http://cafe.daum.net/kingfan

『놈보다 강한 Girl』 1~2

갑자기 다가와도그게 너라면 갑작스럽지 않고,
천천히 다가와도그게 너라면 애태우지 않는다.

때로는 눈물나게내 마음을 조여와도
그게 너라면 기꺼이 웃을 수 있고,

때로는 지친 마음으로 내 얼굴을 붉혀도
그게 너라면 언제든 감싸 안는다.

사랑하는 사람.
그게 너라면, 그게 너라면 영원히라는 아름다운 말속에
나를 구속시킬 수 있다.

by. 서휘리

도서출판 **청어람**
부천시 원미구 심곡1동 350-1 남성빌딩 3층 우420-011 ☎ 032-656-4452 FAX 032-656-4453
E-mail : eoram99@chol.com